东方文化集成

朝鲜、韩国、蒙古文化编

蒙古文《索勒哈尔奈故事》的文化背景研究

宝花∥著

线装书局

国家出版基金项目
NATIONAL PUBLICATION FOUNDATION

图书在版编目（CIP）数据

蒙古文《索勒哈尔奈故事》的文化背景研究：朝鲜、韩国、
蒙古文化编 / 宝花著 . -- 北京：线装书局，2020.9
（东方文化集成）
ISBN 978-7-5120-3758-8
Ⅰ . ①蒙… Ⅱ . ①宝… Ⅲ . ①蒙古族－民间故事－文学研究
－中国－古代 Ⅳ . ① I207.73
中国版本图书馆 CIP 数据核字 (2019) 第 195057 号

东方文化集成

朝鲜、韩国、蒙古文化编

蒙古文《索勒哈尔奈故事》的文化背景研究

宝 花 著

出 品 人：王利明
项目主持：李 媛
责任编辑：曹胜利
出版发行：线装书局
地 址：北京市丰台区方庄日月天地大厦 B 座 17 层（100078）
电 话：010-58077126（发行部）010-58076938（总编室）
网 址：www.zgxzsj.com
经 销：新华书店
印 制：河北清静堂印刷有限公司
开 本：850mm × 1168mm 1/32
印 张：8.75
字 数：197 千字
版 次：2020 年 9 月第 1 版第 1 次印刷

线装书局官方微信

定 价：36.00 元

此项研究得到国家社科基金青年项目资助，此书为同名研究项目（12CZW087）最终成果。

编委会声明

为铭记季羡林等多位已故前辈对《东方文化集成》的历史贡献，为表达对他们的怀念，编委会特决定，在编委和顾问名单中保留他们的名字，不做变动。

《东方文化集成》总序

季 羡 林

我们正处在一个新的“世纪末”中。所谓“世纪”和“世纪末”，本来是人为地创造出来的。非若大自然中的春、夏、秋、冬，秩序井然，不可更易，而且每岁皆然，决不失信。“世纪”则不同，没有耶稣，何来“世纪”？没有“世纪”，何来“世纪末”？道理极明白易懂。然而一旦创造了出来，它就产生了影响，就有了威力。上一个“世纪末”，19世纪的“世纪末”，在西方文学艺术等意识形态领域中就出现过许多怪异现象，甚至有了“世纪末病”这样的名词，这是众所周知的事实，无待辩论与争论。

当前这一个“世纪末”怎样呢？

我看也不例外。世界上许多国家和地区都出现了政治方面天翻地覆的变化，不能不令人感到吃惊。就是在意识形态领域内，也不平静。文化或文明的辩论或争论就很突出。平常时候，人们非不关心文化问题，只是时机似乎没到，争论不算激烈。而今一到世纪之末，人们非常敏感起来，似乎是憬然醒悟，于是东西各国的文人学士讨论文化的兴趣突然浓烈起来，写的文章和开的会议突然多了起来。许多不同的意见，如悬河泄水，滔滔不绝，五光十色，纷然杂陈。这样就形成了所谓“文化热”。

在这一股难以抗御的“文化热”中，我以孤陋寡闻的“野狐”之身，虽无意随喜，却实已被卷入其中。我是一个有话不说辄如骨鲠在喉的人，在许多会议上，在许多文章中，大放厥词，多次谈到我对文化，特别是东方文化与西方文化的联系，以及东方文化在未来的新世纪中所起的作用和所占的地位等等的看法，颇引起了一些不同的反响。

为说明问题计，现无妨把我个人对文化和与文化有关的一些问题的看法简要加以阐述。我认为，在过去若干千年的人类历史上，民族和国家，不论大小久暂，几乎都在广义的文化方面做出了自己的贡献。这些贡献大小不同，性质不同，内容不同，影响不同，深浅不同，长短不同：但其为贡献则一也。人类的文化宝库是众多的民族或国家共同建造成的。使用一个文绉绉的术语，就是“文化多元主义”。主张世界上只有一个民族创造了文化，是法西斯分子的话，为我们所不能取。

文化有一个很突出的特点，就是，文化一旦产生，立即向外扩散，也就是我们常说的“文化交流”。文化决不独占山头，进行割据，从而称王称霸，自以为“老子天下第一”，世袭珍藏，把自己孤立起来。文化是“天下为公”的。不管肤色，不择远近，传播扩散。人类到了今天，之所以能随时进步，对大自然，对社会，对自己内心认识得越来越深入细致，为自己谋的福利越来越大，重要原因之一就是文化交流。

文化虽然千差万殊，各有各的特点，但却又能形成体系。特点相同、相似或相近的文化，组成了一个体系。据我个人的分法，纷纭复杂的文化，根据其共同之点，共可分为四个体系：中国文化体系，印度文化体系，阿拉伯伊斯兰文化体系，自古希腊、罗马一直到今天欧美的文化体系。再扩而大之，全人类文化又可以分为两大文化体系：前三者共同组成东方文化体系，后一者为西方文化体系。人类并没有创造出第三个大文化体系。

东西两大文化体系有其共同点，也有不同之处。既然同为文化，当然有其共同点，兹不具论。其不同之处则亦颇显著。其最基本的差异的根源，我认为就在于思维方式之不同。东方主综合，西方主分析，倘若仔细推究，这种差异在在有所表现，不论是在人文社会科学中，还是在理工学科中。我这个观点曾招致不少的争论。赞成者有之，否定者有之，想同我商榷者有之，持保留意见者亦有之。我总觉得，许多人（包括我自己在内）对东西方文化了解研究得都还不够深透，有的人连我的想法了解得也还不够全面，不够实事求是，却唯争论是尚，所以我一概置之不答。

有人也许认为，我和我们这种对文化和东西文化差异的看法，是当代或近代的产物。我自己过去就有过这种看法。实则不然。法国伊朗学者阿里·玛扎海里所著《丝绸之路》这一部巨著中有许多关于中国古代发明创造的论述，大多数为我们所不知。我在这里不详细介绍。我只引几段古代波斯人和阿拉伯人论述中国文化和希腊文化的话：

由扎希兹转载的一种萨珊王朝（226—Ca. 640年）的说法是："希腊人除了理论之外从未创造过任何东西。他们未传授过任何艺术。中国人则相反。他们确实传授了所有的工艺，但他们确实没有任何科学理论。"（329页）

羡林按：最后一句话不符合事实，中国也是有理论的。这就等于黑格尔说：中国没有哲学。完全是隔膜的外行话。

书中还说：在萨珊王朝之后，费尔多西、赛利比和比鲁尼等人都把丝绸织物、钢、砂浆、泥浆的发现一股脑儿地归于耶摩和耶摩赛德。但我们对于丝织物和钢刀的中国起源论坚信不疑。对于诸如泥浆——水泥等其余问题，它们有99%的可能性也是起源于中国。我们这样一来就可以理解安息——萨珊——阿拉伯——土库曼语中一句话的重大意义："希腊人只有一只眼睛，唯有中国人才有两只眼睛。"约萨法·巴尔巴罗于1471年和1474年在波斯就曾听到过这样的说法。他同时还听说过这样一句学问深奥的表达形式："希腊人仅懂得理论，唯有中国人才拥有技术。"（376页）

关于一只眼睛和两只眼睛的说法，我还要补充一点：其他人同样也介绍了另外一种说法，它无疑是起源于摩尼教：

"除了以他们的两只眼睛观察一切的中国人和仅以一只眼睛观察的希腊人之外，其他的所有民族都是瞎子。"（329页）

我之所以这样不厌其烦地引这许多话，绝不是因为外国人夸中国人有两只眼睛而沾沾自喜，睥睨一切。令我感兴趣的是，在这样漫长的时间以前，在波斯和阿拉伯地区就有了这样的说法。我们今天不能不佩服他们观察的细致与深刻，一下子就说到点子上。除了说中国没有理论我不能同意之外，别的意见我是完全同意的。在当时的世界上，确实只是中国和希腊有显著、突出、辉煌的文化。现在中国那一小撮言必称希腊的学者们或什么“者们”，可以憬然醒悟了。

但是这也还不是令我最感兴趣的问题。我最浓烈的兴奋点在于，正如我在上面所说的那样，畅谈东西文化之分，极富于近现代的摩登色彩。波斯和阿拉伯传说都证明：东西文化之分的说法，古已有之，于今为烈而已。其次，令我感到欣慰的是，文化的东西二分法，我并非始作俑者，古代的“老外”已先我言之矣。令我更感到欣慰的是我讲的东西方思维方式是东西文化的基础。波斯和阿拉伯古代的说法，我认为完全证实了我的看法。分析出理论，综合出技术，难道不是这样子吗？

时至今日，古希腊连那一只眼睛也早已闭上，欧洲国家继承并发扬了古希腊辉煌的文化，使欧洲文化光照寰宇。工业革命以后，技术也跟了上来，普天之下，莫非欧风。欧美人昏昏然陶醉于自己的胜利之中，以“天之骄子”自命，好像有了两三只眼睛。但他们完全忘记了历史，忽视了当前的危机。而中国呢，则在长时期内，由于内因和外因的缘故，似乎把两只眼睛都已闭上。古代灿烂文化不绝如缕。初则骄横自大，如清初诸帝那样，继则震于西方的船坚炮利，同样昏昏然拜倒在西方的什么裙下，一直到了今天，微有苏醒之意，正在奋发图强中。

从上面谈到的历史事实中，我得出了一个结论：上下五千年，纵横十万里，东西文化的变迁是“三十年河东，三十年河西”。这本来是两句老生常谈，是老百姓的话，并不是我的发明创造。我提出来说明东西文化的关系，国内外都有赞成者，国内外也有反对者，甚至激烈反对者。我窃以为这两句话只说明了一个事实。中国古代哲学讲变易，佛家讲无常，连辩证法也讲事物时时都在变化中。大自然、人类社会和人类内心，无不证明这两句话的正确。我不过捡来利用而已。《三国演义》开宗明义就说：“话说天下大势，分久必合，合久必分。”说的不也就是这个浅显的道理吗？

可是东西方都有人昧于这个浅显的道理。特别是在西方，颇有人在有意识或无意识中，觉得自己的辉煌文化会万岁千秋地辉煌下去的。中国追随者也大有人在。他们根本没有意识到，文化也像世间的万事万物一样，不会永驻的，也是有一个诞生、发展、成长、衰竭、消逝的过程的。

但是，中国有一句俗话：是非自在人心。人是能够辨是非，明事理的。以自己的文化自傲的西方人也不例外。在第一次世界大战以前，西方这种人简直如凤毛麟角。一战爆发，惊醒了某一些有识之士。事实上在一战爆发前，就有人有了预感。德国学者奥斯瓦尔德·斯宾格尔（Oswald Spengler）在1911年就预感到世界大战迫在眉睫。后来大战果然爆发。从1917年起，斯宾格尔就开始写《西方的没落》。书一出版，立即洛阳纸贵。他的基本想法是：文化都可以分为四个阶段：一，青春；二，生长；三，成熟；四，衰败。尽管他的推论方法，收集资料，还难免有主观唯心的色彩。但是，他毕竟有这一份勇气，有这一份睿智，敢预言当时如日中天的，他认为在世界历史上八个文化中唯一还有活力的文化也会“没落”。我们不能不对他表示敬意。美中不足的是，他还没有认识到东方文化和西方文化的存在和交流关系。(参阅齐世荣等译《西方的没落》上下册，商务印书馆，1995年)

在西方，继斯宾格尔而起的是英国历史学家汤因比（Arnold J. Toynbee，1889—1975年)。他自称是受到了前者的影响。二人同样反对“欧洲中心主义”，是他们有先见卓识之处。汤因比继承了斯宾格尔的意见，认为文化——他称之为“文明”——都有生长一直到灭亡的过程。他把人类历史上的文明分为21种，有时又分为26种。这些意见都表述在他的巨著《历史研究》中（1934—1961年)，共12卷。他比斯宾格尔高明之处，是引入东方文化的讨论。到了70年代，他同日本社会活动家池田大作对话时，更进一步加以发挥，寄希望于东方文化。(参阅《展望二十一世纪》，国际文化出版公司，1985年)

我并不认为，斯宾格尔和汤因比——继他们之后欧美一些国家还有一批哲学家和历史学家、社会学家，赞成他们的意见，我在这里不具引——等的看法都百分之百正确。但在举世昏昏，特别是欧美人昏昏的情况下，唯独他们闪耀出一点灵光，是十分难能可贵的。他们的看法从大体上来看，我认为是正确的。如果借用上面提到的古代波斯和阿拉伯人的说法，我就想说：希腊人及其后代的那一只眼睛，后来逐渐变成了两只眼睛；可物极必反，现在快要闭上了。中国人的两只眼睛，闭上了一阵，现在又要睁开了。

闭上眼睛的欧美人士，绝大多数一点也不了解东方，而且压根儿也没有了解的愿望。我最近多次听人说到，西方至今还有人认为中国人还缠小脚，拖辫子，抽大烟，养小老婆。甚至连文人学士还有不知道鲁迅为何许人者。在这样地球越变越小，信息爆炸的时代，西方之“文明人”竟还如此昏聩，真不能不令人大为惊异。反观我们中国，情况恰恰相反。欧美的一切，我们几乎都加以崇拜。汉堡包、肯德基、比萨饼，甚至莫须有的加州牛肉面，只要加一个洋字，立即产生大魅力，群众趋之若鹜。连起名字，有的都带有点洋味。个人名字与店铺名字，莫不皆然。至于化妆品，外国进口的本来就多。中国自造的也多冠以洋名，以广招徕。爱国之士，无不痛心疾首，谴责这种崇洋媚外的风气和行为。然而，从一分为二的观点上来看，也有其有利的一面。孙子说：“知己知彼，百战不殆。”专就东西而论，现在的情况是，我们对西方几乎是了若指掌，而西方对东方则如上面所说的那样，是一团漆黑。将来一旦有事，哪一方面占有利条件和地位，昭如日月矣。

对西方的文化，鲁迅先生曾主张“拿来主义”。这个主义至今也没有过时。过去我们拿来，今天我们仍然拿来，只要拿得不过头，不把西方文化的糟粕和垃圾一并拿来，就是好事，就会对我们国家的建设有利。但是，根据我上面讲的情况，我觉得，今天，在拿来主义的同时，我们应该提倡“送去主义”，而且应该定为重点。为了全体人类的福利，为了全体人类的未来，我们有义务要送去的，但我们决不会把糟粕和垃圾送给西方。不管他们接受，还是不接受，我们总是要送的。《诗经・大雅》说：“投我以桃，报之以李。”西方文化给人类带来了一些好处。我们中国人，我们东方人，是懂得感恩图报的民族。我们决不会白吃白拿。

那么，报些什么东西呢？送去些什么东西呢？送去的一定是我们东方文化中的精华。送去要有针对性，针对的就是我在上面提到的那一个西方文化产生的“危机”。光说“危机”，过于抽象。具体地说，应该说是“弊端”。近几百年以来，西方文化产生的弊端颇多，举其大者，如环境污染、大气污染、臭氧层破坏、生态平衡破坏、物种灭绝、人口爆炸、新疾病丛生、淡水资源匮乏，等等。此等弊端，如不纠正，则人类前途岌岌可危。弊端产生的根源，与西方文化的分析的思维方式有紧密联系。西方对为人类提供生存所需的大自然分析不息，穷追不息，提出了“征服自然”的口号。“天何言哉!”然而“天”——大自然却是能惩罚的，惩罚的结果就产生了上述诸种弊端。

拯救之方，我认为是有的，这就是“改弦更张”、“改恶向善”，而这一点只有东方文化能做到。东方文化的基本思维方式是综合，表现在哲学上就是“天人合一”，张载的《西铭》是一篇表现“天人合一”思想最精辟的文章：“乾称父，坤称母，予兹藐焉，乃混然中处。故天地之塞吾其体，天地之帅吾其性。民吾同胞，物吾与也。”（下略）印度哲学中的“梵我一如”，也表达了同样的思想。总之，东方文化主张人与大自然是朋友，不是敌人，不能讲什么“征服”。只有在了解大自然，热爱大自然的条件下，才能伸手向大自然索取人类衣、食、住、行所需要的一切。也只有这样，人类的前途才有保障。

我们要送给西方的就是这种我们文化中的精华。这就是我们“送去主义”的重要内容。

我们的“李”送了出去，接受不接受呢？实际上，我们还没有正式地送，大规模地送。连我们东方人自己，其中当然包括中国人，还不知道，还不承认自己的这种宝贝，我们盲目追随西方，也同样向自然界开过战，我们也同样有那一些弊端，立即要求西方接受，不也太过分了吗？不过，倘若稍稍留意，人们就会发现，现在世界各国，不管出于什么动机，也不管是根据什么哲学，注意到上述弊端而又力求改变的人越来越多了。今年《日本经济新闻》刊载了高木韧生的文章，说21世纪科研重点将是“人类生存战略”。

这的确是见道之言。我体会，这里所说的“科研”包括文理两个方面。作者把科研提高到“人类生存”这个高度来看，不能不谓之有先见之明，应该受到我们大家的最高的赞扬。至于惊呼人口爆炸的文章，慨叹新疾病产生的议论，让人警惕环境污染、臭氧层破坏、生态平衡的破坏、淡水资源的匮乏等等的号召，几乎天天可见。人类变得聪明起来了，人类前途不是漆黑一片了。我想，世界各国每一个有心人，无不为之欢欣鼓舞。我这一个望九之年的耄耋老人，也为之手舞足蹈了。

我在上面刺刺不休说了那么多话，画龙点睛，不出一点：我曾在一次国际学术讨论会上说过一篇短话，题目叫做“只有东方文化能够拯救人类”。我在上面说的千言万语，其核心就是这一句短短的话。至于已经来到我们门前的21世纪究竟是什么样子？西方文化究竟如何演变？东方文化究竟能起什么具体的不是空洞的作用？人类的前途究竟何去何从？所有这一切问题，都有待于历史发展的进程来加以证明。从前我读过一个近视眼猜匾的笑话。现在新的一个世纪还没有来临，匾还没有挂出来，上面有什么字，我们还不能知道。不管自诩眼睛多么好，看得多么远，在这一块尚未挂出来的匾前，我们都是近视眼。

在这样的情况下，我认为，我们最重要的任务就是学习，就是了解。我们责怪西方不了解东方文化，不了解东方，不了解中国，难道我们自己就了解吗？如果是一个诚实的人，他就应该坦率地承认，我们中国人自己也并不全了解中国，并不全了解东方，并不全了解东方文化。实在说，这是一出无声的悲剧。

了解的唯一途径就是学习，而学习首先必须有资料。对我们知识分子来说，学习资料首先是文字，也就是书籍。环顾当今世界，在“欧洲中心论”还有市场的情况下，在西方某一些人还昏昏然没有睁开眼睛的时候，有关东方的书籍，极少极少。有之，亦多有偏见，不能客观。西方如此，东方也不例外。即使我们有学习的愿望，也是欲学无书。当然，东方各国的情况不尽相同，各国刊出书籍的多寡也不尽相同。但总之是很少的。有的小一点的国家，简直形同空白。有个别东方国家几乎毫无人知，它们的存在在一团迷雾中，若明若暗，似有似无。这也是一出无声的悲剧。

就是为了这个缘故，我们这一批人不自量力——或者更明确地说是认真“量”过了自己的“力”，倡议编纂这一套巨大空前的《东方文化集成》。虽然，我们目前的队伍，由于历史造成的原因，还不是太大；我们的基础还不是太雄厚；但是，我们相信主观能动性。我们想“挽狂澜于既倒”，我们决非徒托空言。世界人民、东方人民、中国人民的需要，是我们的动力。东方人民和西方人民的相互了解，是我们的愿望。东方人民和西方人民越来越变得聪明，是我们的追求。我们老、中、青三结合，而对著作的要求则是高水平的。我们希望，能通过这个活动，既提高了中国对东方文化的研究水平，又能培养出一批学有专长的人才，收得一举两得之效。

我们既反对“欧洲中心主义”，我们反对民族歧视。但我们也并不张扬“东方中心主义”。如果说到或者想到，在21世纪东方文化将首领风骚的话，那也是出于我们对历史发展的观察与预见，并不出于什么“主义”。本着这种精神，我们对东方几十个国家一视同仁。国家不论大小，人口不论多寡，历史不论久暂，地位不论轻重，我们都平等对待，决不抬高与贬低，拜倒与歧视。每一个东方国家都在我们丛书中占有地位。但国家毕竟不同，资料毕竟多寡悬殊，我们也无法强求统一。有的国家占的篇幅多一点，有的少一点，这是实事求是，与歧视毫无关联。我们虔诚希望，在即将来临的21世纪中，中国的两只眼睛都能睁开，而且睁得大大的，明亮而睿智。西方的一只眼睛能变成两只，也同样睁开，而且睁得大大的，明亮而且睿智。世界上各个民族也都有了两只眼睛，都要睁得大大的，明亮而且睿智。我们共同学习，努力互相了解。我们坚决相信，只要能做到这一步，人类会越来越能相互了解，世界和平越来越成为可能，人类的日子会越来越好过，不管还需要多么长的时间，人类有朝一日总会共同进入太平盛世，共同进入大同之域。

1996年3月20日

序言

在草原上，蒙古人是相当熟悉关于永生不死的生命水的故事的，而且20世纪初蒙古文《索勒哈尔奈故事》吐鲁番写本被发现之后，学术界和普通读者都知道了蒙古人中流传的寻找生命水的故事与亚历山大传说之间的关系。但是，如果再进一步叩问古老的《吉尔伽美什》史诗中记录的传说通过什么样的途径流传到蒙古人中，变成了《索勒哈尔奈故事》？就没有几个人能够熟练地回答或者梳理其背后的文化交流脉络了。正是在这个意义上，宝花博士的专著《蒙古文〈索勒哈尔奈故事〉的文化背景研究》做出了夯实的语文学研究和深刻的学理性探索，给想进一步了解《索勒哈尔奈故事》以及古代蒙古族文化与东西方文化交流的人们奉上了一份精美的文化飨宴。宝花是我指导的第一位硕士研究生。这本书是她在硕士学位毕业论文《蒙古文〈索勒哈尔奈故事〉与波斯文亚历山大传说的比较研究》的基础上，承担国家社科基金青年项目期间进一步修改完善而成的。

众所周知，13—14世纪随着蒙古军队的西征和伊利汗国在伊朗的统治，蒙古和中亚地区多民族之间曾经产生过广泛的社会文化交流和经济贸易往来。如今在蒙古学研究中，讨论得最薄弱的可能就是蒙古文学与阿拉伯、波斯文学之间的比较研究了。蒙古文《索勒哈尔奈故事》是20世纪初德国探险家在吐鲁番发现的，现收藏于德国科学院。学者们普遍认为该写本写成于14世纪，旅居美国的著名蒙古学家尼古拉•鲍培断定它为亚历山大大帝寻找永恒之水的蒙古文异文。亚历山大寻求生命水的传说在世界很多地区和民族中都曾广泛流传过，该写本的发现有力证明了蒙古人也接触、讲述过亚历山大的故事。

《索勒哈尔奈故事》是目前发现的蒙古文亚历山大传说的唯一一份写本，残损部分内容只能去猜测了。曾有鲍培、柯立甫、策仁索德诺姆等大学者们都认真研究过，那么再对它进行研究有什么意义吗？能有所突破吗？宝花博士在攻读硕士研究生期间，充分利用北京大学东语系的资源和优势，选修了阿拉伯语和波斯语，阅读波斯文的亚历山大传说，并与蒙古文《索勒哈尔奈故事》进行比较研究，发现二者之间没有结构上的对应关系，蒙古文本不可能是从波斯文直接翻译的。前辈学者们假定蒙古文《索勒哈尔奈故事》为翻译作品，试图通过逐字逐句的对比而找出《索勒哈尔奈故事》的翻译底本，但是始终没有得出确切的结论。在这种情况下，我们是否可以换一个视角，关注这些故事讲述的深层结构？宝花的研究，在充分利用前人研究成果的基础上，重点关注蒙古文《索勒哈尔奈故事》与波斯文亚历山大传说之间的关系、蒙古文《索勒哈尔奈故事》的深层叙事结构以及蒙古文《索勒哈尔奈故事》后面附加的三叶文字的内容，在较大的语境和文化背景中去分析理解该写本，从而得出了自己的一些新看法。这是一项有趣的研究，今天看来也为“一带一路”文化交流交融研究提供了又一个有价值的学术案例。

《蒙古文〈索勒哈尔奈故事〉的文化背景研究》体现了北京大学蒙古学研究的优势和特点。我一直强调，北京大学的蒙古学是东方学的重要组成部分，应该充分利用北大东方学多语种的有利条件，加强蒙古语言文化与阿拉伯语、波斯语、梵语、朝鲜语等和蒙古历史文化关系密切的语言文化的比较研究，走“大蒙古学”的发展之路。《蒙古文〈索勒哈尔奈故事〉的文化背景研究》正是体现了北京大学蒙古学的这个发展思路，并在蒙古文学与波斯文学的跨语言比较研究方面取得了良好的成绩。目前在国内外蒙古学研究领域，直接用波斯文和蒙古文文献进行比较研究的学者仍然非常少。而宝花在搜集和掌握基本文献资料方面狠下了苦功夫。首先，她在反复研读《索勒哈尔奈故事》写本影印件的基础上，全面搜集了国内外学者研究蒙古文《索勒哈尔奈故事》的英文、德文和蒙古文的论文，并把国外学者的论文译成中文。其次，宝花直接阅读了波斯文的亚历山大研究著作及相关资料，并将部分内容译成中文。宝花驾驭的文献语种涉及回鹘体蒙古文、波斯文、英文、德文和中文，因此本书的文献资料掌握程度是比较让人满意的。本书在充分吸收前人研究成果的基础上对蒙古文《索勒哈尔奈故事》进行了比较研究和结构分析，对故事的叙事主题和文化内涵做了较为深入的挖掘。作者对蒙古文《索勒哈尔奈故事》的拉丁字母转写和结构分析都有新颖之处，特别是在上下文的互文性中分析故事的思想内涵，所得出的结论是可靠的，在研究方法上也纠正了前人的一些片面做法。当然，本书也并不是穷尽了《索勒哈尔奈故事》的所有研究问题并解决了所有疑难问题。譬如，与蒙古文《索勒哈尔奈故事》订成一册的回鹘文写本也是应该纳入到比较研究的范围并进行进一步的文献考证研究才对。而且，回鹘体蒙古文和回鹘文的文献涉及中亚文化交流和北方民族早期佛教传播问题，因此如果把蒙古文《索勒哈尔奈故事》放在更广阔的东西方文化交流和佛教思想传播的大语境中研究将会取得更大的成就。

最后说一下《蒙古文〈索勒哈尔奈故事〉的文化背景研究》对蒙古文学史研究和蒙古比较文学学科建设的重要性。从柯立甫的研究和蒙古国著名学者策·达木丁苏荣编的《蒙古古代文学精华一百篇》开始，蒙古文学史的研究者们都关注蒙古文《索勒哈尔奈故事》并写进蒙古古代文学史，但是就《索勒哈尔奈故事》在中世纪蒙古与中亚、印度之间文化和文学交流中的历史地位的探讨并不充分，而宝花的《蒙古文〈索勒哈尔奈故事〉的文化背景研究》在这方面迈出了实质性的一步。更重要的是在蒙古比较文学的学科格局中以往一直侧重于蒙汉文学、蒙藏文学等国内兄弟民族文学之间的比较研究，而蒙古文学与古代东方各国的文学特别是波斯文学和阿拉伯文学的比较研究方面鲜有人真正涉及。宝花的《蒙古文〈索勒哈尔奈故事〉的文化背景研究》在这方面做了开拓性的探索，让我们看到了古代波斯、阿拉伯的语言和文学与蒙古文学、蒙古文化之间的广泛交流和密切联系，甚至让人感觉到蒙古文学与更加古老的《吉尔伽美什》史诗之间可能存在的潜在的联系。而这种比较研究的前提是必须扎实地掌握波斯语、阿拉伯语、梵语乃至更多的学术资料语言并且熟练驾驭这些语言来做语文学的研究，而宝花在某种程度上做到了这一点。迄今，我指导过不少学生，但是我对宝花的评价和印象还是“好学生可遇不可求”，宝花在北京大学刻苦学习的经历给很多师生留下了美好的印象，甚至宝花毕业后还有研究生同学自愿成立“小宝花学习小组”来勉励自己。我希望有更多的青年学者像宝花一样学习和掌握更多的语言和理论知识去探索蒙古文学和文化乃至东方文学和文化。

陈岗龙

2019年11月15日星期五

于北京大学燕北园游牧小屋

目　录

导论

一、研究概况

20世纪初，德国探险队在我国新疆吐鲁番发现了一批文献资料，现收藏于德国科学院东方学图书馆。其中编号为TID155的文献的开头和结尾部分用回鹘文、中间部分用回鹘体蒙古文书写，共17叶34面。7b~13a面有回鹘体蒙古文的一则民间故事，佚名，无标题，文本残缺不全[①]，尤其前面部分文字遗失极其严重，拼凑其能识别的字词，可以得知大概情节。

故事讲述的是：

上古时期，在呼罗珊地区密西尔城里，有一个名为索勒哈尔奈的人，他活了几千年。似乎有人告诉他如果得到上天的恩赐（获得生命水），他将长生不老。于是索勒哈尔奈就寻求上天的恩赐，希望能永远活在世上。他召集民众，宣布自己的意图，并且派人去四处搜寻生命之水。但是他（们）直到筋疲力尽，也没能获得（生命水）。

索勒哈尔奈与50个同伙一起越过一座桥，最终受上天之命，唯独索勒哈尔奈走上须弥山顶，看到四面八方的海洋、陆地以及周围的群山。随后他似乎看见山上悬吊的一条绳子，想要顺其而下，便走近那条绳子，恰好此

① 德国科学院东方学图书馆藏（Depositum der BERLIN-BRANDENBURGISCHEN AKADEMIE DER WISSENSCHAFTEN in der STAATSBIBLIOTHEK ZU BERLIN-Preussischer Kulturbesitz Orientabteilung）扫描件U558_07~U558_13。

时大鹏金翅鸟见到索勒哈尔奈的此行为，赶忙阻止他说："你是疯狂粗野的人吗？从高峰顺绳子而下，（也不会找到）生命水。"

随后索勒哈尔奈第二次召集民众，传达想要潜入海底的意愿，他的大臣们劝索勒哈尔奈说，好不容易登上了须弥山顶，现潜入海底的行程将更为艰难。海里可能会遇到各种恶魔怪兽等，想方设法阻止他。但索勒哈尔奈没有听取臣下的意见，为了避免在海底遭到邪恶力量的攻击，制作了一条能乘两个人的小舟，装载食物及航海必备品，小舟外面罩上网子并用无数条绳子捆住，使之牢固，用长绳吊挂小舟慢慢下放到海底。在那里，索勒哈尔奈遇见了一个神人或天使，索勒哈尔奈描述自己登上须弥山的经历，并传述潜入海底、寻求生命水的意图。那个（神）人告诉索勒哈尔奈如此冒险的危险性和不祥之兆，再三劝导索勒哈尔奈赶快回陆地。听完此番话，索勒哈尔奈摇动捆绑小舟的麻绳，（给陆地上的大臣们信号）返回陆地，上升到地面的航程持续了一个月。索勒哈尔奈从海里出来以后，给臣下们讲述了自己在海底所见到的一切，大臣们和索勒哈尔奈一样大为惊奇。

之后索勒哈尔奈又一次召集大众，宣布他的另一个愿望，即要前去日落的地方，与太阳一同潜入黑暗，看看它是近是远。他的民众说索勒哈尔奈从充满危险的海底回来，现在又要去黑暗世界，相互议论（此设想）。索勒哈尔奈下令必须跟从，他的忠臣们异口同声说好。如其所愿，索勒哈尔奈进入了黑暗世界，深信自己能够得到上天的恩赐。（有人说）你的所有这些伙伴们都没有你的高龄，看到太阳（——在世）（的日子有限），不能让他们（在黑暗里)遭到灾祸,劝他立刻回去,说至今你已征服了所有的国土。听完此番话,索勒哈尔奈对他的伙伴们说:“如果从这里回去,上天赐予我的生命将会结束,所以要祈求(上天赐予)生命泉水。”他们祈祷着(从黑暗往回走)。当他(们)即将要走出黑暗世界的时候,一个隐身人给了索勒哈尔奈满满一杯生命水,并说喝了之后他将获得永恒的生命。索勒哈尔奈问他的伙伴们自己是否应该喝下生命之水,他们说:“等您从黑暗世界出去以后,与您的大臣们商量了再喝也不晚。”出来后(索勒哈尔奈)向他的公民讲述在黑暗世界所见到的一切,并问他们自己该不该喝生命水,大家开始讨论这个问题:有些人希望他喝生命水,因为它是上天的恩惠;有些人却困惑,不知道如何是好;其中有一个英明的大臣告诉索勒哈尔奈说:“喝了生命水,便会得到永无止境的寿命,直到天崩地裂都不会死去,因为生命之水是死亡的阻碍。当所有的民众都死去了,独自一个人活在世上有何用途,不再拥有侍从你的公众时,你若仍不后悔,那么你可以喝生命水。”听了这番话,索勒哈尔奈说“如果是这样,喝了它又有什么用呢”,就把手中的生命水泼在一棵柏树上,从此以后柏树就变得四季常青、永不枯萎。

最后索勒哈尔奈返回密西尔城,又一次召集他的伙伴们,宣称说上天创造大地以来,曾有过多少个国王,从今往后又将会出生多少个国王,而唯独我被赐予和享受了三千高龄,这一生中遇见了世上所有的公民(世上没有未被我看见的人)。他悉数了自己下降到海底、登上须弥山顶峰、前往太阳降落的地方,在黑暗中走了两年,第三年获得永恒水、幸活整整三千年的种种奇遇,说自己是目前世界上唯一的国王，也从未有过像他一般享福的国王，嘱咐当他死后将他的遗体在大地上巡行一周。最先让一千个少女献上金银珠宝，随后选派一千名二三十岁的摔跤手、歌手和杰出的琴手，让一千个白发老人走在其后，向天祈祷，手持矛剑。让我的手露在（棺材）外面，如果能够进入……珠宝将会保护这些少女；如果能进入……上天会保佑这些白发老人。人生下来必将会死去，即使活了三千年也必定要死去，不管是什么时候（或早或晚）都将死去。从前曾有过多少个国王，将会有多少个国王诞生。唉，人在世的时候该尽情享受生活，死去了就没什么用途。这样说了，结束了，尽情享乐，死去了就没什么用途，这样说了，结束，尽情享乐，死去了就没什么用途，这样说了，结束。

该写本 7b~13a 面记载这样一则故事，因为主人公叫作索勒哈尔奈，所以学者们通常称之为《索勒哈尔奈故事》（Sulqarnai-yin Tuγuji）。

最初于 1933 年，班格（Willi Bang）和拉赫马蒂（Rahmatulin Rahmati）在《亚洲研究》（Asia Major，第 9 期，第 129 ~ 140 页）发表题为《古代吐鲁番的叙事诗》（Lieder aus Alt-Turfan）的论文，首次报道 TID155 号文献的存在，说明其一部分为蒙古文，同时用拉丁文字母转写和德文翻译了文献的回鹘文部分。正因为如此，原文的玻璃护面外贴有“突厥。《亚洲研究》，TID155 回鹘文，蒙古文”的标签（关于突厥地区的或者从突厥地区发现的文献，《亚洲研究》曾发表过有关报道，TID155 号，用回鹘文和蒙古文写成）。但遗憾的是，关于蒙古文部分，该文的作者只提到它“是回鹘文和蒙古文的小说故事，与突厥语族民族的叙事诗有紧密联系”。除此之外，没有对蒙古文部分做进一步的分析和研究。

蒙古国学者策·达木丁苏荣院士在其《德国科学院参观纪录》[①]一文中断定该《索勒哈尔奈故事》为14世纪的蒙古文献，并抄录第11叶下第11行至12叶上第2行的内容——“喝了（生命）水，直到天崩地裂都不会死，（当你对尘世感到厌烦时）也不能死，它将成为一个阻碍，你的人民和忠臣都死了，你一个人活着有什么用”一段，第一次公开发表《索勒哈尔奈故事》的部分内容，同时概述了故事大意：一个人欲喝永生不死的生命之水，希望长生不老，而另一个人却阻止并劝导他说当自己的熟人和亲戚朋友都死了，一个人活在世上有何用途。因当时访问日程安排紧张，关于蒙古文写本的特征、来源等问题，策·达木丁苏荣院士没有来得及展开论述，然而他提出的建设性意见却对我们的研究具有启发意义，此乃“它（《索勒哈尔奈故事》）是从别的文字翻译成蒙古文的，还是用蒙古文创造、记录下来的”问题。

1957年，旅居美国的著名蒙古学家尼古拉·鲍培（Nikolaus Poppe）教授在《德国东方学报》（Zeitschrift der Deutschen Morgenlandishchen Gesellschaft）上发表了《蒙古文亚历山大故事》（Eine mongolische Fassung der Alexandersage）一文，首先断定上面提及的蒙古文《索勒哈尔奈故事》为亚历山大大帝寻找生命水传说的异文，将其转写成拉丁字母并附德文翻译。策·达木丁苏荣院士在其《蒙古古代文学一百篇》（1959，乌兰巴托）[②]中引用鲍培教授的转写本及相关研究结论，简要介绍历

① Шинжлэх Ухаан, No. 3, 1954, pp. 22~29.

② 笔者参考的是内蒙古人民出版社1982年版本，〔蒙古〕策·达木丁苏荣：《蒙古古代文学一百篇》，呼和浩特：内蒙古人民出版社，1982年。

史人物亚历山大大帝以及10世纪以来阿拉伯、印度、突厥语族民族文学作品中关于他寻找生命泉水的传说故事。

美国蒙古学家柯立甫（Francis Woodman Cleaves）于1959年发表长篇学术论文《亚历山大故事的早期蒙古文异文》（An Early Mongolian Version of the Alexander Romance）[1]，将蒙古文亚历山大故事与叙利亚、希腊、埃塞俄比亚流传的异文及阿拉伯文《亚历山大传记》、波斯文《列王纪》中有关亚历山大的传说进行广泛比较，意图找出蒙古文《索勒哈尔奈故事》翻译的出处，但最终没有得出确切的结论，只是假定曾经有过回鹘文的亚历山大故事，蒙古文写本大概译自（现仍未找到的）回鹘文传说。其根据有二：首先，故事中出现众多突厥语借词；其次，故事写本出土时被夹在大量的回鹘文文献中间。

同年，海涅什（Erich Haenisch）《柏林吐鲁番藏品中的蒙古文献 II》[2] 得以出版，在39~48页发表了蒙古文《索勒哈尔奈故事》及后面三叶文字的影印本。

英国著名伊朗学者宝依勒（J. A. Boyle）著有《亚历山大传说在中亚》（Alexander Romance in Central Asia）、《亚历山大与蒙古人》（Alexander and the Mongols），分别发表在《中亚研究》（Zentralasiatische Studien 9, 1975, 265~273）和《皇家亚洲学会杂志》（Journal of the Royal Asiatic Society, 1979, 123~136）。

蒙古国策仁索德纳木（D. Cerensodnom）和德国陶贝（M. Taube）合著《柏林吐鲁番藏品中的蒙古文献》一书（1993年）[3]

---

① Cleaves, F. W. *An Early Mongolian Version of the Alexander Romance*. Harvard Journal of Asiatic Studies, 1959, 22: 1~99.

② Haenisch, E., Mongolica der Berliner Turfan-Sammlung II, Academie-Verlag, Berlin, 1959.

③ Cerensodnom, D. and Taube, M., Die Mongolica der Berliner Turfansammlung, Academie-Verlag, Berlin, 1993.

实为吐鲁番古文献研究的集大成之作。本书 51~63 页介绍蒙古文《索勒哈尔奈故事》及其研究概况，后附拉丁文字母转写（基本与柯立甫的一致）和德文翻译，并未关注故事后面三叶内容。

国内研究《索勒哈尔奈故事》的成果，可以提到道布先生整理、转写、注释的《回鹘式蒙古文文献汇编》（民族出版社，1983 年）和双福著《上古蒙古语研究》（内蒙古教育出版社，1996 年）、高校教材《中古蒙古语》（辽宁民族出版社，1997 年）中的相关论述及格·那木吉拉教授的论文。策·达木丁苏荣院士的《蒙古古代文学一百篇》于 1982 年由内蒙古人民出版社出版，国内学者便有机会读到策·达木丁苏荣院士根据鲍培教授拉丁字母转写的版本复原的回鹘体蒙古文《索勒哈尔奈故事》，翌年道布先生在《回鹘式蒙古文文献汇编》（第 419~466 页）中简单介绍该文献及相关研究情况，后附原文影印件，并将其复原成回鹘体蒙古文和现代蒙古文，加以注释。这是《索勒哈尔奈故事》原文在国内首次影印出版，无疑对《索勒哈尔奈故事》的研究具有重要意义，但是因为道布先生转引的不是原文，影印本的文字越变越模糊，较难识别。

1985 年双福发表《回鹘体蒙古文文献中哪一部最古老——有关〈索勒哈尔奈故事〉的研究》[1] 一文，主要从文献的角度进行分析，根据其书写特征，认为“14 世纪初期”只是《索勒哈尔奈故事》某一变体被抄录的时期，而非该故事最初翻译成蒙古文的。双福认为，《索勒哈尔奈故事》是目前发现最古老的回鹘体蒙古文文献，大概在上古蒙古语到中古蒙古语的过渡时期被卫拉特人翻译成蒙古文。作者还提出故事中所体

① 双福:《回鹘体蒙古文文献中哪一部最古老——有关〈索勒哈尔奈故事〉的研究》，《蒙古语文》，1985 年第 6 期，第 32~43 页。

现的“长生天崇拜”和“陪葬习俗”是西方文化对蒙古文化的影响和渗透的表现，并对索勒哈尔奈留下的遗言和《黄金史纲》、《蒙古源流》所记载成吉思汗的遗言进行比较，认为《索勒哈尔奈故事》的思想内容影响了成吉思汗和蒙古贵族的思想意识。双福在其《上古蒙古语研究》的第八章，专门探讨《索勒哈尔奈故事》，同时注意到连接故事后面的三叶文字内容，认为引自《别解脱戒经》、宣扬“不作孽、不杀生、制止心欲”等佛教思想的这25段诗为《索勒哈尔奈故事》的末尾诗，并将其转写成拉丁文字母。

高校教材《中古蒙古语》则笼统地说“《索勒哈尔奈故事》译自阿拉伯、波斯文”，《蒙古文学发展概要》认为“《索勒哈尔奈故事》于13世纪末14世纪初被译成蒙古文”[①]，但均没有做具体考证。

格·那木吉拉教授的《〈索勒哈尔奈故事〉原文追溯》[②]一文通过蒙古文《索勒哈尔奈故事》与阿拉伯、突厥民族的相关传说记载及民间故事的比较研究，阐述其多元文化性质，得出的结论基本与柯立甫一致，认为蒙古文《索勒哈尔奈故事》的源头很可能在突厥民族中。

伊朗学者萨伊德·侯赛因·萨弗依(سید حسن صف ی)在其《亚历山大与伊朗文学》[③]中认为亚历山大去往黑暗世界寻找生命泉水的故事最初从叙利亚文发端，通过阿拉伯，传到波斯地区。该著作对亚历山大故事在中亚地区传播路线的把握及论述比较清晰，但该故事在波斯、突厥和蒙古地区的传播方面，学

① 巴·苏和，宝音陶克涛主编：《蒙古文学发展概要》(蒙古文)，沈阳：辽宁民族出版社，1996年，第232页。

② 格·那木吉拉：《〈索勒哈尔奈故事〉原文追溯》，《蒙古语言文学》，2004年第5期，第27~31页。

③ اسکندر و ادبیات ایران , سید حسن صف ی.(亚历山大与伊朗文学), ۱۳۶۴, ۱۸۳.

者们尚未有确切、一致的结论。

二、选题意义

《索勒哈尔奈故事》是14世纪时期为数不多的蒙古文文献之一，它在蒙古古代文学中占有举足轻重的地位，对它的深入研究对中古蒙古语、蒙古古代文学和蒙古民族思想史等诸多领域的研究都具有重要的学术意义，而目前国内学界对这部文献的研究还不够深入。

《索勒哈尔奈故事》是目前发现的蒙古文亚历山大传说唯一一个写本，对它的原文进行深入研究是非常有必要的。

亚历山大的故事在世界各地广泛流传，埃塞俄比亚、叙利亚、波斯、阿拉伯文的亚历山大传说早已知名，20世纪初吐鲁番发现的蒙古文《索勒哈尔奈故事》有力证明了亚历山大故事曾经在蒙古地区流传过。亚历山大传说不同异文间的比较研究将有利于理清蒙古文学与其他民族，尤其中亚民族文学、文化间的交流。因13世纪蒙古人的西征和伊利汗国的统治，蒙古与波斯、阿拉伯文化曾有过频繁接触和广泛来往。蒙古文学关系史、蒙古文学比较研究中最重要的、同时也是研究最薄弱的是蒙古文学与波斯、阿拉伯文学间的关系，《索勒哈尔奈故事》的比较研究将是一个很好的切入点。至今，关于蒙古文《索勒哈尔奈故事》的出处方面，学术界还没有确切、一致的结论。

三、资料来源

（1）笔者有幸获得德国科学院收藏《索勒哈尔奈故事》和后面三叶[1]的原文影印本，可以结合《回鹘式蒙古文文献汇编》一书及鲍培、柯立甫、双福（对《索勒哈尔奈故事》后面文字的转写和现代蒙古语复原）[2]、德·特木尔陶高[3]的拉丁字母转写，直接阅读原文。

（2）充分吸收前人的研究成果。较全面收集关于《索勒哈尔奈故事》的蒙古文研究成果，同时把鲍培教授的《蒙古文亚历山大故事》（德文）和柯立甫论文《亚历山大故事的早期蒙古文异文》（英文）翻译成中文，以供国内学者参考。

（3）波斯学者萨伊德·侯赛因·萨弗依的《亚历山大与伊朗文学》一书，较全面涉及了伊朗文学中关于亚历山大大帝的细节，相当于波斯文亚历山大传说的索引，对本书研究可以起到工具书的作用。

（4）13、14世纪回鹘体蒙古文的其他文献资料，包括伊利汗国钱币。与之对照，释读文本。

（5）相关的民间文学资料和母题索引等。

---

① 海涅什 1959 年影印本中第 46~48 页。原文献 14B~16A。德国科学院东方学图书馆扫描文件 U558_14a~U558_15b。

② 双福:《上古蒙古语研究》，呼和浩特：内蒙古教育出版社，1996 年，第 624~630 页（复原）、636~642 页（转写）。

③ D.Tumurtogoo, *Mongolian Monuments In Uighur-Mongolian Script, XIII-XVI Centuries*, Taipei, 2006.

四、研究方法与突破口

（一）文献转写方面

鲍培、柯立甫和德·特木尔陶高院士都曾将蒙古文《索勒哈尔奈故事》转写成拉丁文字母。鲍培释读每个字词后，按照现代蒙古语的写法进行拉丁文字母转写。如原回鹘体蒙古文文献中的“a”、“e”都有两个字牙，写法一致，而鲍培教授在转写的时候根据其意把二者的读音加以区别，可以明确断定为[ə]的两个字牙，转写为“e”（NP: erte, edüge），有助于我们理解故事内容。如（第7叶下第1行）、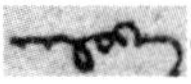（第8叶下第2行），柯立甫的转写则更能反映原文的书写特征，即使应该读[ə]的字词里若有两个字牙，他仍按照忠于原文的原则，转写成“a” (FWC: arte, adüge)；明显能区分[o/u]或[ö/ü]的地方，若有些写法跟现代蒙古语的不一样，例如（第8叶上第8行）、（第11叶下第2行），鲍培按照现代蒙古语的读音转写（NP: urida, mönke），柯立甫则按照其写法转写为“ürida”、“monke”，有助于揭示当时书面蒙古语的书写特征，同时重新释读了某些词。德·特木尔陶高院士的转写第一次系统运用长音符，尽可能接近文字当时的读音。双福在《上古蒙古语研究》中转写了《索勒哈尔奈故事》后面三叶的内容，字首的元音前面附加“h̲”、“h”、“h̲”；没有长牙的“ö”、“ü”，考虑到其字形，用“o”、“u”表示，用下划线、上划线、下点等表示原文书写、读音方面的诸多特征（转写前作者做了详细说明）。

对《索勒哈尔奈故事》的转写，鲍培、柯立甫和德·特木尔陶高的转写都明确区分“q”和“γ”（音异），而实际在写本中二者都没有字点儿（同形）：（第7叶下第2行）、（第8叶下第2行）；原文的大部分“n”没有带点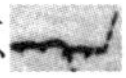

（第 8 叶下第 2 行），只有《索勒哈尔奈故事》后面三叶内容的前几行有“n”的字点（第 14 叶下第 6 行）、（第 14 叶下第 5 行）；中古蒙古语中“s”词尾有两种形式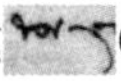（第 14 叶上第 9 行），等等，以上三位学者的转写都没有表示这些区别，笔者根据文字的读音进行转写（transcription）的同时，意图区分这些同音异形的字母，在特殊写法后面加圆括弧，表示其写法（transliteration），以至更好地反映原文的书写特征。

（二）跨语言文本比较研究

蒙古文《索勒哈尔奈故事》为亚历山大传说的蒙古文异文，该故事可能通过两种途径传播到蒙古地区：一是某人根据其他语言的文献，直接翻译成蒙古文（文本到文本）；另一种可能是该故事先口头流传到蒙古地区，然后蒙古文人将其记录成文字（从口头文本到书面文本）。无论通过文字翻译还是口头传播到蒙古地区，该故事的源头应该在中亚地区。因此，多语种跨语言文本的比较研究可揭示其传播过程中的演变特征。

在以往的研究中，鲍培和柯立甫引用了多种文字（希腊文、埃塞俄比亚文、叙利亚文、阿拉伯文、波斯文等）的亚历山大传说，与蒙古文《索勒哈尔奈故事》的相关情节进行对比。不过，对波斯文文本进行研究时，他们只利用了别人的转述，因此并没有对这个文本做详细的梳理。笔者直接阅读波斯文的亚历山大传说之后发现这个文本与蒙古文《索勒哈尔奈故事》最为接近，因此本书将重点对蒙古文《索勒哈尔奈故事》与波斯文的亚历山大传说进行比较研究，分析这两个文本的深层叙述结构。同时参考汤普森《民间故事母题索引》，对蒙古文《索勒哈尔奈故事》进行多语种、跨语言文本的精细比较。

蒙古国科学院院士比拉（Shagdaryn Bira）先生提到，蒙哥汗的大臣穆罕默德·牙老瓦赤（Mahmūd Yalavach）曾给蒙哥汗献上伊斯兰世界的罗马亚历山大故事，蒙哥汗对此感到喜悦。亚历山大故事被认为是14世纪早期时候被翻译成蒙古文传播到蒙古地区。[①] 这里所指的“伊斯兰世界的译本”，必与阿拉伯文、波斯文的亚历山大故事有内在联系，而前人的研究并没有直接利用波斯文和阿拉伯文资料。本书将重点关注波斯文亚历山大传说与蒙古文《索勒哈尔奈故事》关系的同时，适当比较阿卡德语《吉尔伽美什》与蒙古文《索勒哈尔奈故事》。

（三）故事的结构分析

笔者在前人研究的基础之上，用结构分析法，揭示蒙古文《索勒哈尔奈故事》潜在的叙事结构。鲍培、柯立甫、策·达木丁苏荣和格·那木吉拉等学者曾经从不同的角度系统而深入地研究过蒙古文《索勒哈尔奈故事》，提出了各自的见解，但他们在研究方法上都侧重于历史—地理学派的比较研究，且关于蒙古文《索勒哈尔奈故事》的源头，至今仍未得出确切的结论。根据研究的需要，前辈学者们把《索勒哈尔奈故事》的情节母题一个个拆开，与其他民族的类似故事母题进行比较，这种研究在某一个具体母题的研究问题上取得了一些成绩，但是忽略了母题之间的联系和故事整体结构。然而，作为广泛流传的著名传说故事的东方变体，蒙古文《索勒哈尔奈故事》的整体结构研究也是非常必要的。

（四）在上下文的互文性中观察其深层含义

《索勒哈尔奈故事》为吐鲁番出土的蒙古文文献的一部分，其前后都有内容，而鲍培、柯立甫等学者释读原文的时候并没有注意到紧接着《索勒哈尔奈故事》抄写的三叶文字内容。双

---

① Shagdaryn Bira. *Mongolian Ideology of Tenggerism and Khubilai Khan,* Popular Culture in Asia: Globalization, Regionalization and Localization.（北京论坛2005年大众文化分坛论文集），北京论坛（2005）组织委员会，p. 185。

福在《上古蒙古语研究》中写道“《索勒哈尔奈故事》后面的文字引自《别解脱戒经》(Anggida Tonilγaγči Sudur),对佛教在蒙古地区的传播起到了非常重要的作用”①,但未做过具体考证和再深入研究。将《索勒哈尔奈故事》与原文前后内容结合起来研究,有助于发现蒙古文亚历山大故事的渊源和当时蒙古人接受亚历山大传说的用意。《索勒哈尔奈故事》前面的蒙古文部分残损极其严重,但紧接《索勒哈尔奈故事》的三叶文字可以释读,文中将注意到《索勒哈尔奈故事》与这段文字之间的联系。

① 双福:《上古蒙古语研究》,呼和浩特:内蒙古教育出版社,1996 年,第 623 页。

第一章 蒙古文《索勒哈尔奈故事》的研究史评述

柯立甫在《亚历山大故事的早期蒙古文异文》的绪言部分详细介绍了现在我们称之为《索勒哈尔奈故事》的有关报道及自己对它的认识过程。他首先从赫伯特·舒尔曼(Herbert Schurmann)博士1951年8月26日的来信中得知该写本的存在,即德国科学院收藏的TID155号文献的一部分内容是用蒙古文书写的。翌日舒尔曼博士的第二封信则更详细地描述该文献第9到第15叶是清晰可读的蒙古文,前面几叶残损严重,较难翻阅,而蒙古文部分的开头可能是在第5叶或者更往前,并推测说蒙古文部分和前后两部分的回鹘文本可能就是一个人的笔迹。文献用一根线和封皮装订成册,具有近东风格,每叶规格为大概14.5cm×18.5cm,13行文字。

他也引用了班格、拉赫马蒂著《古代吐鲁番的叙事诗》和策·达木丁苏荣院士的《德国科学院参观纪录》,对前人的研究有了比较全面的把握。

之后柯立甫得到《索勒哈尔奈故事》的复印本,同时送往鲍培教授和田清波神甫(Reverend Antoine Mostaert)每人一份。可知柯立甫比鲍培教授更早接触到了《蒙古文亚历山大故事》原文复印本,尽管他的《亚历山大故事的早期蒙古文异文》发表在1959年,比鲍培教授的论文晚两年,但他酝酿的时间却更长。

柯立甫在文中对鲍培教授的《蒙古文亚历山大故事》一文进行了学术评议,充分肯定他对蒙古古代文学,尤其对《索勒哈尔奈故事》研究的卓越贡献,在他的研究基础之上,将写本重新转写成拉丁文字母,同时参考赫伯特·舒尔曼、田清波等学者的来信，对个别字词进行不同的解释。犹如柯立甫在文中再三强调的，“是鲍培教授的研究为后人奠定了基础，无论何时我们都不可否认他在《蒙古文亚历山大故事》研究中的地位”。但在学术研究的严格意义上，我们也必须承认柯立甫的拉丁文字母转写更准确、更能体现文本当时的书写特征。读法变了，对字词的理解自然也会发生变化，鲍培的注释无疑对我们理解故事内容具有重要作用，而柯立甫的注释更有助于对文本的细微、深入的理解。

鲍培教授第一次将《索勒哈尔奈故事》翻译成欧洲文字（德文），柯立甫在论文中亦把《索勒哈尔奈故事》翻译成英文。译文相当于对原文的全面解释，充分体现了论文作者对原文的理解，更有助于后人的分析和研究。

鲍培和柯立甫首先都把《索勒哈尔奈故事》的内容分成四个主要情节：①索勒哈尔奈走上须弥山顶；②索勒哈尔奈潜入海底；③索勒哈尔奈去往黑暗的地方；④索勒哈尔奈回到密西尔城。然后将其与埃塞俄比亚文、叙利亚文、希腊文和阿拉伯文、波斯文亚历山大传说的情节进行对比，意图发现亚历山大传说不同文字文本之间的关系。

关于索勒哈尔奈登上须弥山的情节，里奥（Archipresbyter Leo）的《亚历山大探险故事的发生地》（Nativitas et Victoria Alexandri Magni Regis）中有拉丁文亚历山大传说的相关片段〔柯立甫转引自弗雷德里希·普菲斯特（Friedrich Pfister）博士《里奥关于亚历山大的传说》（Der Alexanderroman des Archipresbyters Leo）〕，讲道：

> 从此我们来到一个地方，那里有一棵树，既没有果实也没有树叶，上面栖息着一只鸟，鸟首发光好比太阳，它

叫作 Fenix（Phoenix）。

从那里我们来到一座山（前），其下面的一个山谷里悬挂着一个金链条，而且这座山有两千五百步幅的蓝宝石。我和一些士兵一起往上攀登，发现一座宫殿，有黄金窗户、铙钹和鼓。还看到一个神殿，都是用黄金建造的，有一张宝石[①]制作的床上躺着一个身材高大、威光赫奕的人，他穿着白色棉[②]外衣，戴着金子和宝石的装饰。我在那里还看见葡萄串[③]那样的宝石，然后我向那个人敬礼并下（山）了。

鲍培教授虽然也提到里奥文章的大意，但是并没有具体引用和详细论证。柯立甫认为里奥文章提及的这座山就是蒙古文《索勒哈尔奈故事》中的须弥山（第 7 叶上第 12 行，以后用 7a12 表示）；金链条与蒙古文中的 tasman（皮带）（8b5）、Fenix 鸟与 garudi（大鹏金翅鸟）（8b7）直接对应。他认为蒙古文本明显把两个不同的情节压缩到一起，因而索勒哈尔奈登上山顶的情节在前，遇到神鸟的情节在后。就两个情节的前后顺序而言，柯立甫认为里奥（文中）的可能早于蒙古文本，明显来自古叙利亚文亚历山大传说——其中"遇到（神）鸟"的主题不仅在"登山"之前，而且由于另一只鸟的干涉，跟这个（登山）情节也没有任何关系。接着他引用布吉（Ernest A.Wallis Budge）的《亚历山大大帝的历史：伪名 Callisthenes 抄本的叙利亚变体》（The History of Alexander the Great, Being the Syriac

① Cf. Pfister, op. Cit., p. 137a: "Lectisternium Polster 112,4. 115,22."
② Cf. Pfister, op. Cit., p. 137a: "bambiceus 112,6."
③ Cf. Pfister, op. Cit., p. 137a: "botrus 112,7. 115,15."

Version of the Pseudo-Callisthenes)[①]（第 101~102 页），提及叙利亚文亚历山大传说中有关“遇见鸟”的情节：

> 此后我们开始启程，走到的一个地方是片荒地。走到深处看见没有树叶没有果实的一棵树上栖息着一只鸟，它头顶上有类似太阳光线的东西，他们叫它为 Phoenix。

叙利亚文变体对高山、建在山顶上的神殿、围绕山的金链条等细节描述得也比较详细（可见布吉《亚历山大大帝的历史：伪名 Callisthenes 抄本的叙利亚变体》，第 101~102 页），并且与埃塞俄比亚文的相关情节很相似，柯立甫和鲍培教授一样，只提到布吉的《亚历山大大帝的生平及伟业：伪名 Callisthenes 抄本和其他译本中亚历山大历史的埃塞俄比亚文翻译》（The Life and Exploits of Alexander the Great, Being a Series of Translations of the Ethiopic Histories of Alexander by the Pseudo-Callisthenes and other Writers）这本书，没有引用摘录。

柯立甫接着讲到希腊文本中的相关描述，莫勒（Carolus Müller）的《伪名 Callisthenes 抄本》（Pseudo-Callisthenes）[②]（第 89~90 页）记载：

> 他看见长有人脸的三只鸟[③]在空中飞翔，它们从高处用希腊语对他说：“你所踏上的国土属于上帝，可怜的家伙，（快）回去！你不可能征服神圣的土地，因此，你还是回去吧，凡人！去征服（那些）赐予你的土地，不要给自己

---

① Cambridge, 1889.

② Parisiis, M DCCC XLVI.

③ 不是鲍培教授不经意说错的“zwei Vőgel”（两只鸟）。

添麻烦！”

柯立甫认为希腊文本中遇到“三只鸟”——古叙利亚文和埃塞俄比亚文本中的“两只鸟”——合并和融入到蒙古文本中，也牵涉最源头的关于 phoenix 的情节。所以蒙古文本中主人公登上须弥山的情节，至少由原来各自独立的三个不同主题，调换和删除其中的一些因素重新组合而成。

关于高山的情节及主人公与一只或几只鸟的相遇，鲍培教授从波斯文亚历山大传说中找了更多的例子，如菲尔多西的《列王纪》讲述，亚历山大来到一座发光的高山，那里留有两根柱子，每根柱上都有一个大鸟巢，每个鸟巢里都有一只绿色的大鸟，并与亚历山大交谈[①]。他也认为弗里特伦德（Friedlander）所引用的欧玛拉（Umara）《海德尔传说》讲述的世界之山 Qaf 与蒙古异文中的须弥山相对应。接下来讲到一只非常不友善的大鸟向亚历山大搭话[②]。在 Ta' labi 里也同样提到一只鸟。这里的鸟栖息在一根铁棒上，并与索勒哈尔奈交谈[③]等，但柯立甫由此并没有提炼出一个结论。鲍培和柯立甫都对不同文本中出现的实物之间进行了比较，如关于山的描述、关于鸟的情节，等等，只把它们当作一个孤立的符号来加以研究，而没有关注它们在整个故事情节中的关系和功能，假设一则故事是由若干个符号简单组合而成，因此忽略了故事的叙事结构。如，在里奥拉丁文《亚历山大探险故事的发生地》中，虽然也出现了关于鸟的描述，但是“鸟首发光好比太阳”的鸟

---

① Jules Mohl, Le livre des rois par Abou' lkasim Firdousi, t. V, Paris 1877, S. 174-175. Fr. Spiegel, Die Alexandersage bei den Orientalen, Leipzig 1851, S. 29.

② J. Friedländer, Die Chadhirlegende und der Alexanderroman, Leipzig, Berlin 1913, S. 146, 156.

③ Friedländer, op. cit., p. 171.

与亚历山大攀登充满奇迹、遍地黄金和宝石的这座山的行为之间没有任何关系，只是路旁的一个标志、符号，在故事进展中并没有起到实质性的作用；但是在蒙古文《索勒哈尔奈故事》中出现的大鹏金翅鸟阻止索勒哈尔奈想要顺着悬挂在山上的皮带而下的行为，它的作用相当于神仙或天使，劝导索勒哈尔奈不妥当行为。因此，拉丁文亚历山大传说中的鸟和蒙古文《索勒哈尔奈故事》中的大鹏金翅鸟，没有结构上的对应关系。我们认为在研究中，相对于情节讲述前后顺序的对比而言，对故事中某实物所扮演的角色和功能进行比较更为可靠、更具说服力。莫勒希腊文《伪名 Callisthenes 抄本》讲述的“三只鸟”，劝阻亚历山大的行为，在亚历山大（所掌握和统治的）国土与“受上帝祝福的国土”的“交界处”给他发出最后的警告。因此，它与蒙古文《索勒哈尔奈故事》中的大鹏金翅鸟有着结构上的对应之处。

蒙古文亚历山大传说的第二个情节为亚历山大潜入海底的故事，鲍培教授曾提及与其相对应的内容在《伪名 Callisthenes 抄本》[①] 中出现过，柯立甫亦首先引用莫勒《伪名 Callisthenes 抄本》中的希腊文本：

> 从那里[②] 出发，亚历山大经过荒地，走向大海[③]。途中什么也没有看到，既没有鸟也没有野兽，只有[④] 天和地。他们也看不到太阳[⑤]，黑暗[⑥] 中走了十天。到了邻近大海

---

① Müller, op. cit., p. 89.

② “那里的人们长有狗头”（Müller, op. Cit., p. 89a.）

③ Cf. Ausfeld, op. cit., p. 83, 38.1: “am Meer. ” Cf. Karl Wyss, Untersuchungen zur Sprache des Alexanderromans von Pseudo- Kallisthenes, Freiburg, 1942, p.38.

④ “要是不。”

⑤ Cf. Müller, op. cit., p. 89, “Cap. XXXVIII.1” .

⑥ Cf. Müller, op. cit., p. 89, “Cap. XXXVIII.1” .

的某个地方,(亚历山大)下令(士兵)在那里扎下帐篷。他带着士兵们前往(大海),乘小船启航到离陆地不远的一个小岛。在那里他们听见有人用希腊语说话,但是没有一个人看见说话人的身影。一些冒险[①]游泳的士兵,(想)离开船到岛上询问这件事,突然[②]出来了好多螃蟹,把他们拉到水里。亚历山大害怕了,下令返回陆地。下[③]了船之后,他(亚历山大)沿着海滨步行,看见陆地上也出现了一只螃蟹,其体积异常的大,大张着前脚——即所谓的螯。士兵们看见如此情形,持矛(重击)用力旋转它[④],但是铁矛怎么也戳不进它的贝壳,那螃蟹还用前足毁坏他们的矛。最后总算把它杀了,剖开它(的肚皮)发现里面有七颗价值不菲的珍珠。从来没有人见过这样的珍珠。亚历山大看了之后,相信这些珍珠产自不可通航的海底深处。由此[⑤]他想出一个主意[⑥],让人造一个巨大的铁笼[⑦],里面放上一个厚达一指的玻璃酒罐。然后下令在罐底弄出一个能伸进手的小洞[⑧]。意图由此潜入海底,并得知海底有些什么。先紧闭[⑨]那个洞,里面的人潜入海里以后可以随时打开它,也可以伸手出去,捞一把海底的泥土后收回手臂,再关上那个洞。之后,他又下令制作一条长达两百腕

① Cf. Weismann, op. cit., p. 130. 又 Cf. Wyss, op. cit., p. 27.

② Cf. Wyss, op. cit., p. 60.

③ Cf. Müller, op. cit., p. 89, “Cap. XXXVIII.2” : “我们花了两天时间,才到达当初的没有阳光的地方”(第 39 段开头)。

④ Cf. Müller, op. cit., p. 89, “Cap. XXXVIII.3” : “sic cod.; conj. Quamvis ne hoc quidem genuinum sit. “ 又 Cf. Weismann, op. Cit., p. 130: “ mit Mühe.”

⑤ wherefore.

⑥ Weismann, op. cit., p. 131: “und kam daher auf den Gedanken ... ” .

⑦ Cf. Müller, op. cit., p. 89, “Cap. XXXVIII.4” .

⑧ Cf. Müller, op. cit., p. 89, “Cap. XXXVIII.5” .

⑨ Cf. Müller, op. cit., p. 89, “Cap. XXXVIII.6” .

尺或者两百㖊的链子[①]，嘱咐说在他摇动链子之前谁也不许把他拉到海面上来。（即亚历山大抵达海底之后，将晃动笼子，他的士兵们会把他拉到海面上）一切就绪，亚历山大进入铁笼里的玻璃罐，知道自己在做不可能的事情，入口就被铅封上了。当他下降到一百二十腕尺的时候，有一条大鱼用尾巴重击了一下铁笼，上面的绳子摆动了，士兵们于是就把亚历山大（坐的铁笼）拉了上去。亚历山大让他们再次放入海底，又发生了相同的事。第三次下海，下升到二百腕尺的时候，亚历山大通过玻璃看见一群鱼围着他，其中最大的一条鱼[②]，咬住（他和）铁笼，把他送到海面上。放他（亚历山大）降到海底的人有一百五十人。而那条鱼把他们这些所有人与其四艘船一同拖开了。那条鱼（一直）咬着铁笼到陆地，用牙齿弄坏铁笼，扔向一边。而精疲力竭的亚历山大国王，害怕得发抖，都快吓死[③]了，感谢神把他从恶兽中救了出来。同样他对自己说："到此为止吧，亚历山大，别把手伸向不可能的东西，否则你会在探寻不可测度的深渊时丧命。"[④] 并立刻指令他的军队从这个地方撤退，向前进军。

柯立甫认为希腊文本中的"大海"与蒙古文《索勒哈尔奈故事》中的 dalai mören（海洋）(9a6)；"酒瓶 / 玻璃瓶"与 qaraba(9b2)；"二百五十腕尺长的链子"与 tabun mingγan mod d[aγustal]-a kürküi toγ-a tomsi deges[ün] (9b4)（长达五千个树（？）

① Cf. Müller, op. cit., p. 89, "Cap. XXXVIII.7".

② Cf. Müller, op. cit., p. 89, "Cap. XXXVIII.8".

③ Weismann, op. cit., p. 132, 写有"Alexander ftieg halbtodt und zitternd vor Furcht heraus..."

④ Lit., "of the living".

的绳子）;“用铅堵住入口”与 güri batuda uyaju bür[ün](9b7)（牢牢地捆住）;“（想）潜入海底”与 dalai mören-ü iruγar[-tur](10a1)（到海底）;“上面的绳子摆动了，士兵们把亚历山大（铁笼）拉上去”与 olasun degesün ködelgejü(10a9)（摆动麻绳）等情节相对应。他也注意到蒙古文写本中蕴含了许多希腊原文亚历山大传说所没有的因素。例如：制作能容下两个人的小舟(9b2~3);装载了足够的、好质量的食物和供应品（9b6）等。

里奥的拉丁文《亚历山大传》中有这样一段内容：

> 我们走到海洋的尽头，那里是天的铰链，在海上[①]我们听见有人说希腊语。有些人，实际上是我们的士兵，脱掉外衣希望越过大海，游到小岛。（突然）叫作 carcyni（螃蟹）[②]的一种怪兽（从海里）出来，且抓住二十个士兵，并把他们沉入海底的深渊。

其中“遇到螃蟹”的情节与希腊文本类似，叙利亚文本中“螃蟹”变成了“人形的畜生”。其他相关的遭遇都与原始希腊文本和里奥的拉丁文本一样。在埃塞俄比亚变体中，不仅有遇见螃蟹（怪兽）的题材：“长得（有点）像人，就是要比人大很多，类似于骆驼”，还有潜入海底的情节，但也包括一些希腊文本所没有的描述，故事大意可归纳为以下几点：①亚历山大祈求能见到海洋；②上帝准许了他的请求；③亚历山大乘船出发；④三只鹰的出现；⑤亚历山大坐在玻璃罐里潜入海底；⑥亚历山大与海里的天使交谈；⑦天使给他展示（海底）深处的奇迹；⑧亚历山大与天使的争论；⑨（海底）深处出现怪兽；⑩亚历山大回

① ipse 的用法可以参见柯立甫译文中的注释。

② Cf. Pfister, op. cit., p. 133b: “carcyni 111,19.”

到他的海船。柯立甫认为原始希腊文中“遇到螃蟹”的题材，如果不是改编其他希腊文本而构成的独立情节，那么它在里奥的拉丁文变体中演变成“遇到 carcyni”的情节；古叙利亚文本中变成“遇到长着人脸的怪兽”；而在埃塞俄比亚文本中是“遇见长得像人的畜生”。他提出该题材（在上述异文中）脱离“潜入海底”的情节，构成独立的情节，在蒙古文本中则被删节了，因此可以说蒙古写本中的该情节是希腊文和埃塞俄比亚文亚历山大传的删节（或者合并）。

但是我们知道蒙古文《索勒哈尔奈故事》中索勒哈尔奈似乎在海底遇见了某一个人，柯立甫读之为“alci(=elči)”[①](10a4)（信使，使者），并认为它与埃塞俄比亚文本中的天使（angel）正好对应。不管是希腊文本的“螃蟹”、埃塞俄比亚文本中的“怪兽”，还是《索勒哈尔奈故事》中海底的“elči”，甚至山顶上的大鹏金翅鸟，都有一个共同的特点，那就是阻止亚历山大（索勒哈尔奈）的行为。这里值得注意的是，其实埃塞俄比亚文本中的“怪兽”与蒙古文中的“elči”相对应，而不是“天使”，因为天使给亚历山大展示海底深处的奇迹之后，亚历山大还是继续航程，直到遇到怪兽才返回陆地，真正使他改变主意的是怪兽而不是天使；在蒙古文本中，索勒哈尔奈听取“elči”的劝导，立刻返回。

鲍培教授提及未出版、未被研究的波斯文亚历山大传说，阿密尔·霍斯陆〔Abū-l-Hasan X(u)srāu ibn Mahmud Dehlavi，通常被称之为 Amir X(u)srāu〕（1253—1325）作品中造船和一个长形玻璃箱子，所携带的食物足够 40 年（食用）[②] 的描述，柯立

① 鲍培教授读它为“dalai” (op. cit., p. 112, 10a4).

② E. E. Bertel's, Roman ob Aleksandre i ego glavnye versii na vostoke, Moskau-Leningrad 1948, S. 93.

甫也引用了阿密尔·霍斯陆的《关于亚历山大的传说》及欧玛拉（Umāra）著阿拉伯文亚历山大故事中的有关描述，但未做总结性结论。

蒙古文本四个环节的第三个，亚历山大前往黑暗世界的情节讲道：①索勒哈尔奈离开黑暗之前，有一个隐身人给他斟满一杯生命水，告诉他如果喝了这杯水他可以长生不老；②索勒哈尔奈问他的伙伴们自己该不该喝生命水，其中有些人希望他喝，而有些人则不然；③一位英明的诺颜，告诉索勒哈尔奈说他将厌倦永恒的生命，提醒索勒哈尔奈说他的所有公民都将死去（剩下他一个人），建议他不要喝，除非他（敢肯定）自己不会后悔；④最终，索勒哈尔奈听取了臣下的意见，把生命水泼到柏树上，从此柏树变得四季常青。鲍培教授注意到《伪名Callisthenes抄本》，叙利亚、阿拉伯、波斯文亚历山大传说中都有前往黑暗之国的描述，但没有引用具体内容。蒙古文《索勒哈尔奈故事》中去往黑暗世界的情节与希腊文原型有相似之处（莫勒的希腊文异文讲道）：

> 三天后他来到一个没有阳光的地方，那里就是所谓的“受祝福的国土”。

但蒙古文本包含的一些描述不仅在希腊文本中没有，而且亚历山大故事其他异文中也都没有。蒙古文本中索勒哈尔奈和他的伙伴们，与太阳母亲一起落山，走到黑暗之处。柯立甫表示，在他所掌握的资料中，去往黑暗地方的故事，唯独在蒙古文本中构成一个独立情节。

蒙古文本讲到索勒哈尔奈进入黑暗中，遇到某人，他对索勒哈尔奈说了一些话，但是由于写本残损，我们很难确定说话的具体内容，所以进行比较的时候只能比较索勒哈尔奈是否在黑暗中遇到某人。埃塞俄比亚文（Cf. Budge, op. cit., p.269.）讲道“天使注意到并识辨了生命水”；希腊文本中有一位老人，得知亚历山大要前往黑暗世界寻找生命泉水的意图后，告诉他说：

> 国王，亚历山大，你知道，即使没有光线，也可以骑马走进黑暗。那么，应该，选择，有马驹的母马，它会把我们带到那边。

但是此处遇见的“天使”和“老人”，与蒙古文本中递给索勒哈尔奈生命泉水的隐身人没有太多可比之处。蒙古文《索勒哈尔奈故事》中的“隐身人”赐予了永恒水，索勒哈尔奈被动获得；而希腊文本中有丰富阅历的老人（波斯文变体中也有类似的情节），只是告诉了亚历山大进入黑暗世界、通往生命泉水的方法，并没有（不可能）赐予他生命水；至于“注意到并识辨了生命水”的情节，在很多变体中涉及亚历山大的助手，而非“天使”。希腊文和埃塞俄比亚变体讲述的一个较典型的主题，是亚历山大的厨师安德列斯（Andreas）把干鱼浸泡在泉水中，干鱼复活的故事，蒙古文《索勒哈尔奈故事》中却没有提及。蒙古文本中生命泉水是由一个隐身人递给索勒哈尔奈的，我们不知道那个隐身人是谁。因此鲍培教授提出一个大胆的假设：“索勒哈尔奈把水泼在一棵树上，由此它变得常青。这一点上蒙古文本也与上述文本有差别。这也许就是为什么没提到海德尔的缘故。不得不提及的是第 10 叶 b 面第 7 行的文字残缺，恰好此处隐约可见一个可能是‘qadi’的词，也许就是海德尔名字的变形，因为蒙古文 h 用 q 表示，所以 qadi 字可以表示 hadi、hidi 或 hidr。”但鲍培假设的时候也有一定保留，没有完全肯定。

蒙古文《索勒哈尔奈故事》的结尾讲述索勒哈尔奈回到密西尔地区，再一次召集民众，悉数自己经历的种种奇遇（前面提到的几点：登上须弥山顶、下降到海底、进入黑暗世界、获得永恒水），并留下遗嘱。鲍培和柯立甫将索勒哈尔奈的遗言与希腊文、叙利亚文、埃塞俄比亚文、拉丁文“遗嘱（旧约）”做一番比较，其中很少有相同之处。然而，遗嘱内容方面，阿密尔·霍斯陆波斯文变体中写道：

> 亚历山大嘱咐说安葬他的时候，将两只手伸露在棺材外面。

这一点正好与蒙古文的“γar minu ile aquludqun（将我的手露在外面）”一句相对应。

这样对比的结果也很难确定蒙古文《索勒哈尔奈故事》的来源，鲍培教授没有明确表态，柯立甫的结论就是很可能曾经有过一个回鹘文亚历山大故事，也有可能阿拉伯文和波斯文（亚历山大故事）的组合是蒙古写本的直接来源，但是他更倾向于蒙古文《索勒哈尔奈故事》译自尚未发现的回鹘文亚历山大传说。

柯立甫同时把《索勒哈尔奈故事》与中国的《诸蕃志》、蒙古民间故事《驴耳朵可汗》进行比较，把狙葛尼与索勒哈尔奈、驴耳朵可汗与头上有两只角的大帝（索勒哈尔奈，ذو القرنين 双角英雄）联系在了一起。我们都不可否认它们之间有一定的相似之处，但如果说它们之间有直接借用和继承关系的话，可能有点牵强。

鲍培和柯立甫论文的整体思路是把《索勒哈尔奈故事》情节都一个个拆开，然后分别与希腊文、埃塞俄比亚文、叙利亚文、拉丁文和阿拉伯文、波斯文亚历山大传说中的相关描述一一比较讨论。其实柯立甫引用的亚历山大故事版本和重要的比较点，鲍培教授都曾提及或概述过，柯立甫论文的基本框架跟鲍培教授的一样，就是在它基础之上展开阐述。所以从这个意义而讲，柯立甫的拉丁文字母转写、注释和翻译的学术价值比他论文正文的价值更高。

将故事拆开为若干个情节母题，有助于进行文字层面的比较研究，但是不利于探讨故事的整体结构。研究民间故事和传说，最主要的是它讲述的主题，而不是它分散的独立情节，同样一个母题在不同故事类型中出现时很可能表达不同的主题。柯立甫在文中也曾明确表示过“(蒙古文《索勒哈尔奈故事》讲述的)每一个情节都与亚历山大传说的其他变体有极为相似之处，尽管它们讲述的主题各异”。将完整的故事按一个个情节拆开，然后把(不同主题、不同类型故事中)类似的情节、母题联系在一起进行比较，容易走极端：相同的情节，在不同的故事中表达的整体意向可能不一样。“寻找永恒生命”的母题，在世界很多民族中都有流传，汤普森的《民间文学母题索引》[①]H1332.1. 乃是“寻求生命水”[②]；被称之为世界最古老史诗的《吉尔伽美什》[③] 中也有类似的情节：主人公吉尔伽美什远

① Stith. Thompson:*Motif-Index of Folk-Literature*, Indiana Univrsity Press,1955-1958.

② A. Aarne and Stith. Thompson: *The Tapes of Folk-Tale*, Helsinki, 1928, p.550, p.707; J. Bolte and G. Polívka: *Anmerkungen zu den Kinder-und Hausmärchen der Brüder Grimm*, 5 vols, Leipzig, 1913-1931; J. A. MacCulloch: *The Childhood of Fiction*, London, 1905, 52ff; D. P. Rotunda: *Motif Index of the Itallian Novella*, Bloomington, Indiana, 1942; Stith. Thompson and Jonas. Balys: *Motif and Type Index of the Oral Tales of India*, Bloomington, Ind Press; Martha. Bechwith: *Hawaiian Mythology*, New Heaven, 1940, p.72, p.257.

③ 《吉尔伽美什——巴比伦史诗与神话》，赵乐甡译，南京：译林出版社，1999 年。

道跋涉,渡过常人难以渡过的海,翻越马什山,沿着太阳的路向前,走过没有光亮、极其深邃的黑暗,去探求生命。这与索勒哈尔奈登上须弥山,潜入海底,前往黑暗世界,寻找生命水的故事有类似之处。途中有舍马什和女主人劝导吉尔伽美什说,他所探求的生命,无处寻觅,(在世之日)纵情寻乐,才是做人的真理。劝阻和否定寻求生命水者,这个角色类似于蒙古文《索勒哈尔奈故事》中的大鹏金翅鸟和海底的使者;"有生之年纵情寻乐"的思想,在索勒哈尔奈的遗言中也出现过,因此它们之间有可比之处。但是我们观察故事的结局,方可知道,《吉尔伽美什》和《索勒哈尔奈故事》所要表达的主题和价值取向并不相同:吉尔伽美什在海底寻得的能使人青春永葆的草,被一条蛇叼跑(敌对力量的介入);而索勒哈尔奈自己感悟到独自一个人活在世上毫无意义,便亲自将生命水泼洒(自己否定)。《吉尔伽美什》的结尾,恩奇都因违反了吉尔伽美什的告诫而被冥府捉住(禁忌与违反的对立,因果关系);而索勒哈尔奈的死去是自然规律的结果,"人生必死,无论活了多少年,都必将会死去"(生与死的二元对立)。鲍培和柯立甫引用的文本,虽然与蒙古文《索勒哈尔奈故事》某些母题有相对应的地方,但是它们的整体结构、表现的主题相差较远,很难确定它们之间的渊源关系。由此,我们也可以吸取教训,即汤普森的《民间故事母题索引》有助于我们了解某个母题的分布情况[①],但是支离破碎的独立母题间的比较研究,并不能解释不同地区类似母题间的传播与相互联系。

鲍培和柯立甫首先假定蒙古文《索勒哈尔奈故事》是一部

① 需注意:并非说《民间故事母题索引》中没有罗列的地区,就肯定没有该母题讲述,它也有不够完善之处,详细评论可见于[美]阿兰·邓迪斯著,户晓辉编译:《民俗解析》中《母题索引与故事类型索引:一个批评》一文,桂林:广西师范大学出版社,2005年。

翻译作品，在这个前提下把蒙古文本的一段文字与另一种语言的亚历山大传说相接近的段落进行比较，目的是要确定它的底本究竟是哪一种文字的亚历山大传说，在研究方法上类似于麦克斯·缪勒《比较神话学》中提出的语言疾病学说的观点和研究方法。不能确定一个文本是书面翻译过来的还是用原文编写的时候，这样文字对文字的比较研究是非常有必要的。但现在问题的关键是鲍培、柯立甫在蒙古文《索勒哈尔奈故事》与希腊、叙利亚、埃塞俄比亚、阿拉伯、波斯文亚历山大故事间进行情节对情节、段落对段落的宽泛比较的结果，关于蒙古文《索勒哈尔奈故事》的渊源问题，没有得出一个确切的结论。因此，我们应该换一个角度去思考和分析《索勒哈尔奈故事》。策·达木丁苏荣院士所提出的关于《索勒哈尔奈故事》文本性质方面的质问对我们有启发意义，即它是从别的文字翻译到蒙古文的（文对文），还是作者根据当时广泛流传、留在记忆中的亚历山大传说记录成文字的（从口头文本到书面文本）？

格·那木吉拉教授的《〈索勒哈尔奈故事〉原文追溯》一文，对蒙古文《索勒哈尔奈故事》与（中文转述的）阿拉伯文、突厥语族民族有关亚历山大的传说故事进行比较的结果，认为它们中间虽然有（某些）类似的内容（母题），却没有结构上的对应关系，再列举新疆哈萨克族民间故事《聪明的刺猬》、《能言善辩的刺猬》和印度关于所罗门的故事，注意到它们三者与蒙古文《索勒哈尔奈故事》内容及结构上的相似之处，最后总结《索勒哈尔奈故事》的原文出处很可能在回鹘文文献。《索勒哈尔奈故事》当初被发现的时候，就收在回鹘文和蒙古文书写的一本小册子中，柯立甫也认为很可能曾经有过回鹘文的亚历山大传说，而且它就是《索勒哈尔奈故事》的底本；新疆吐鲁番出土的13、14世纪时期蒙古文文献大都与突厥语族民族及印度文化有紧密联系，可以说形成了印度—回鹘—蒙古的文化圈或文化传统。《索勒哈尔奈故事》为吐鲁番出土TID155号文献的一部分，其前后都有内容（可惜前面的内容残损极其严重，释读非常困难；后面有三叶蒙古文和三叶回鹘文），而且它们很可能都是一个人的笔迹，如下图：

（蒙古文）

（回鹘文）

（蒙古文）

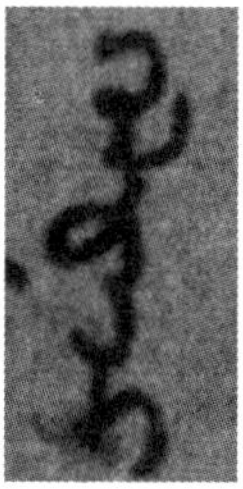
（回鹘文）

“bi”、“da/de”的写法非常相似，等等。由此我们可以得知《索勒哈尔奈故事》的作者（或抄录者）既懂蒙古文也懂回鹘文，回鹘文和蒙古文同时出自一个人的手，说明当时确实有掌握这两种语言的人，这在文化交流中是非常重要的。回鹘文部分的内容主要是（根据德文翻译并参考拉丁字母转写）：“假如下雨了，必须穿衣服将自己盖起来 / 假如接近坏人，也应该把自己隐藏（保护）起来”，“假如白云打雷了 / 全宇宙都将会下雪吗？ / 白发脱落的母亲 / 便会痛苦地落泪吗？ / 假如乌云打雷了 / 就会下雪或降雨吗？ / 年迈的老母亲 / 便会忧伤地流泪吗？ / 春天的云闪电打雷了 / 必定会下雨吗？ / 年轻的主妇 / 将会落泪吗？ / 秋天的云打雷了 / 必定会下雨吗？ / 冷酷无情的小孩 / 眼睛就会流泪吗？”即不能从表面现象判断某个事件。“健康丰满的小孩 / 可以问：‘我们的父亲在哪里？’ / 亲爱的家属、兄弟和妯娌 / 可以问：‘我们的哥哥在哪里？’ / 而五十个

Olaγne，就我而言 / 我会问：‘我的诸侯在哪里？’” 即应该忠于诸侯，小孩儿不懂世情，对他们而言自己的亲戚家属是最重要的，而作为 Olaγne（大臣？）最先考虑的应该是诸侯。“伙伴们有可贵的心灵 / 和，用血液祭神。/ 有好的思想倾向的伙伴那里，/ 可以得到（精神）财富。/ 但是品德差的伙伴，/ 上帝将会给予惩罚。/ 慷慨大方的人，/ 将会得到两个世界。/ 贪得无厌的人，/ 没有……死去。/ 认识才智，啊我的诸侯 / 聪明才智的人是同志（好人，男子汉，上士？）/ 有智慧的人 / 有一天将会变得幸运。/ 聪明人带在身上的石头 / 会变成宝石。/ 而愚蠢的人身上带着金子 / 会把它变成石头。” 强调学问、智慧的重要性。“衣服上的污点 / 可以用清水洗净 / 而言辞的污点，如果人自己不去洗掉 / 又怎能消失？美丽是无罪（无罪是美丽）/ 人应该无罪、纯洁 / 人如果无罪 / 其行为的确……假如行为纯洁 / 用心灵祭神、献身。/ 这是永远的真实，行为的真实 / 还有什么更多的可言？” 人应该重视心灵到行为的纯洁。我们看（德文）转译的内容，难免有些理解不够准确的地方，以后若有机会能阅读其回鹘文原文，将非常有助于我们揭示回鹘文与蒙古文佛经、回鹘文佛经与中亚伊斯兰教之间的关系问题。

《索勒哈尔奈故事》和其后面蒙古文部分的主题与佛教“人生是苦，应该通过修行脱离轮回苦海”的观点相为表里，而学者普遍认为《索勒哈尔奈故事》手稿写成的年代是 14 世纪初，这比我们通常认为的蒙古人开始广泛接受佛教思想的 16 世纪要早两个世纪。因此《索勒哈尔奈故事》的思想价值在于提示我们，蒙古人很早就用回鹘文或者根据回鹘文翻译的途径来接受佛教思想。元朝时期，忽必烈汗封八思巴为“三界大国师”和帝师，使藏传佛教传入蒙古地区，其影响力不仅仅局限于宫殿官邸。

第二章

蒙古文《索勒哈尔奈故事》与波斯文亚历山大故事的比较研究

从这一章开始，我们试图在更为广阔的文化语境中对蒙古文《索勒哈尔奈故事》进行探讨，揭示它和中亚伊斯兰文化背景下产生的波斯文《亚历山大传说》之间的关系。当我们阅读《索勒哈尔奈故事》原文的时候，可以发现它除了蕴含一些中古蒙古语词汇、外来语借词以外，整体表达和修辞都合乎（中古）蒙古语语法特征，容易理解，没有明显的逐字逐句翻译的痕迹。但故事末尾索勒哈尔奈遗言中有一句话在蒙古文化的语境中较难理解："γar minu ile aquludqun（将我的手露在外面）。"鲍培教授曾注意到："阿密尔·霍斯陆的《亚历山大传说》中有关亚历山大遗言有一个极其有趣的细节，就是亚历山大希望安葬时把两只手从棺材中伸出来，这跟蒙古文的描述极其相似。"[①] 此外，还有一段与蒙古文本讲述的情节有一点类似：

> 亚历山大被赐予了永恒的生命。但是他谢绝了，因为没有朋友的生活犹如受罪。返回（的航程）转瞬间完成了……[②]

从此可知，蒙古文《索勒哈尔奈故事》与波斯文亚历山大

① Nikolaus Poppe, *Eine mongolische Fassung der Alexandersage*, Zeitschrift der Deutschen Morgenlandishchen Gesellschaft), p.110.

② Francis Woodman Cleaves, *An Early Mongolian Version of the Alexander Romance*, Harvard Journal of Asiatic Studies,Vol.22, p.23.

传说有一定的关系。可惜，鲍培在论文中没有展开进一步的具体研究，同时柯立甫亦不能直接阅读波斯文原文，只引用他人的转述，所以蒙古文《索勒哈尔奈故事》与波斯文原文亚历山大传说间的广泛比较是非常有必要的。笔者在本章中将对蒙古文《索勒哈尔奈故事》和波斯文亚历山大传说进行比较研究。

第一节　关于生命水寄存的地方

亚历山大探求生命水，在哪里可以找到它呢？一波斯文异文讲道：

> 亚历山大征服了整个世界，然而闲暇之时一想到死亡就不禁失声痛哭了起来。人们问他发生了什么事。国王就感叹道："唉，人终究都难逃一死啊。"接着他又说："我用尽了千方百计，终于拥有了整个世界，然而面对死亡，却束手无策。现在你们对死亡有什么办法吗？"他的贤哲们就说："面对死亡毫无办法，除非你能找到生命之水，并饮用它。"亚历山大又问道："从哪里可以找到？"贤哲们回答说："从黑暗中……"亚历山大与他的四十万大军为了寻找生命之水而进入黑暗之中，并停留了十八天。此次旅程中海德尔是他（亚历山大）的顾问。越接近极点就越变黑暗，直到完全黢黑。这时亚历山大把一颗宝石交给了海德尔，这颗宝石在临近生命泉水之时就会发亮。亚历山大和海德尔两人在黑茫茫中走散了。突然，一道

> 光芒从海德尔手里的宝石中射出。海德尔于是就来到泉水边，用泉水洗头洗身体，喝了那晶莹的泉水，并让自己的马也喝个够。但是亚历山大和海德尔走散了，没能得到生命泉水。据另一个传说，伊利亚斯和海德尔同路寻找生命之水。走到一眼泉水边，两人正打算吃些干粮，突然手中的干鱼掉进水里，复活并游动了起来。于是他们知道这眼泉就是生命之水，并喝了那里的水，得到了永久的生命，海德尔去了平坦的原野和沙漠，伊利亚斯则朝向大海走去。海德尔给迷路者指路，伊利亚斯拯救淹没的人，并给船舶导航。但是亚历山大一直觊觎生命之水，艰难地找了40天，最终没能找到，失望而归。①

这里生命之水寄存的地方很明确，即在“黑暗中”可以找到：根据菲尔多西（记录）的传说，亚历山大曾经在haruum，出征该地区的西部，抵达一个村子，那里的人个个都人高马大，红脸黄头发，向亚历山大投降了。一个老头告诉亚历山大他所想得到的生命水在黑暗之中，并说在一个蓄水的城市里，每晚太阳都隐藏到其后面，在那个黑暗中有生命之水。根据现存的故事记载，亚历山大为了喝到生命泉水，首先必须去往黑暗之中，也就是说，找到生命泉水的首要条件是要走到黑暗之地。故事中的主要矛盾是“光明”与“黑暗”、“生命”与“死亡”的对立。人，生活在有太阳的、光明的世界，故事主人公亚历山大也不例外。他奢望永远地活在人世、摆脱死亡，就必须去往黑暗世界，求得生命水（اب زندگی）。能使人获得永恒生命的秘诀，寄存在与之对立的黑暗世界，人必须抵达黑暗世界，（战胜对立方，）才可

① سید حسن صفی , اسکندر و ادبیات ایران.(亚历山大与伊朗文学)，١٣۶۴, ١٨٣.

以获得它。我们知道古波斯宗教神话中贯穿着“善恶二元对立论”[①]，将整个大千世界一分为二：以智慧天神马兹达为本原的善界，以邪恶元凶阿赫里曼为本原的恶界；换句话说，即善界的神主是代表光明和生命的马兹达，恶界的魔王是代表黑暗和死亡的阿赫里曼。从空间视觉来讲，无论善界还是恶界都是无边无际的，掩盖了整个宇宙；从时间角度来看，原始之初善界和恶界就相互并存，彼此对立，包含着矛盾和斗争，而且这种矛盾和斗争还要旷日持久地继续下去，直到善界取得最后的胜利——这并不意味着恶界的消亡，而只是善界的纯化。不仅仅是古波斯宗教神话才有善恶对立的二元结构，而是世界很多民族的神话都有类似的结构，如“(创世)潜水神话”：神用其助手潜入海底找来的泥土创造世界，因而也把原始和混沌转移为统一的一种秩序。要把无秩序的世界变成有秩序的，必须找到无秩序中潜藏的有秩序世界的原型[②]，亚历山大传说中也是如此，战胜黑暗、躲过死难，就必须到黑暗中寻得生命之水。

亚历山大“探求生命水”的过程是他争取自身归宿的斗争，他(其实是每个人都)时刻面临着善界(生存)和恶界(死亡)的矛盾，他生怕死亡的来临，失声痛哭，奢想永远生活在光明的善界，便探求生命水；另一方面，亚历山大“千方百计，拥有了整个(光明的)世界”以后，开始向黑暗世界发起战争，想要征服黑暗，必须从黑暗那里夺得生命水。为了躲过死难、征服黑暗，去往黑暗世界、从黑暗(死亡)那里夺得生命水的故事，结构上与以智慧天神马兹达为本原的善界和以恶魔阿赫里曼为

① 可参考元文琪著:《二元神论——古波斯宗教神话研究》，北京：中国社会科学出版社，1997 年。

② 陈岗龙:《蒙古族潜水神话的比较研究》，见《蒙古民间文学比较研究》，北京：北京大学出版社，2001 年，第 3~15 页。

首的黑暗世界之间战斗的二元神话相对应，这种光明与黑暗、生命与死亡二元对立的关系，在波斯文传说，甚至在故事主人公的意识中很清楚，故事的开端就（有人）知道应该前往黑暗世界，从那里夺得生命水，才能达到预期目标。

而在蒙古文本中永恒水的存在始终都是个谜，它所寄存的地方具有不确定性，这与古代波斯二元对立的神话有着本质区别。索勒哈尔奈登上须弥山、潜入海底和与太阳母亲一同前往黑暗世界，都是为了得到生命水；经过攀登须弥山、潜入海底、与太阳母亲一同落山的三次冒险活动之后，从黑暗世界出来的时候才获得了生命水。在波斯文传说中“前往黑暗世界”和“寻找生命水”两个情节互相成为“充分必要条件”，而在蒙古文本中“前往黑暗世界”是获得生命水行程种种奇遇之一，必须通过时间和空间两个维度的超越，最终才能找到生命水。索勒哈尔奈最初派一个人去寻找生命水，但直到筋疲力尽，都一无所获。于是索勒哈尔奈亲自出动，和他的五十个伙伴一同越过桥，唯独索勒哈尔奈因为受到了上天的恩赐，登上须弥山顶；在黑暗中遇见的天使也曾讲道“你（索勒哈尔奈）的伙伴没有你的高龄”；最后，只有索勒哈尔奈一个人被赐予了生命水。可见索勒哈尔奈的身份与众不同，他受到上天的恩赐（tngri-de soyurqaγdaju），生活了几千年，同时具有超乎一般人的力量，几次冒险活动都由他本人独自或参与完成。但归根结底他还是世俗的人，他和平民一样，都要面对死亡。他寻找生命水的过程就是他（人，自然）与超自然的斗争，正常（人生必死）与非常（永不灭亡）、短暂与永恒的斗争。

上述三对矛盾在现实中不可能得以化解，于是索勒哈尔奈从超乎一般的“非常”中寻求答案。他首先越过大桥、登上须弥山寻找生命水——空间上，从常态上升到了非一般的高度——这里可以“看到四面八方的海洋、陆地以及周围的群山”，但这里仍未找到生命水。索勒哈尔奈接着又潜入海底寻找生命水——空间上，下降到非一般的深度——结果同样未找到生命水。须弥山顶和大海深处可谓是现实世界中的最高点和最低点，登上须弥山顶和潜入海底，其实是在共时的轴线上寻找生命水（空间上不同方向、垂直的两次跨越）；前往黑暗世界则是在水平方向、寻找生命水。正因为如此，索勒哈尔奈从黑暗世界回来后便感慨道：“上天创造大地以来，曾有过多少个国王；从今往后又将会出生多少个国王，而唯独我被赐予和享受了三千高龄。这一生中遇见了世上所有的公民（世上没有未被我看见的人）。我潜入大海的深处、登上须弥山顶、与太阳母亲一同落山，在黑暗中行走了两年，第三年获得了生命水。幸存了三千年，现在我是世界上唯一一个国王。从未有过别的国王像我这般幸运。”把自己放置在历史的长河，与历时的国王做比较，承认自己已经很幸福，就不再一味追求“生命水”。

黑暗世界，也可以被理解为某个异域——与尘世不一样，没有阳光——在这里，故事主人公获得了永恒水。“得到生命水，永不死去”的意愿是，超乎现实的愿望，想颠覆现实生活的秩序（人最终必须死去），只有在非常世界中才能得以实现，索勒哈尔奈在空间和时间的维度上，多次超越平常，最后从黑暗世界中获得了生命水。

因此，有关生命水寄存的地方，波斯文亚历山大传说的开端就有明确的答案，即前往黑暗世界、征服黑暗世界，便可获得永恒的生命；生命水寄存于黑暗之中。而在蒙古文《索勒哈尔奈故事》中，生命水没有确定的位置，故事主人公通过三次历险（登上须弥山顶、潜入海底、前往黑暗世界）以后才被赐予生命水。二者之间有较明显的区别。

第二节　亚历山大(索勒哈尔奈)能否得到生命水?

波斯文传说中亚历山大本人始终没有得到生命水,是他的助手(们)幸获生命水和永恒的生命。菲尔多西记录的传说讲道:

> 亚历山大走近泉水,看到太阳日落时怎样落到大海后面,在引路人海德尔的带领下,同一组挑选过的士兵向着黑暗出发,走了两天两夜,在一个岔路口处,亚历山大和海德尔走散了。海德尔凭借亚历山大给他的魔法戒指,弄到生命之水,但是亚历山大所走的路通向光明。他在光明之中看见了一座山,山上有四只绿色的鸟,每一只在山上的柱子上有一个鸟巢。亚历山大在那些鸟的指引下来到山顶上。在那里看见世界末日来临时吹号角的天神手拿着号角,等候上帝发出吹号角的指令。被天神再三劝说后亚历山大叹息着下山,再一次走上黑暗的道路。[①]

内扎米关于神水的故事,是在他的 sharfnāme 中的亚历山大从中国返回和与罗马的战争以后(的事件)开始叙述的。按照他的说法,亚历山大在一次宴会中听到生命水的故事,为了得到它,和自己的大军一起向着北极的黑暗(地方)出发了。因为远征路程十分艰难,亚历山大的士兵们都将自己的行李

① صفی, سید حسن, اسکندر و ادبیات ایران, تهران, ۱۳۶۴, ۱۸۳.

存放在平原上的洞穴里，大部分士兵在这儿留了下来，把这片荒凉的平原开发繁荣，并称之为“山洞基地或宇宙基地”，逐渐被叫作保加利亚。

亚历山大从为数不多的一些人中挑出强悍勇敢的年轻人，一同去往黑暗之处，一个月后抵达了没有太阳的地方。[①]

在波斯文亚历山大传说中，亚历山大本人始终没有得到过生命水，而是他的助手、顾问（海德尔、伊利亚斯）获得生命水，同时被授予永恒的生命。即亚历山大这位“拥有整个世界”的征服者，却没有能够战胜黑暗世界，因此，他不能成为神话中的智慧天神马兹达，他不是一个全能的征服者。

然而在蒙古文本讲述索勒哈尔奈在黑暗世界的出口被赐予了生命水，以表示索勒哈尔奈不同寻常的神圣地位，增强故事的潜在意义。“征服所有国家”、“见过天下所有公民”的神圣统治者索勒哈尔奈，唯独他自己获得了生命水，最后却谢绝饮用来之不易的生命水——地位如此高尚、受上天恩赐的世界统治者，也不需要永恒的生命，更何况是常人（任何人都不应该奢望永恒的生命）；另一方面，衬托索勒哈尔奈最后遗言的权威性——是世界征服者，天下无敌手，受到上天恩赐的索勒哈尔奈教导人们说“无论生活多少年，终究都会死去”，这是无疑的真理，所以人们只能“尽可能享受在世的（被赐予的）日子，不要奢望更长的生命”。

寻找生命泉水故事中，主人公最终能否找到生命水可谓是故事的一项关键内容。在波斯文亚历山大传说中亚历山大始终都没有得到生命水，我们认为这是在否定他至高无上的地位和无敌不胜的能力；然而，蒙古文《索勒哈尔奈故事》中的

---

① سيد حسن صفی, اسکندر و ادبيات ايران, تهران, ۱۳۶۴, ۱۸۳.

索勒哈尔奈被赐予了生命水，只是他最后自己亲口否定了永恒生命的意义。如果蒙古文《索勒哈尔奈故事》真的译自阿拉伯、波斯文亚历山大传说，主人公能否获得生命水的内容、故事潜在叙事结构方面应该不会有如此大的差异。

第三节 “获得生命水”的前提条件或象征意义

伊朗学者萨伊德·侯赛因·萨弗依认为：“生命之水的故事起源悠久，可能追溯到远古时期。当时人类把生命水视为唯一能与死亡之神阿赫里曼对抗的武器，确信这一有效的武器在众神的掌控之中，并且会被给予所有需要它的人。依据现有的资料可以确定在公元前数千年之前生命之水就有了它确定的内容和特定的含义。”[1] 接着引用了埃及、希腊传说中的描述：“古埃及人相信生命之水的存在，说喝了它的人将长生不老，还说神牛饮了生命之水，因而能长生不死，除非传授给自己的后代”；“依据希腊人的信仰，有一眼泉作为众神之神朱庇特的力量的表现，它的水具有使万物恢复生机活力的特性”等。当我们分析神话故事的时候，不能把每一个母题都当作实际发生的事件或实际存在的实物来考察，而更应该注意它的象征意义和它在故事中的功能。如有关“生命水”的主题，无须考察它存在的可能性（实物性），而应该重点关注其在故事中扮演的角色（功能性）。

“生命水是与死亡之神阿赫里曼对抗的唯一武器”，同时它

① سيد حسن صفى ، اسكندر و ادبيات ايران, تهران, ۱۳۶۴, ۱۸۳.

寄存于阿赫里曼的世界——黑暗世界。虽然在蒙古文《索勒哈尔奈故事》的开端，“永恒水”寄存的地方不确定，但故事主人公最终还是在黑暗世界的出口被赐予了生命水。波斯文传说中，要想获得生命水，必须去往黑暗世界，“生命水”确定地与黑暗世界联系在一起。波斯文亚历山大传说和蒙古文《索勒哈尔奈故事》的结局，都是由人类（不管是亚历山大——索勒哈尔奈本人，还是他的助手）获得了生命水，即人类征服了黑暗世界。因此，就“生命水”在故事中的功能而言，它象征人类对黑暗世界——恶界的征服，战胜困难、战胜恶界；获得生命水，就可以获得幸福、安宁，犹如获得永恒的生命。

但不同的是，波斯文亚历山大传说中，借助“宝石”或“戒指”的光芒，才能够鉴别“生命水”；而在蒙古文《索勒哈尔奈故事》中，生命水是被上天赐予的。一个是主动争取，拥有“宝石”、拥有智慧、有能力识别才能够获得以某种实际形式存在的“生命泉水”；另一个则是被动地赐予，只有超乎常人的、受上天恩赐的人才能够获得，命定由天，有明显的“因果关系”。

波斯文亚历山大传说中海德尔和伊利亚斯之所以获得生命泉水，是因为他们拥有“宝石”，接近泉水的时候它会发光；或者看见死鱼在水中复活，便感知此乃是生命泉水。“生命泉水”是一种客观存在物，有智慧、有能力鉴别的人才能够拥有它，而没有能够获得和拥有它的人就是没有足够的能力和权力，可谓说它是对人类能力的考验。在波斯传说善恶二元对立的斗争中，亚历山大没能获得生命水，也没有办法返回了，这时天使加百利摸着他的手说：“你一下得到了整个世界，不要满脑子充满幻想（再去战胜黑暗）”。[①] 天使加百利的话，是对亚历山

① سید حسن صفی, اسکندر و ادبیات ایران, تهران, ۱۳۶۴, ۱۸۳.

大此次行程的否定，也是对他意图获得生命水、战胜黑暗世界这种妄想的否定。表明亚历山大没有足够的理由或权力，去征服黑暗世界，并拥有生命水。

在蒙古文《索勒哈尔奈故事》中，“生命水”不需要去识别，它貌似与瞬间的、具体的识别能力无关。主人公索勒哈尔奈因“受到上天的恩赐”，活了三千年，“征服了所有国土、统治着所有国民”，唯独他能登上须弥山、潜入海底，唯独他被赐予生命水。似乎他的一切都是上天恩赐的命运，与波斯文亚历山大传说相比，获得生命水并不需要特殊的识别能力。因而，在这一点上波斯文亚历山大传说和蒙古文《索勒哈尔奈故事》也有较大的区别。

第四节 叙事者对亚历山大的认识/态度

在蒙古文本中，除了索勒哈尔奈，没有更多的具体人名；而波斯文亚历山大传说中有很多历史人物或天神的名字、地名，如“从黑暗之中走出来以后，亚历山大看见伊斯拉菲勒天使（吹响末日号角的天使）手持号角，在等着吹响号角的指令”；“《巴拉米史》[①] 记载道，亚历山大从黑暗中走出来以后，先到伊拉克，又从那里去了祖尔（Zur）城……但是根据菲尔多西的说法，他（亚历山大）从黑暗中走出来，看到许多奇怪的现象，之后他修建了雅株者和马株者隔离墙，又去了中国，从那里返回来后又去了印度、也门，也曾抵达过巴比伦……”；阿密尔·霍

① 阿布·阿里·巴拉米用波斯语翻译了《塔巴里史》，取名为《巴拉米史》，虽是译作，但也可以认为是一部独立的作品。

斯陆·德里(Amir Husrau Dehlavi)在《亚历山大宝鉴》[①] 这样描述,亚历山大受到天启,认为应该将迷途者导向正途,便派一个信使去了希腊,引导希腊人走向正途。但是柏拉图并不接受这位信使,与其争执起来,说我们看得见自己的路,我们就是自己的先知,不需要其他的引路者。亚历山大于是就与反对者作战,柏拉图和他的支持者逃到山中躲避起来,并给亚历山大大军以重创。亚历山大采纳了海德尔的对策,切断此山在海中的那一部分,把山淹没到水里。柏拉图的支持者中,除了另两个人和柏拉图本人幸免于灾难以外,其他人都遭受了灭顶之灾。柏拉图从此受到教训,最后走上了正道[②]。而蒙古文《索勒哈尔奈故事》简洁,没有这么多细节,更加抽象。亚历山大曾征服过中亚、小亚细亚,波斯人民对他的记忆是很实际、具体的,因此波斯文故事中有更详细的历史方面的信息,也是理所当然的;而蒙古人对索勒哈尔奈(亚历山大)的认识则是间接的。还有,另一个非常重要的因素是亚历山大给波斯人民的生活造成过很大影响,该历史人物与故事讲述人的切身生活有实际关系,因此,波斯文亚历山大故事会涉及人们对亚历山大统治的评价、态度。波斯文传说中,(叙事者)没有"让"亚历山大获得生命水的一个重要原因,可能就是波斯人对亚历山大这位外来入侵者统治的否定,即连黑暗都征服不了,他不应该是整个伊斯兰世界的统治者,对他本人所吹嘘的"整个世界征服者"称号的否定。而蒙古文《索勒哈尔奈故事》中较少涉及索勒哈尔奈统治方面的具体因素,更多地去讲述他探求生命水的这一事件本身。

① 阿密尔·霍斯陆模仿内扎米的《五卷诗》,也写了五卷叙事诗,其中《亚历山大宝鉴》是模仿内扎米的《亚历山大故事》写的。

② سيد حسن صفى , اسكندر و ادبيات ايران, تهران, ١٣٦۴,٥٤.

在《索勒哈尔奈故事》中，主人公被赐予永恒水，是因为他的特殊身份：他受上天的恩赐，生活几千年，唯独他走上须弥山，因此也只有他理所当然地被赐予生命水。衬托他胜利者的特殊地位，通过英明大臣的劝导，让他自己感悟和否定“奢望获得永恒生命”的念头。

不管是自己主动放弃还是被真理否定，亚历山大(索勒哈尔奈)终究向现实、向死亡、向真理低头，最终死去。波斯文和蒙古文传说都记载亚历山大(索勒哈尔奈)的遗言，其中引起我们最大兴趣的是阿密尔·霍斯陆波斯文变体中“亚历山大嘱咐说安葬他的时候，将两只手伸露在棺材外面”，这一句与蒙古文的“γar minu ile aquludqun(将我的手露在外面)”相对应，而且在其他语言变体中没有发现相同的记述。在蒙古文《索勒哈尔奈故事》中“γar”共出现了三次，分别在11a4行(“γariyar”)、12b9行(“γarturiyan”) 和 13b11行(“γar minu ile aquludqun”)。前两次出现的“γar”都与永恒水有关系(手捧永恒水)，因此我们也许可以将“γar minu ile aquludqun”与亚历山大想获得永恒生命的愿望联系在一起：亚历山大虽然没能达到预期目标，暂时接受了现实，但仍未彻底放弃得到生命水的愿望，即使死去了，也带着这种遗憾，依然向生活奢取。索勒哈尔奈无论多么强有力，作为人，他必须接受“死亡”的真实。“人生必死”是真理，是一个大的秩序，其中生活着各种各样的人，包括像索勒哈尔奈这样不舍追求生活乐趣的人，但他们最终必须面对死亡，《索勒哈尔奈故事》的叙事者让他按照他们自己的习俗死去。

萨伊德·侯赛因·萨弗依意图从历史事实中找到传说的出处(传说中历史的痕迹)，认为：“亚历山大去往黑暗的故事，实际是对亚历山大从拉赫季(坎大哈)去往阿富汗北部山区帕拉帕米扎德的历史事件的记述。这里对亚历山大军队一路上披荆斩棘,战胜黑暗、寒冷及艰险山路的描述,也如同其他此类的描述一样,时常有夸张的因素。此后,这种夸张又被其他书籍继承了下来。亚历山大走向黑暗、寻找生命泉水故事的源头,正是这些夸张的说法和对亚历山大大军及将领们的溢美描述。”①

他的推理过程是:“据历史学家记载,亚历山大穿越印度群山时遭遇罕见的大雪、坚冰。该地区的气候恶劣、难以通行、云雾迷茫、天色灰暗。据说这一地区白天也暗无天日,伸手不见五指,而且异常严寒,以至于有这样的描述:‘非常多的人因寒冷而死亡,一些人因为雪光而失明,也有些人因为寒冷而冻掉双脚。在这种(恶劣的)情况下,马其顿人摔倒在冰面,没过多久就冻死了,只有那些艰难地逃到茅舍的人脱险了。但是那里到处漆黑一片,以至于只能借助于茅屋中升起的烟,方才能找到路。’”②

对该地区地理不甚了解的库尔斯(Kors)伯爵认为这一地区北面与冰冻之地毗邻。正是由于这一错误的描述,导致了在亚历山大故事中也把这一地区描述成位于北极的南边。内扎米也这样写道:极地的黑暗,亚历山大走到了有太阳升起的地方。③

亚历山大从帕拉帕米扎德山(在亚历山大故事中被误作接近极地的黑暗之地)走到帕克特丽亚,越过阿姆河,前往粟特(Soghd)。按照库尔斯伯爵所说,亚历山大的大军在这没有水草的荒原上陷入极度的饥饿。尽管他们晚上行军,但是由于严重的干渴,士兵们都濒临死亡的边缘。

---

① سید حسن صفی, اسکندر و ادبیات ایران, تهران, ۱۳۶۴, ۱۹۰.
② سید حسن صفی, اسکندر و ادبیات ایران, تهران, ۱۳۶۴, ۱۹۱.
③ سید حسن صفی, اسکندر و ادبیات ایران, تهران, ۱۳۶۴, ۱۸۸.

上面提到的历史学家，描述了马其顿人遭受饥渴、令人灰心的情况之后，写道："……由于这种情况，亚历山大沉浸于悲痛之中。这时两个出去寻找宿营地的探子，带着装满水的皮囊回来了。他们赶忙斟满一杯水递给亚历山大。亚历山大把水接过来后问道，这是给谁的呀？两人回答说，给我们在部队服役的儿子们。听完此番话，亚历山大把杯子还给他们，并说如果我喝了别人就喝不到；我想和别人分享但是又不够。快去吧，给你们的儿子解渴吧。"① 史书上也是这样提到这两个内容。起初，亚历山大去往位于阿富汗北部的黑暗山区，之后在粟特遭遇干渴，在此面临着死亡危险的危急关头，亚历山大忍住没有去喝生命之水。按照萨伊德·侯赛因·萨弗依的观点，上述亚历山大遭遇黑暗的故事，映射的是亚历山大征行阿富汗北部山区的事件，这一事件经过他的随行者们添油加醋的描述，又在撰写亚历山大历史的史学家的著作中被提及，之后又在关于亚历山大的小说中以神话的形式描述他遭遇黑暗的经历。② 艰难的战争时期，寻不得食物和饮用水，"死亡"时刻威胁着每个人的生命。此时此刻，"水"就意味着生命和希望，获得水，就能获得生命。由此可以假设：历史特殊时期的这一事实是不是亚历山大寻找生命泉水传说的原型呢？

无论亚历山大（索勒哈尔奈）最终是否能够得到生命水，蒙古文《索勒哈尔奈故事》和波斯文亚历山大传说中的共同点是故事主人公都以失败告终，这是对他想要"获得永恒生命"意愿的否定，而不同的是波斯文传说主要否定亚历山大（"统治全世界"、战胜敌对力量、征服黑暗世界）的能力；蒙古文《索勒哈尔奈故事》则主要否定他寻求永恒生命的意愿、生命泉水

① سید حسن صفی , اسکندر و ادبیات ایران, تهران, ۱۳۶۴, ۱۸۹.
② سید حسن صفی , اسکندر و ادبیات ایران, تهران, ۱۳۶۴, ۱۸۸.

的用途和意义。

《索勒哈尔奈故事》后面的三叶蒙古文内容主要讲述"人生下来以后，因为有欲望，会走向困境。应该重视学问，不说谎，不偷盗"，其最后一句话与前面的《索勒哈尔奈故事》中主人公感悟的内容相对应："人若无知、愚蠢，即使生活一万年，（也不如）做有知智者，寿命的长短和死亡都无关紧要"，是明显的佛教思想，故事主人公索勒哈尔奈是一味追求永恒、不懂死亡真理的愚昧无知的代表。佛经传统中有着通过数多类似的故事来讲述一个道理的写作传统，如笔者曾读过的《金刚经受益经》，每个故事讲述的情节不一样，但表现的主题都一样，"通过阅读《金刚经》可以解脱所有苦难"这个主要红线贯穿着全部故事。双福先生在《古代蒙古语研究》中也讲到《索勒哈尔奈故事》后面的内容为《索勒哈尔奈故事》的末尾诗[①]。总而言之，《索勒哈尔奈故事》和其后面的蒙古文内容都讲述佛教思想，我们也许可以用《苏巴希地》的"诗歌 + 解释诗歌主题的故事"的模式来理解《索勒哈尔奈故事》，这个故事就是"人生必死"、"不能太留恋生活"这个真理的一种解释。因此《索勒哈尔奈故事》的写作目的很可能是用佛教观点，去否定索勒哈尔奈（伊斯兰统治者）的"享乐生活"、"追求现实幸福"的价值观。

一言以蔽之，蒙古文《索勒哈尔奈故事》与阿拉伯、波斯文亚历山大故事有较大的差异，不可能是直接的译文。其实在世界很多地区、很多民族都有生命水的传说故事，被认为世界最古老史诗的《吉尔伽美什》[②]中就描述了吉尔伽美什因为恩启

① 双福：《古代蒙古语研究》（蒙古文），呼和浩特：内蒙古教育出版社，1996年，第623页。

② 《吉尔伽美什——巴比伦史诗与神话》，赵乐甡译，南京：译林出版社，1999年。李晶：《"吉尔伽美什"译释》，厦门：厦门大学硕士学位论文，2008年。

都的死亡而悲痛，开始思考人的永生和不朽，去寻找曾经获得过永生的智者——乌特纳匹诗提的故事。接下来让我们分析《吉尔伽美什》和蒙古文《索勒哈尔奈故事》中有关生命水、永恒生命描述的异同。

第三章

蒙古文《索勒哈尔奈故事》与阿卡德语《吉尔伽美什》的比较研究

《吉尔伽美什》是目前已知世界上最古老的英雄史诗，公元前2150—公元前2000年苏美尔城邦时代口耳相传，公元前14世纪形成了最为完整、丰富的内容。19世纪的考古发现再次向人类呈现了这部史诗作品。该史诗主要讲述了乌鲁克的国王吉尔伽美什残暴专横，天神创造野人恩启都，让他与吉尔伽美什决斗。但后来恩启都与吉尔伽美什成为好朋友，齐心协力杀死了怪兽洪巴巴，并准备摧毁乌鲁克城的天牛。天神为此大怒，夺走了恩启都的生命。吉尔伽美什为挚友的逝去而万分悲痛，同时也对死亡产生了恐惧，便开始了寻找永生的历险。吉尔伽美什长途跋涉、历经艰险走到世界尽头，穿越死亡之海找到曾经获得永恒生命的乌特纳匹诗提。而可惜的是，乌特纳匹诗提告诉吉尔伽美什无法获得永生，送他回到乌鲁克。在故事的结尾，吉尔伽美什看到了挚友恩启都的灵魂，并了解了冥府的世界[①]。

① 《吉尔伽美什——巴比伦史诗与神话》，赵乐甡译，南京：译林出版社，1999年。李晶：《"吉尔伽美什"译释》，厦门：厦门大学硕士学位论文，2008年。http://baike.baidu.com/link?url=dkydJhW9Y51U4PufWvtxMO4LNbTvc8EjteBjq68GD7arimZ-QNHJdNerSxlAOs8nklYF7j61ZCwq_D0sdvaOAq

第一节　带着神性的人

在《吉尔伽美什》史诗中，乌鲁克城的统治者吉尔伽美什被描述为拥有三分之二的神性和三分之一人性的神人。然而，他也不是完人，在史诗的开端吉尔伽美什凭借权势抢男霸女，强迫城中居民为他构筑城垣，修建神庙，害得民不聊生。当然，接下来他的负面描述会变得越来越少。与本文紧密相关的是，吉尔伽美什即便有神性，终究有一天他也会面临死亡。因此他开启了寻找永生的旅程：

为了恩启都，吉尔伽美什
痛哭流涕，他在荒野徘徊：
我终有一日也会走向死亡，如恩启都一样
忧伤进驻我的心
怀着对死亡的恐惧，我来到荒野徘徊
我要去找乌特纳匹诗提，乌巴尔图图之子
我已上路，快马加鞭[①]

在这一点上，《吉尔伽美什》与蒙古文《索勒哈尔奈故事》有些相似之处。在蒙古文《索勒哈尔奈故事》中，索勒哈尔奈受到上天的恩赐，生活了三千年，享受了凡人无法想象的福分，完成了常人难以完成的伟业。然而，他也会像平民一样，终究一日面临死亡。为了超越真理，为了找到永恒的生命和无限的福分，索勒哈尔奈登上须弥山、潜入海底、前往黑暗世

① 李晶：《"吉尔伽美什"译释》，厦门：厦门大学硕士学位论文，2008年。

界寻找生命泉水。

无论是吉尔伽美什、亚历山大或索勒哈尔奈,都是当时的神人、英雄和伟人,那么,他们为什么还会面临死亡、为什么寻求永生呢?是因为死亡是人类无法逃脱的命运,故事暗含的前提是人生下来以后必定要面临死亡,无论故事情节如何开展,其结论基本一致。

第二节 与时间赛跑

史诗《吉尔伽美什》也是一部残缺的作品,约计 3600 行,只能阅读 2000 行,以此推断其余内容。吉尔伽美什在路上遇到一群狮子,将它们杀死后,走到了玛什山。在那里有蝎形人在守护着日出日落。蝎形人询问吉尔伽美什如何抵达此处、为何长途跋涉,并告知他不曾有人翻越这座山峰,因为有 12 拜尔(阿卡德文 beer,与蒙古文 beer 很相近,是否有词源上的关联,有待进一步考证)的地方,处处是黑暗,不见一丝光亮。但后来被吉尔伽美什的决心所感动,让他进入太阳升落的隧道。吉尔伽美什穿过黑暗、赛过了时间,在太阳赶上他之前通过了隧道,走入森林、果树当中。

与时间赛跑,或穿越黑暗世界的主题,在蒙古文《索勒哈尔奈故事》和波斯文亚历山大传说中也会出现。犹如我们在前面所讲,不能因为两个故事中包含相同或类似的母题,就认定它们之间有借用或翻译的关系,也不能只关注多个母题的排列顺序,而更应该分析这些母题在故事中所暗含的意义。与时间赛跑、前往黑暗世界的描述,在寻找永生故事中有什么作用和意义呢?

为了获得永生、永远活在世上,一个人必须经历黑暗,战胜黑暗,赛过时间,跳出正常的行事模式。太阳代表着阳光、光明、生命、活力,而黑暗预示着不祥、危险、死亡和恐惧。为了获得永生,故事主人公都去往黑暗世界、与太阳一同降落或与太阳赛跑;战胜困难、死亡和恐惧,越过正常生活的轨迹,才能够获得永恒的生命。获得永生,是对生活、常规的超越、一种冒险行为。在这一点上几个故事都有类似的表达。

第三节　死亡之海、生命之水

吉尔伽美什接着来到海边,请酒馆老板西杜丽女神帮他穿越大海,去见获得永生的乌特纳匹诗提。西杜丽最初拒绝帮助吉尔伽美什,甚至不愿见他,藏到屋顶上,却被吉尔伽美什发现了。听到吉尔伽美什讲述挚友恩启都的逝去为他带来莫大痛苦以后,她被他的坚定所感动,让他去找乌特纳匹诗提的船夫乌尔沙纳比。吉尔伽美什遭到乌尔沙纳比和他石人船员的拒绝,他先把石人都给击碎,并扔进大海,再向乌尔沙纳比诉说自己失去挚友的痛苦和想见乌特纳匹诗提的愿望。然而,船夫对吉尔伽美什说现在无法穿越死亡之海,因为是吉尔伽美什亲手把石人给击碎并扔到水中。有幸的是,船夫在森林中砍下三百棵撑竿,帮助吉尔伽美什渡过死亡之海,并与乌特纳匹诗提相见。

吉尔伽美什问乌特纳匹诗提如何获得永生,乌特纳匹诗提便讲述了有幸存活于大洪水、被赐予永生的故事。乌特纳匹诗提要求吉尔伽美什连续一个星期都不要睡觉,但吉尔伽美什却睡了整整一个星期,被送回了乌鲁克。

最终,吉尔伽美什未能通过考验、没能获得永生。他虽然穿越了死亡之海,却没有像乌特纳匹诗提那样从大洪水中幸存下来。其实,乌特纳匹诗提所讲述的大洪水,才是真正的死亡之海:诸神们一起发誓,发起洪水。乌巴尔图图之子乌特纳匹诗提"毁掉房屋,建造船只;放弃财富,保住生命;忘记财产,讨了活路"[①],与妻子一同幸免洪水之灾,被赐予了永恒的生命。

蒙古文《索勒哈尔奈故事》中,主人公在危及生命的黑暗世界被赐予了生命泉水。生命泉水需要冒着失去生命的危险才能获得,生命之水和死亡之海其实是相互依存的。没有经历极其危险、近乎失去生命的考验,便无法得到永恒的生命;获得永生,其实也失去了很多。在这一点上,《吉尔伽美什》和蒙古文《索勒哈尔奈故事》是相一致的。获得永生的乌特纳匹诗提,失去了他周围的所有人,他虽然活着,但他的生活已不再是与以前完全一样的生活。在蒙古文《索勒哈尔奈故事》中,索勒哈尔奈的大臣们告诉他一旦饮用了生命泉水,再也无法死去;当你的亲人、民众都逝去了,你一个人活着还有什么意义?那时候永恒生命反而会变成一种痛苦。我们认为《吉尔伽美什》中也一样,死亡之水和生命泉水可以相互转换、相互依存。

总而言之,《吉尔伽美什》和蒙古文《索勒哈尔奈故事》有些相似之处,但我们也不能以此断定《索勒哈尔奈故事》译自《吉尔伽美什》。主要对文化传播过程和途径感兴趣的"传播论"后来遭到学者们的批评,其中一个重要原因就是每看到不同

① 李晶:《"吉尔伽美什"译释》,厦门:厦门大学硕士学位论文,2008年。

地区有相似的文化现象，就认为肯定是哪一个民族、地区是从另一个民族、地区借用、学会的，从而否定了人类不同文化群体的创造性。也就是说，不同民族、不同文化、不同地区即便有类似的文化现象，也不一定是直接传播的，有可能是各自发明、发展出来的。《吉尔伽美什》、《亚历山大传说》和《索勒哈尔奈故事》中有相似的母题，但不一定都是翻译的（如果能找到明确证据，也有可能是翻译、相互影响的），也有可能是采用相同或类似的主题，根据各自不同的社会文化背景、思想观念而编写的。接下来，我们将分析蒙古文《索勒哈尔奈故事》的叙事结构。

第四章

蒙古文《索勒哈尔奈故事》的结构分析

第一节 “缺憾”的“弥补”

索勒哈尔奈“被上天赐予了几千年(高龄)”,“征服了整个世界,见过所有的公民”,但他仍不满足于此,想要永远活在世上,他唯一的遗憾就是,终究有一天要放下生前所拥有的一切,离开人世。他“如果能得到上天的恩赐,(获得生命水,)他将长生不老”。换言之,获得生命水,是弥补他缺憾的唯一办法。故事中“生命水”的功能乃是使人能够获得永恒的生命、使他们最大限度地享乐人生,即可谓它是人们“欲望”、“对生活的追求”、“享乐主义”的代码。意图获得“生命水”,就是想获得永无止境的生命,对生活的不懈追求和欲望。在故事主人公看来,生活就是享福,能获得永恒的生命是他的终极追求。故事因“稀缺”[①]和对它的“追寻”而开展。

他首先“派人四处搜寻生命之水”,但“直到筋疲力尽,都未能获得生命水”。索勒哈尔奈“与五十个同伙一起越过一座桥,最终受上天之命,唯独索勒哈尔奈走上须弥山顶(并潜入海底)”,也就是说,永恒的生命并不是每个人都能够得到,它是个稀缺物品;只有“受到上天恩赐”的人才能越过桥、克服困难,最终获得永恒之水。“生命水”的获得,似乎与个人的智慧、才能没有直接关系,而是由上天被动赐予的、身外之物。“与太阳

① 本书研究中类似“暂离”、“极远之地”、“禁令”等概念及研究方法参考俄罗斯学者弗·雅·普罗普的《故事形态学》、《神奇故事的历史根源》。

一同进入黑暗”之后，“当他（们）即将要走出黑暗世界的时候，一个隐身人给了索勒哈尔奈满满一杯生命水，并说喝了之后他将获得永恒的生命”，唯独索勒哈尔奈被赐予了生命水。

那么，获得了生命水，主人公的缺憾是否因此而获得弥补了呢？索勒哈尔奈虽然受到上天的恩赐，被赐予了几千年的寿命和永恒之水，但他显然不是受尊重的智者。他不顾下臣们的再三劝导，历经三次冒险去搜寻生命水；被赐予了永恒之水以后，也不知道如何是好。

> 有一个英明的大臣告诉索勒哈尔奈说：“喝了生命水，便会得到永无止境的寿命，直到天崩地裂都不会死去，因为生命之水是死亡的阻碍。当所有的民众都死去了，独自一个人活在世上有何用途？不再拥有侍从你的公众时，你若仍不后悔，那么你可以喝生命水。”听了这番话，索勒哈尔奈说“如果是这样，喝了它又有什么用呢”，就把手中的生命水泼在一棵柏树上，从此以后柏树就变得四季常青、永不枯萎。

是他英明的大臣，让索勒哈尔奈感悟了生命的意义，即和民众一起享受活着的每一天才是幸福，而独自一个人获得“超常”、“非凡”的生命，直到天崩地裂，反而是另一种灾难和悲哀。

在故事结尾，矛盾的化解，不是因为生命水的获得，而是对生命水的理解的转变。因此我们可以得知，主人公索勒哈尔奈真正稀缺的，并不是生命之水或永恒的生命，而是对它的正确理解；能够弥补该缺憾的是智慧（对生命意义和自然规律的正确理解），而不是物质（获得永恒生命的泉水）本身。在故事末尾，索勒哈尔奈收获的不是永恒的生命，而是认识到：

人生下来必将会死去，即使活了三千年也必定要死去，不管是什么时候（或早或晚）都将死去。从前曾有过多少个国王，将会有多少个国王诞生。唉，人在世的时候该尽情享受生活，死去了就没什么用途。

在“最后，索勒哈尔奈返回密西尔城”，冒险的、“暂离”的紧张而激烈的事件终于结束，回归到宁静、和平的日常生活中，并嘱咐他的后事，说明他已坦然接受“死亡”——当初他不愿接受的事实，并强调人们在世期间应该尽可能地享乐，不再奢望享有超乎现实的“非常”幸福，只求好好享受被上天赐予的、有限的生命。感悟永无止境的岁月、没有亲人没有公民的生活毫无意义，否定“跨时代的幸福”，就是说人在属于自己的、自然给定的岁月里生活才是一种幸福，像索勒哈尔奈一样想要永无止境的生命，反而会成为一种危险、可怕的行为，因为所有的人都生活在“人生必死”这样一个大的秩序里，他们必然按照这个原理，都将死去，最后什么都不会留下，世界是“空”的。同时他也否定了自己原来的意愿，即“生命水”的永恒功能反而造成痛苦，探求生命水的历程也是痛苦的（“欲望”是痛苦的根源）。从叙事结构而言，“稀缺”的“弥补”，因对生命的理解和对真理的感悟而得以实现。

第二节　跨越“边界”是“危险”的

根据故事内容，生命之水在极远之地，故事主人公索勒哈尔奈为了寻求生命泉水，历经种种困难，登上须弥山、潜入海底、前往黑暗世界。每次启程前,索勒哈尔奈都要召集民众告知冒险行程,大臣们劝阻索勒哈尔奈说他拟定的行程异常艰难,可能会遇到各种恶魔怪兽,想方设法阻止他。因此我们可以得知,寻找生命泉水的行为可谓是一种“灾难”,非常艰难和危险。

首先,远走天涯的路途遥远且充满风险。登上“能看到四面八方的海洋、陆地以及周围群山”的须弥山顶需要越过一座桥,普通大臣都无法通过这座桥,唯独索勒哈尔奈登上须弥山顶,因为“越过桥”已跨出日常、平安世界的边界。潜入海底的行程遭到更强烈的反对,索勒哈尔奈“为了避免在海底遭到邪恶力量的攻击,制作了一条能乘两个人的小舟,装载食物及航海必备品,小舟外面罩上网子并用无数条绳子捆住,使之牢固,用长绳吊挂小舟慢慢下放到海底”。准备行程、索勒哈尔奈的暂别对民众而言都是一种负担、灾难和担忧。乘坐小舟过渡到另一个世界,“返回陆地的航程持续了一个月”,可知路程的遥远和艰难。“之后索勒哈尔奈又一次召集大众,宣布他的另一个愿望,即要前去日落的地方,与太阳一同潜入黑暗,看看它是近是远。他的民众说索勒哈尔奈从充满危险的海底回来,现在又要去黑暗世界,相互议论(此设想)。索勒哈尔奈下令必须跟从”,给民众和他本人造成了灾难、风险。他的每一次冒险行动都是对“常态”的超越,违反“禁令”、跨越“边界”,都是“危险”的“灾难”性行为。

其次,索勒哈尔奈每到一个地方,都遇到一个人或动物,他们(它们)会告诉他如此行动是危险的,并劝导他趁早回去:在须弥山顶,索勒哈尔奈看见山上悬挂的绳子或皮条,就想顺其而下,此时大鹏金翅鸟看到他这种行为便辱骂和阻止他,因为索勒哈尔奈已经到达了他所拥有和控制世界的界限,再往下走就会侵害异域(或另一个世界)主人的权威,那里是“上帝的”、“受保佑的地方”,或者“恶魔的”领土,进入那里将会遭到上帝或另一个世界主宰者的反抗,因此这种行为是很危险的、灾难性的,索勒哈尔奈已经到达了他所拥有的世界的界限;他在海底亦见到某个人,他告诉索勒哈尔奈如此行动的危险性,再三劝导索勒哈尔奈赶快返回陆地;索勒哈尔奈在黑暗世界行走两年期间,某个人对他说他的所有伙伴们都没有他那样的高龄,不能让他们在黑暗这样危险的地方行走,以免遭到灾祸,劝他立刻返回。也就是说,索勒哈尔奈每到一个“异常”的、被禁止的地方,都有人(或鸟)提示他继续往下走的行为是极其危险的,这是索勒哈尔奈的世界与神圣(或邪恶)地方之间的边界处,遇到的那些人(或动物)、他们的劝导,是给索勒哈尔奈发出的最后警告,“再往下走,你即将要进入一个不属于你的世界,那里将会有危险”。

因此,我们可以得知,“这边”的、人们(包括索勒哈尔奈)行动的世界是安全的,而索勒哈尔奈想要去往的、违反禁令即将要进入的世界则是危险的。索勒哈尔奈想逾越安全的、属于他的世界,到他人的(或神圣的)、不属于他的、危险的世界去,寻找生命水。或许我们可以说索勒哈尔奈探求生命水,得到永恒生命的事件本身就是一个危险的行为,自然生命才是安全的,超出它获得了永无止境的寿命,将会变成一个灾难性的事件。任何事情都有尺度和自然规律,包括生命;超越生命的界限,获得永恒的生命是危险的。

第三节 “生命”与“死亡”相互矛盾相互依赖

该故事中，索勒哈尔奈为了实现长生不老的愿望，历经“登上须弥山顶”、“潜入海底”和“去往黑暗世界”三次冒险，最终获得生命水并感悟生命的意义，可谓是典型的蒙古民间故事的基本结构，三次磨难在一定意义上可以被看作是成年礼。

而“生命水”寄存的地方，其实就是“黑暗世界”。故事讲述的最主要矛盾是“生命”和“死亡”、“安全”和“危险”、“光明”和“黑暗”，矛盾的两个对立面同时也相互依赖。生命水寄存于黑暗世界，想要获得永恒的生命，必须前往黑暗世界、经历死亡。“喝了生命水便会得到永无止境的寿命，直到天崩地裂都不会死去，因为生命之水是死亡的阻碍。”死亡是对生命和幸福生活的威胁；与此同时，生命之水也是死亡的阻碍。“当所有的民众都死去了，独自一个人活在世上有何用途”，这时永恒的生命、超乎自然规律，反过来是一种灾难和不幸。故事主人公一心追寻的永恒和幸福，其实是另一种死亡和绝境。

被赐予生命水之后，听取英明大臣的一番话，索勒哈尔奈感悟到生命的意义不在于永恒，而在于遵循自然规律，教导自己和伙伴们说：“人生下来必将会死去，即使活了三千年也必定要死去，不管是什么时候（或早或晚）都将死去。人在世的时候该尽情享受生活，死去了就没什么用途”，这是对最初愿望的反思和否定。故事特别描述主人公索勒哈尔奈“受上天恩赐”、“幸存三千年”、“拥有整个世界”、“唯独他能够登上须弥山和被赐予生命水”，突出他神圣地位和超乎寻常的力量，借此来宣扬索勒哈尔奈最后遗言的权威性，即特别强调“人生下来必将会死去，即使活了三千年也必定要死去，不管是什么时候（或早或晚）都将死去”的真理。

TID155 文献中,《索勒哈尔奈故事》后面也有三叶蒙古文,讲述:

各种各样的人,生下来(以后)有欲望,(为此)艰难地去追求,就会陷入困境。在人道的多种生命形式中,人身难得,得到了这种生命形式,(就该)不间断地努力。得到这样的身体,如果作善业,必定对自身有益。得到宝贵的身体,就(应该)遵从善道,一旦死去了①,又(不知)将去向何处。艰苦的学习……如果不能努力……仿佛(因为)听了老师的教诲,除去了眼中的翳障②……专注一心,以平等心对待一切,为众生做善……不撒谎、不盗窃、不说谄妄的话,便会成为没有懊悔的上士。得到了人身,如果经常研习学问……会成为没有……的上士。说谎偷盗……死亡、恶果接踵而至。多种生命形式中,得到人身,如果放弃学问,则连牲畜都不如。……对众生行善,处心平等,探求学问,则会成为上中之上。不说谎,不偷盗,能抑制贪心,必定很快就能到达善界。忠于主子,孝顺父母,与兄弟和睦相处,这就是没有缺点的上士。被夸奖也不骄傲,永不背弃朋友,学而不厌,这就是无误的上士。通达天地人三者的(关系),结交高尚的人,这就是最好的人。能控制私欲,实践诺言,经常努力学习,这就是真正的上士。若能控制自己的欲望和贪心,犹如抑制谎言,很快就能到达善界。人若无知、愚蠢,即使生活一万年,(也不如)

① 直译:“如果闭上了黑眼睛”。

② 直译:“仿佛从老师那里听了(教诲),黑眼发亮”。

做有知智者，寿命是长是短，唯有死亡是无关紧要的[①]。

每则故事的最后一两句话被重复了几遍：索勒哈尔奈的遗言“尽情享乐，死去了就没什么用途，这样说道，结束”和其后面这段文字的“唯有死亡是无关紧要的”一句。一方面，这是因为写满纸张的需要（下一则故事另起一页，而不能从哪一个纸张的中间部分开始）；另一方面，重复的这段文字恰好也是故事所要表达的核心思想：都说人生下来以后必将会死去，无论活了多少年（前者“即使活了三千年”，后者写道“无知、愚蠢地生活一万年”），终究都会死去。我们认为后面三叶文字和前面的《索勒哈尔奈故事》所表达的意思互为表里，都是明显的佛教思想（不仅是这一观念，还有《索勒哈尔奈故事》后面文字讲述的都是佛教的戒律、教义），也就是“人生必死”，“世界是空的”，“永恒的生命是一种磨难”、比死亡更可怕的绝境。生命和死亡相互对立，相互依赖，也有可能相互转换。

① 直译：“死亡是多余的”。

结论

本书在充分吸收前人研究成果的基础之上，对以往的研究进行反思，认为在我们对《索勒哈尔奈故事》的认识不够深入、不能确定它是从其他民族语言直接书面翻译过来的还是亚历山大寻求生命水的传说口头流传到蒙古地区以后被蒙古人重新改编和记录下来的时候，对蒙古文《索勒哈尔奈故事》与中亚地区民族中广泛流传的亚历山大传说进行文字层面的比较研究是非常有必要的，鲍培、柯立甫、策·达木丁苏荣、宝依勒、格·纳木吉拉等学者在这方面做出了很大贡献，他们认为蒙古文《索勒哈尔奈故事》是翻译作品，并对蒙古文《索勒哈尔奈故事》与中亚、印度、突厥地区很多民族语言的亚历山大传说之间进行广泛的比较，希望能通过文字、母题上的对比，找出《索勒哈尔奈故事》的翻译底本。这是一个重大“工程”，他们在这方面做了很多研究工作，但是遗憾的是关于蒙古文《索勒哈尔奈故事》的渊源问题，没有得出确切、一致的结论。在研究方法上，前辈学者们主要关注文字层面的异同，尤其鲍培和柯立甫的研究，把完整的故事按照一个个母题拆开，然后在不同语言、不同主题的亚历山大传说之间进行比较，因而忽略了故事的整体性和叙事结构。

现在我们换一个角度去思考问题，即蒙古文《索勒哈尔奈故事》本身讲述了什么内容，并对其深层叙事结构进行分析：想要获得生命水，必须通过一个过渡仪式(登上须弥山、潜入海底、前往黑暗世界)，超出一个界限(上升、下降、到另一个世界)，才能够求得它。而这种“超越”本身就是一种危险行为，所以索勒哈尔奈每到一个顶点，都会有人（或大鹏金翅鸟）阻止他，因为再往下走就会进入危险的境界，所以人们生活的世界是安全的、光明的，而有可能寄存生命水的世界都是黑暗的、危险的。每个人的自然生命是安全的，超出了它将是危险的，索勒哈尔奈受到上天的恩赐，生活了三千年，这是安全的；但他还奢望永远活在世上，其实这等于向"危险"伸手。最后他听取大臣的意见，收回"贪婪"的、"超越的"念头，感悟对生活的过多奢望是危险的（独自一个人活在世上，反而会变成一种痛苦），自己否定想要获得永恒生命的愿望。

也就是说，蒙古文《索勒哈尔奈故事》的基本结构为"缺乏（永恒的生命）—获得（生命水）—矛盾（饮用与否）—化解（坦然接受死亡）"：得不到永恒生命，对索勒哈尔奈而言是一种缺憾—历经过渡仪式（登上须弥山、潜入海底、前往黑暗世界），超出自然、平常的界限（上升、下降、到另一个世界），他最终被赐予生命水—但不知道应该接受还是拒绝永恒的生命—感悟遵循自然规律才是最幸福的，独自一个人活在世上将是莫大的痛苦。

蒙古文《索勒哈尔奈故事》原文后面也有三叶蒙古文内容，主要讲述"人生下来以后因为有欲望，会走进困境。人应该重视学问，不说谎，不偷盗"，其最后一句话与前面的《索勒哈尔奈故事》中索勒哈尔奈感悟的内容相对应："人若无知、愚蠢，即使生活一万年，（也不如）做有知智者，寿命的长短和死亡都无关紧要"，其主题与前面的《索勒哈尔奈故事》相同，都是明显的佛教思想。后面的这段文字将"寻求永恒生命"与"愚蠢无知"联系在了一起，很显然是把索勒哈尔奈当作不晓世情、不懂"人生必死"真理的反面例子来讲述。我们也许可以用《苏巴喜地》的故事后加训言诗的模式来理解它，即用故事（《索勒哈尔奈故事》）解释佛教箴言诗的主题（“人生必死”、“生活苦难”，“应通过苦行摆脱现实痛苦”等）。

索勒哈尔奈作为“自古以来，唯一一个幸活三千年，征服所有国土”的国王，却不如他的大臣有智慧。文中说道“即使活了三千年，最终都会死去”、“无知、愚蠢地存活一万年，不如聪慧、明白地活着，能活多少年无关紧要”，可能就是否定索勒哈尔奈“愚蠢”的思想和行为，赞成“英明的”、说出佛教观点的那位大臣。索勒哈尔奈接受其大臣的意见，暗示着他对佛教思想的转向和接受。蒙古文《索勒哈尔奈故事》取材于当时广泛流传的伊斯兰世界统治者亚历山大寻找生命泉水的传说故事，用佛教思想重新改编，否定索勒哈尔奈“生活即是享乐”的思想。

附录

附录一 《索勒哈尔奈故事》原文及后三叶影印件①

① Depositum der BERLIN-BRANDENBURGISCHEN AKADEMIE DER WISSENSCHAFTEN in der STAATSBIBLIOTHEK ZU BERLIN - Preussischer Kulturbesitz Orientabteilung, shelf number U558_07a~U558_15b."

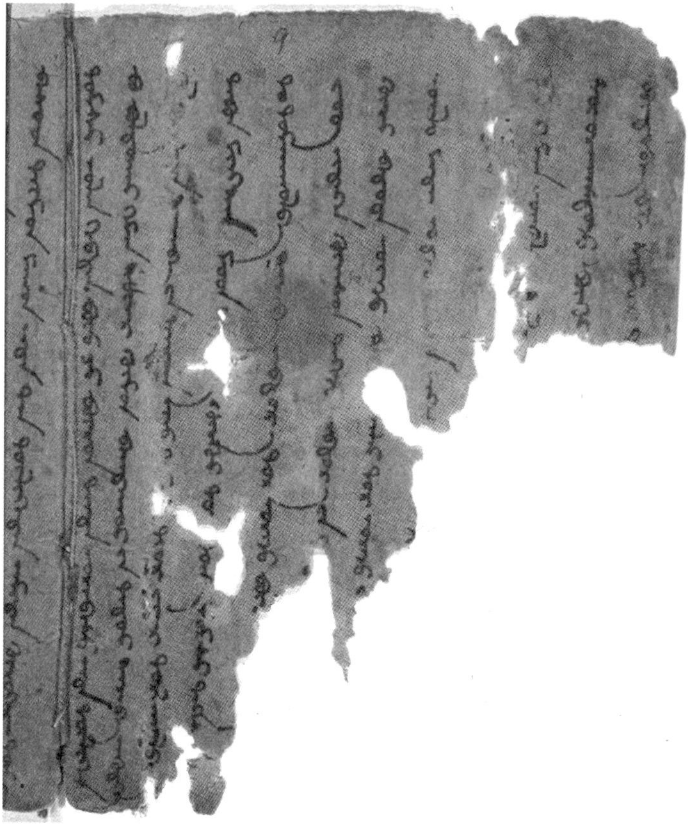

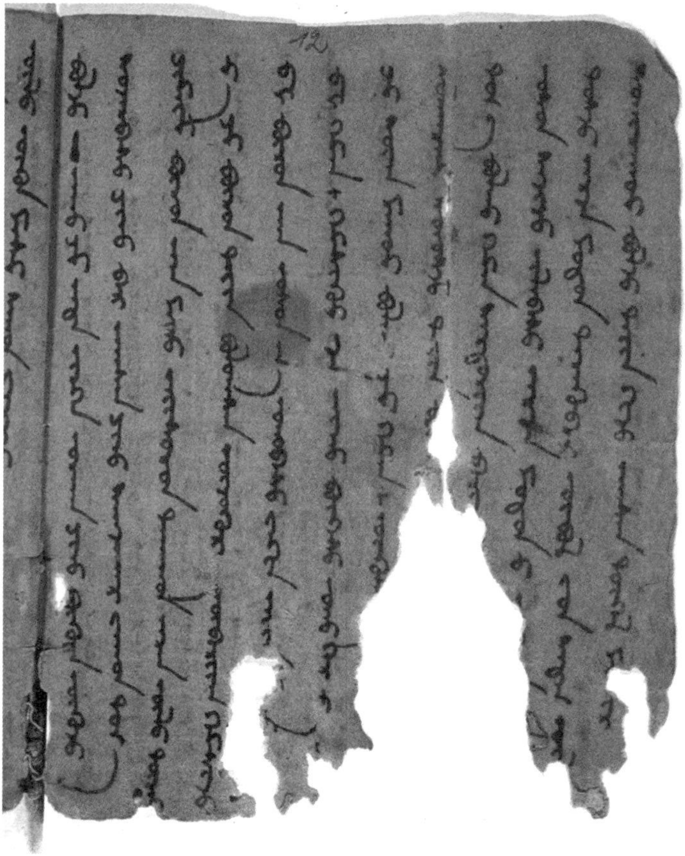

附录二　笔者对原文的拉丁文字母转写[①]

依据蒙古国科学院德·特木尔陶高（D. Tumurtogoo）院士的意见，本拉丁文字母转写正文表示文字发音（transcription），后面加括号表示特殊写法（transliteration），其中：

两个字牙的“e”用“‘e”表示（‘erde  ‘edüge ）；

“w”表示字肚（twr 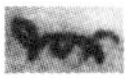）；

“”形（d, t）一律用“d”表示（，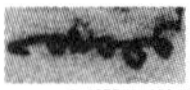）；

“”（t, d）用“t”表示（nwyati  metw ）；

“γ+ 元音”和“n+ 元音”音节若没有字点，用“γ̲a”“n̲a”表示 (balγ̲aswn 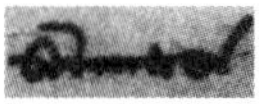 γ̲aγǰaγar )；

“ (ǰ)”形的“y”，“č”，都用“ǰ”表示 (ǰaγdaγsan 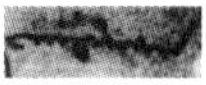 čwgeǰeber 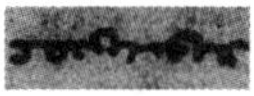)；

中世纪蒙古语的半角 S“”用“s̲”表示（γ̲arbas̲-w ）；

遗失的字符用“[]”表示。

残缺部分用“…”表示。

---

① 笔者解读原文的同时，参照尼古拉·鲍培（Nikolaus Poppe）、柯立甫（Francis Woodman Cleaves）及德·特木尔陶高（D. Tumurtogoo）院士的转写，若有分歧将给出他们的意见：尼古拉·鲍培的转写，用“NP”表示；柯立甫的用“FWC”表示；特木尔陶高书中的用“DTG”表示。敖特根教授曾建议使用李盖提（Ligeti）转写系统，但因输入法原因，未能使用。在此对敖特根教授的建议表示感谢。

7B (NP:7b, FWC: 7r, DTG: 7a)①

[1] balar② erte③(‘erde) Qurasan-u④ γaǰar-a(γaǰar-a) Misir⑤ n[e]retű⑥（neretw）

[2] balγasun-dur(balγaswn-twr) Su[l]qarnai⑦(Sw[l]qarnai) neretű⑧(neretw) [nigen kümü:n⑨/qaγan]

[3] mingγan(mingγan) nasulaǰu(naswlaǰw) [...](4?)

[4] Sulqarnai-yi(Swlqarnai) keb[...](4?)

[5] inu(inw) ireǰű Sulqar[nai... ...]

[6]či tngri-de(te) soyurqaγdaqu⑩ bö[ge:sü]⑪[...]

[7] či qoyi:na⑫ urid[a⑬... ...]

[8]⑭ e[n]e⑮ [ű]ge-[yi] sonos[č]u [. . .]⑯

[9] keme:rűn⑰ qoyar ming[γan nasulaǰu] [...]

---

① 鲍培、柯立甫和德·特木尔陶高的编码都不一致，NP: 7b, 8a, 8b…; FWC: [7r],[7v],[8r]…; DTG: 7a, 7b, ba…，可见“索勒哈尔奈故事”，只是吐鲁番出土文献的一部分。

② FWC: “beler”; DTG: “Balar” 他认为每一句的开头字母都应该大写，但考虑到这是个残卷，文中很多地方无法确定句子的开头和结尾，就不分别表示。

③ FWC: “arte”.

④ NP: “qurasan-u”。已确定的人名、地名用大写表示更合适。

⑤ NP: “misir”.

⑥ NP, FWC, DTG: “neretü”，实际第一个音节的“e”变模糊不清。

⑦ NP: “sulqarnai” 第一个字母用小写表示；FWC, DTG: “Sulqarnai”，而写本中第一个音节的“-l”被遗失，Su[l]qainai 可能更准确。

⑧ NP: [neretü] 表示推测，仔细看原文，可确定它是 neretü，不必用方括号。

⑨ DTG: “nigen kümü:n”.

⑩ NP, FWC, DTG: “soyurqaγdaǰu”.

⑪ NP: “soyurqaγdaǰu bö[ge:sü]”; FWC: “soyurqaγdaǰu [..?..] […]”; DTG: “soyurqaγdaǰu γurb[a]n […] bö[ge:sü]”.

⑫ NP, FWC: qoyina. DTG 第一次在转写中运用了长音符号，他编著的 *Mongolian Monuments in Uighur-Mongolian Script*, XIII-XVI Centuries (Taipei 2006) 是这方面最新的研究成果，笔者接受了他长音符的表示。

⑬ NP, FWC: “urida”.

⑭ NP: 这一行文字没有识读和拉丁文字母转写。

⑮ FWC: “a[n]e”.

⑯ FWC: “sonosču [bürün] ... ”.

⑰ NP: “kemerün”.

[10][1] [...]

注：另有“-hu yosu inu”几个字的碎片，不知道应加在哪一行。

8A (NP: 8a, FWC: 7v, DTG: 7b)

[1] [...s...]n/a d/h[...]hei/tu/gri [...][2]

[2] metű[metw] noyadi(nwǰati) quriγu:lǰu[3](qwriγwlǰw) [...]

[3] ene[4](ʻene) [űge]-y[i sono]sču b[ü]rün [...][5]

[4] nasun-a[6](naswn-a) yaγdaγsan(ǰaγdaγsan) [...i...]

[5]bűrűn tngri[7]-[d]e(de) irűge:r-e[8] [...]su/ǰu[9] γurba[n] (γwrba[n]) min[gγan nasulaǰu ...][10]

[6]qoina(qwyna) urida űkűkűi minu[11](minw) űgei atuγ[ai ...][12]

[7]san [γ]aǰar[13] usun űǰeb[e[14] ...]

[8]yabuγu:lba[15](ǰabwγwlba) nigen[16](nigen) nö[kür[17] ...]

---

① NP: 没有标出这一行。

② NP, DTG: 无拉丁文字母转写。FWC: “[..?..]n (?)d[..?..]kei [...]”.

③ NP, FWC: “quriγulǰu ”.

④ FWC: “ane”.

⑤ NP: “...sču busud... ”; FWC: “ane [ü]ge[-yi] sonosču [bürün] [...]”; DTG: “ene [üg]e-y[I sono]sču [⋯]”.

⑥ DTG: “Nasun-a”.

⑦ DTG: “Tngri”.

⑧ NP, FWC: “irűger-e”.

⑨ NP: “-su”; FWC, DTG: “–ǰu”.

⑩ NP, FWC: “γurba[n mingγan nasulaǰu]...”, 实际上写本上“mingγan”的前半部分可见。

⑪ DTG: “minü”.

⑫ FWC 推测最后一个词词尾有一个“q”, “atuγ[ai ⋯] [⋯] [..?..γ]”.

⑬ NP, FWC: “γaǰar”.

⑭ NP: “(?)⋯”; FWC: “ usun üǰebe”.

⑮ NP, FWC: “yabuγulba”.

⑯ DTG: “Nigen”.

⑰ NP 认为其后面应该是“-i”, 即“nigen-i ⋯”; 而 FWC, DTG 将其推测为 nö[ker]。

[9]kűrűn[①] keleǰü[②] yaγu:d[③](ǰaγ̲wd) [...]

[10]yeke γaǰar(γ̲aǰar)? [...]

[11]tabin sayi:d[④] nökedtű(nwkedtw) kegű:rge[⑤] ge[t]ű:lǰű[⑥] [...]

[12]yabuǰu(ǰabwǰw) tngri-i:n[⑦]ǰrlγ-iya:r[⑧] γaγča(γ̲aγǰa) Sulqarnai(Swlqarn̲ai) Sumur[⑨] taγ-un

8B (NP: 8b, FWC: 8r, DTG: 8a)

[1]dege:r-e[⑩]γarba:s-u[⑪](γ̲arbas̲-u) dörben nuγus[⑫] (n̲wγws̲) naiman (n̲aiman) qiǰaya:ran dalai ötögen-ű ali[ba][⑬]

[2]aγu:las(aγ̲wlas̲) alib[⑭] tökűmű:d[⑮] űǰegden bűǰűkű:i[⑯] + Sumur[⑰] taγ-un orai-

[3][⑱] [...]am[⑲] kü[rtele[⑳] ...]elg[ü...] Sul[qarnai] [...] kil[...]

[4]ter-e dege:r-e[㉑] nigen[㉒] ta[sman ...]eg/kei-dűr(twr) [...] kin [...]

---

① NP: "küčün".

② NP, FWC, DTG: "baraju".

③ NP, FWC: "yaγud".

④ NP, FWC: "sayid".

⑤ NP, FWC: "kegürge".

⑥ NP, FWC: "getülǰü"; DTG: "getü:lǰü"

⑦ NP, FWC: "tngri-in".

⑧ NP, FWC: "ǰrlγ-iyar".

⑨ NP: "sumur"; DTG: "Sümür".

⑩ NP, FWC: "deger-e".

⑪ NP, FWC: "γarbasu".

⑫ NP: "orad"; FWC: "nuqus".

⑬ NP: "olan"; FWC: "alibe".

⑭ NP, DTG: "aliba"; FWC: "alibe".

⑮ NP: "tökümüd"; FWC: "tökömüd".

⑯ FWC: "büǰügüi"; DTG: "büǰügü:i".

⑰ NP: "sumur".

⑱ NP: 没有转写该行文字。

⑲ FWC, DTG: "dur".

⑳ FWC: "kürtele".

㉑ NP, FWC: "deger-e".

㉒ NP: "niken".

[5]Sulqarnai[1](Swlqarnai) tere tasman-u/i[2] [...]san[3] k[...] nigen (?)ü[ǰügür-eče][4]

[6]atqaǰu[5](atqaǰw) baγu:su[6](baγwsw) keme:n[7] kűliǰ[ű b]e kűrbe Sulq[arnai ...]

[7]aqui-i inu garudi šibaγu:n[8](šibaγwn) űǰeǰű t[9][...]

[8]či qani aǰuγu[10](aǰwγw) či[11] deg:r[-e[12] ...]gši[13] tere[14] ö/ü[...][15]

[9]őndűr-eče[16](eǰe) (?)ami[17] tasman mőngke(mwnke) [...]

[10] [...]

[11] [...]

[12] [...]

9A (NP: 9a, FWC: 8v, DTG: 8b)

[1] [...]

[2] (?)nige[18] [...]k[...]ng[...]n[19]

[3] [...]etű[20] [...]

---

① NP: "sulqarnai".

② NP: -u; FWC, DTG: -i.

③ NP, DTG: "…"; FWC: […]iren.

④ FWC: "nö[ker-eče]"; DTG: "nö[ker-e:če]".

⑤ NP, FWC: "asaqču"; DTG: "asaγču".

⑥ NP, FWC: "baγusu".

⑦ NP, FWC: "kemen".

⑧ NP, FWC: "sibaγun".

⑨ FWC: "t[eyi]n [kemebe]".

⑩ NP, FWC: "aǰuγu".

⑪ DTG: "Či".

⑫ NP: "…"; FWC: "deger-e"; DTG: "deg:r[e]".

⑬ NP: "gei"; FWC, DTG: "[tng]ri".

⑭ NP: "tere"; FWC, DTG: "-deče".

⑮ FWC, DTG: "öt[ögen]".

⑯ DTG: "e:če".

⑰ NP, DTG: "ene"; FWC: "ane".

⑱ NP: "…"; FWC, DTG: "aba[…]".

⑲ DTG: "könggelen".

⑳ NP: "[m]etü"; FWC: "[ane m]etü"; DTG: "[… m] etü".

[4]sonosu[γa]d dalai-yi a/ye[...]①

[5] γarba(γarba) bi +② edűge:③(‘edwge) yeke [...]

[6]kűrtekű aǰuγu:④ (aǰwγw) dalai⑤ mőr[e]n [...]⑥orasu kem[e]n [...]⑦

[7]yi noyad(nwǰad) inu sonosču(swnwsǰw) bűrűn + Sulqarnai⑧(Swlqarnai)-a [...]

[8] či keme:n⑨ űgűlebe:sű⑩ dege:r-e⑪ [γ]ar[č]u [ire]ba⑫ či [...]

[9]orasu keme:n⑬ űgűlen⑭ b[...]⑮ [...]ere⑯ do[tur]-a⑰ [...] tül[...]n⑱ [...]

[10][a]m[i]tan⑲ ol[a]n⑳ ge[m]ten㉑ buyu㉒ [...]n/a/e㉓ aγta [...] qu/inu㉔(inw) gűb[č]in čalγu[qu](čalγw[...])

---

① FWC: “ye[..?..]” .

② DTG: “. Bi” .

③ NP: “edüge”; FWC: “adűge” .

④ NP, FWC: “aǰuγu” .

⑤ DTG: “Dalai” .

⑥ FWC, DTG: “[dűr]” .

⑦ DTG: “[üge-]” .

⑧ NP: “sulqarnai” .

⑨ NP, FWC: “kemen” .

⑩ DTG: “ögülebe:sü” .

⑪ NP, FWC: “deger-e” .

⑫ NP: “yadaba” ; FWC, DTG: “irebe” .

⑬ NP, FWC: “kemen” .

⑭ DTG: “ögülen” .

⑮ NP: “[···]” ; FWC, DTG: b[űrűn].

⑯ NP: “··· ara” ; FWC: “[··· t]ere” ; DTG: “[T]ere” .

⑰ NP: “-du[r]” ; FWC: “do[tor]-a” .

⑱ NP: “··· tol···” ; FWC: “[ada] tül[ige]n[-dür]” ; DTG: “[ada] tül[ige]n” .

⑲ NP, FWC, DTG: “[a]mitan” .

⑳ NP, FWC, DTG: “olan” .

㉑ FWC: kegten.

㉒ DTG: “büyü” .

㉓ NP: “···” ; FWC: “[an]e” ; DTG: “[En]e” .

㉔ NP: “činu”; FWC: “-y[i] [č]inu”; DTG: “-[yi č]inu”.

[11]aǰuγu:[1] (aǰwγw) gerűn[2] tedűi gű[ri]ši[3] teyi:n[4] böge:d[5] [ča]l[γu]qu aǰ[uγu] [...]

[12]basud[6] teiműn maγu:n[7](maγwn) ada-tan[8] tűligeten amitan görűge:d[9] toγ-a:[10](twγ-a)

9B (NP: 9b, FWC: 9r, DTG: 9a)

[1]tomši olan kebten buyu[11] či[12] bűrűn tende oraba:su[13] ada tűligen

[2]bu[14] boltuγai(bwltwγai) keme:n[15] qoyar(qwǰar) kűmű:n[16] baγtaqui-i:n[17] tedűi qaraba egű:tke[18][‘egwdge]

[3]gű:l[b]e[19] ene[20](‘ene) qaraba-i:n[21] γadana(γadana) inu t[e]m[ür][22] toor[23]-iya:r[24] torlaγu:lba[25](twrlaγwlba)

---

① NP, FWC: “aǰuγu” .
② DTG: “Gerün” .
③ FWC, DTG: “gűrisi”.
④ NP, FWC: “teyin” .
⑤ NP, FWC: “büged” .
⑥ NP: “bisud” ; DTG: “Basud” .
⑦ NP, FWC: “maγun” .
⑧ NP, FWC: ada-tan.
⑨ NP, FWC: “görüged” .
⑩ NP, FWC: “toγ-a” .
⑪ DTG: “büyü” .
⑫ DTG: “Či”.
⑬ NP, FWC: “orabasu” .
⑭ DTG: “bü” .
⑮ NP, FWC: “kemen” .
⑯ NP, FWC: “kümün” .
⑰ NP, FWC: “-in” .
⑱ NP: “egüdke-” ; FWC: “agűdke” .
⑲ NP: “gül[be]” ; FWC: “gül[b]e” .
⑳ FWC: ane; DTG: “Ene” .
㉑ NP, FWC: “-in” .
㉒ NP, FWC: “…” .
㉓ DTG: “tour” .
㉔ NP, FWC: “iyar” .
㉕ NP, FWC: “torlaγulba” .

[4]tabun[1] mingγan(mingγan) mod d/t[...]a[2] kűrkűi tu[r(?)][3] toγ-a:[4](twγ-a) tomši dege:s[űn][5]

[5]to tomqaγu:lba[6](twmqaγwlba) qaraba[7] abdur-a-dur(twr) oraǰu bűr[űn …]

[6]ǰöb[8](ǰwb) idege:n[9] künesün tege:ǰu[10] abdur-a-i:n[11] d[o] t[ur-a ...][12]

[7]gűri batuda uyaǰu(wǰaǰw) bű[rűn] [d]alai-dur(twr) oraǰu y[abuba …]

[8] űlű mede[n] odču(wdǰw) […]n[13] nige[n][14] [...]

[9] [...]

[10] [...]keme:n[15] űgűle[ǰü][16] S[u]l[qarnai][17] [...][18]

[11]soyurqaγduǰu bűkűi [...]

[12]bűtűbe bi[19] Sumur t[aγ ...]

---

① DTG: "Tabun" .

② FWC, DTG: "d[aqustal]-a" .

③ NP: "to" ; FWC: "<to>" ; DTG: 没标出。

④ NP, FWC: "toγ-a" .

⑤ NP, WFC: "deges[űn]" .

⑥ NP, WFC: "tomqaγulba" .

⑦ DTG: "Qaraba" .

⑧ NP, FWC: "ǰob".

⑨ NP, FWC: "idegen" .

⑩ NP, FWC: "tegeǰu" .

⑪ NP, FWC: "-in" .

⑫ FWC: "d[o]t[or-a]⋯" .

⑬ FWC, DTG: "[bürü]n" .

⑭ NP: niken.

⑮ NP, FWC: "kemen" .

⑯ DTG: "ögüle[ǰü]" .

⑰ NP: "sul[qarnai]" .

⑱ FWC, DTG: [⋯ tngri-de].

⑲ DTG: "Bi" .

10A (NP: 10a, FWC: 9v, DTG: 9b)

[1]dalai[1] mőren-ű iruγa:r[2](irwγar)[-tur/a ...]

[2]aisu[3] bi keme:n[4] űgűleb[e][5] [...]

[3]erte[6](‘erde) tngri γaǰar(γaǰar) [...]

[4]ene[7](‘ene) elči^h(‘elǰi)[8][...]

[5]čabčin bűkűi-dűr (twr) bolad [...]

[6] űdeši nadur(nadwr)[9] ǰolγaǰu[10](ǰwlγaǰw) odb[a] (wdb[a]) [...]

[7]ker kűrsű keme:n[11] aisu či [qu]rdun-a qari [...][12]

[8]yi:n[13] urida[14](‘wyrida) qari keme:n[15] űgűlebe[16] ene[17](‘ene) ű[g]e [...][18]

[9]sonosču(swnwsǰw) bűrűn olasun[19] dege:sűn[20] ködelgeǰű d[...][21]

---

① DTG: “Dalai” .

② NP, FWC: “iruγar” .

③ NP: “γarsu” .

④ NP, FWC: “kemen” .

⑤ NP: “űgűleǰű”; DTG: “ögüleb[e]” .

⑥ FWC: “arte” .

⑦ NP: “γsan” ; FWC: “ane” .

⑧ NP: “?dalai” ; FWC: “alči”.

⑨ NP: “edűr” .

⑩ NP, FWC, DTG: “ǰoluγaǰu” .

⑪ NP, FWC: “kemen” .

⑫ DTG: “[aisuqu-]” .

⑬ NP, FWC: “in” .

⑭ FWC: “ürida” .

⑮ NP, FWC: “kemen” .

⑯ DTG: “ögülebe” .

⑰ FWC: “ane” ; DTG: “Ene” .

⑱ FWC, DTG: “[-yi Sulqarnai]” .

⑲ DTG: “Olasun” .

⑳ NP, FWC: “degesün” .

㉑ FWC: “γ[..?..]” .

[10]basa kű kű nigen① sara-du[r](tw[r]) [de]ge:gši②-de(te) γ[arču d]aγusba([d]aγwsba) dal[a]i③ [...]④

[11]dotur-a-qi⑤ űǰegsenige:n⑥ bűgűdei [n]o[y]ad-turiya:n⑦ ű[gűlen/ǰű]⑧

[12]ögbe noyad⑨(nwǰad) sonasču (swnasǰw) γayiqalduba⑩ (γayiqaldwba) teyi:n⑪ ki:ǰű⑫ basa

[13]nigen⑬ tedűi aǰu basa⑭ kű no[y]ad(nw[ǰ]ad)-turiya:n⑮ quriγaǰu⑯(qwriγaǰw) ey-e⑰(‘ey-e)

10B (NP: 10b, FWC: 10r, DTG: 10a)

[1](?)undurun⑱ ai⑲ üged⑳ minü㉑ noyad(nwǰad) sonosču(swnwsǰw) aγtun bi㉒ edűge:㉓(‘edwge)

---

① NP: niken.
② NP, FWC: “degegsi” .
③ DTG: “Dal[ai]” .
④ FWC: “[in]” ; DTG: “[i:n]” .
⑤ NP: “dotor-a-qi” ; FWC: “dotar-a-qi” .
⑥ NP, FWC: “űǰegsenigen” .
⑦ NP, FWC: “-turiyan” .
⑧ NP: “ü[gülen]” ; DTG: “ö[güleǰü]” .
⑨ DTG: “Noyad” .
⑩ FWC, DTG: qaiqalduba.
⑪ NP: “tein” ; FWC: “teyin” ; DTG: “Teyi:n” .
⑫ NP, FWC: “kiǰű” .
⑬ NP: niken.
⑭ DTG: “Basa” .
⑮ NP, FWC: “-turiyan” .
⑯ DTG: “quriya:ǰu”.
⑰ NP: “ay-a” ; FWC: “ay-e” .
⑱ NP: “inturun” ; FWC: “ayetűrűn”;DTG:“eyetürün”.
⑲ DTG: “Ai” .
⑳ NP, FWC, DTG: “nöked” .
㉑ NP, FWC: “minu” .
㉒ DTG: “Bi” .
㉓ NP: “edűge” ; FWC: “adüge” .

[2]nigen[1](ṉigen) űge duradču(twradǰu) ene[2] buyu bi[3] edűge:[4](‘edwge) naran(ṉaran) eke[5](‘eke)-lüge:[6](lwge) šinggeldűsű

[3]qarangγu[7](qarangγ̱u) keǰige:[8] odqu aǰuγu:[9](aǰwγ̱w) qarangγu[10](qarangγ̱u) -yi daγay-a(daγ̱ay-a) qolaba[11]

[4]oyi:r-a[12] ba[13] bűkűi inü[14] űǰey-e šin[g]g[e]y-e[15] ker yambar(ǰambar)

[5]yosutu(ǰwswdw) bűǰűgű:i[16] keme:n[17] űgűlebe[18] tendeče[19](tendeǰe) [n]ö[ked]/ [n]o[yad] [...]

[6] edűge:[20](‘edwge) Sulqarnai(Swlqarṉai) delige:tű[21] (teligedw) γaǰar(γ̱aǰar) usun [...]

---

① NP: niken.
② FWC,DTG: “an” .
③ DTG: “Bi” .
④ NP: “edűge”; FWC: “adüge” .
⑤ FWC: “ake” .
⑥ NP, FWC: “lűge” .
⑦ DTG: “Qarangγu” .
⑧ NP, FWC: “keǰige” .
⑨ NP, FWC: “aǰuγu” .
⑩ DTG: “Qarangγu” .
⑪ DTG: “Qolaba” .
⑫ NP, FWC: “oyir-a” .
⑬ FWC: “oyir-a-ba” .
⑭ NP, FWC: “inu” .
⑮ NP: “singgegsen” ; FWC, DTG: “Šin[g]ge[le]ng” .
⑯ NP: “bűǰűkűi”; FWC: “bűǰűgűi”.
⑰ NP, FWC: “kemen” .
⑱ DTG: “ögülebe” .
⑲ DTG: “Tendeče” .
⑳ NP: “edűge” ; FWC: “adüge” .
㉑ NP, FWC: “deligetü” .

[7]qarangγu(qarangγ̱w)-i:n[①] ǰüg[②](ǰwg) odsu [keme]n[③] ama[④] sed[kil][⑤] [...]

[8] keme:n[⑥] űgűleldűbe[⑦] tendeče[⑧](tendeǰe) S[ulqarnai] [...]

[9]daγadqun(taγ̱adqwn) [...]

[10]ol[a]n noyad(ṉwǰad) ǰ-a/e [...]

[11]quriya:ǰu[⑨] naran(ṉaran) šinggeg[sen] [...]

[12] baγu:ǰu[⑩](baγ̱wǰw)? qarangγu(qarangγ̱w)-i:n[⑪] am[asar-a ...]

11A (NP: 11a, FWC: 10v, DTG: 10b)

[1] un/d-tu[⑫] or[aǰ]u [...]

[2]dotur-a[⑬] [y]abuba tere[⑭] [...]

[3]ireǰű Sulqarnai(Swlqarṉai) [...]

[4]in[⑮] qarang[γu] [...]

[5]ǰaγu:r-a[⑯](ǰaγ̱wr-a) ilege:ǰű[⑰] [y]abuqui-ba:n[⑱] [...]

---

① NP, FWC: "-in".
② NP, FWC: "ǰug".
③ DTG: "[kem]e:n".
④ NP: "am"; FWC: "ane"; DTG: "ene".
⑤ NP: "qadi[?]".
⑥ NP, FWC: "kemen".
⑦ DTG: "ögüleldübe".
⑧ DTG: "Tendeče".
⑨ NP, FWC: "quriyaǰu".
⑩ NP: "oroǰu"; FWC: "baγuǰu".
⑪ NP, FWC: "-in".
⑫ NP: "[us]un-du"; FWC, DTG: "nöked-tű".
⑬ NP, FWC: "dotor-a".
⑭ DTG: "Tere".
⑮ FWC: "ane"; DTG: "ene".
⑯ NP, FWC: "ǰaγur-a".
⑰ NP, FWC: "ilegeǰű".
⑱ NP, FWC: "-ban".

[6] γurban(γwrban) mingγan(mingγan) nasun-duri[ya]n[1] (-twri[ya]n) itegeǰű y[abuba](ǰ[...]) [...]

[7]busud ede[2](‘ede) olan nöked(nwked) činü[3](činw) metű(metw) yaγu:ba[4](ǰaγwba) nasu-yi[...][5]

[8] űgei büi[6](bwi) ǰ-e ede[7](‘ede) [...]ši[8] naran(naran)[9] űǰey-e [...]

[9]öri űtű berkes γaǰar-a(γaǰar-a) ada tűliges[10]-tűr[11] b[...][12]

[10]či bűrűn qurdun-a(qwrdwn-a) qari čimada[13] ba [e]s-e([‘e] s-e) bűtűgdesen[14] γ[a]ǰar(γ[a]ǰar)

[11]usun űgei büi[15] ǰ-e keme:n[16] űgűlebe[17] tere[18] űge-yi Sulqarna[i](Swlqarna[i])

[12]sonosču(swnwsǰw) bűrűn nöked-tege:n[19] teyin[20] űgűleǰű[21]

---

① NP, FWC: turi[ya]n.

② FWC: “ade” .

③ NP, FWC: “činu” .

④ NP, FWC: “yaγuba” .

⑤ FWC, DTG: “[-n űres]” .

⑥ NP, FWC: “bui” .

⑦ FWC: “ade” ; DTG: “Ede” .

⑧ NP, FWC, DTG: “üreši” .

⑨ NP, FWC, DTG: “aran” .

⑩ NP, FWC, DTG: “tűligen” .

⑪ NP, FWC, DTG: “dür” .

⑫ FWC, DTG: “b[olba ⋯]” .

⑬ DTG: “Čimada” .

⑭ NP, FWC, DTG: “bitűgdesen” .

⑮ NP, FWC: “bui” .

⑯ NP, FWC: “kemen” .

⑰ DTG: “ögülebe” .

⑱ DTG: “Tere” .

⑲ NP, FWC: “tegen” .

⑳ FWC: “tein” .

㉑ DTG: “ögűleǰű”.

ögbe edűge[1](ʻedwge)

11B (NP: 11b, FWC: 11r, DTG: 11a)

[1]endeče[2](ʻendeče) qariba:su[3] tngri-de(te) ǰaya:γdaγsan[4] (ǰayaγtaγsan) nasuba:n[5] minu(minw) ükük[ü]i[6]?

[2]ber ende[7](ʻende) böge:d[8] űlű űkűkűi möngke[9](mwnke) bolqu usun tngri-deče(teǰe)

[3]ǰalbarin γuyi:ldusu[10](γwyildwsw) keme:n[11] űgűleǰü[12] bűrűn ǰalbarin kűrbe qarang[γu][13]

[4]i:n[14] amasar-a ayi:suqu[15]-dur(twr) nigen[16] kűmű:n[17] beyege:n[18](beǰegen) űlű űǰegű:lűn[19]

[5]čögečebe:r[20](čwgeǰeber) dűgű:ren[21] usun ögbe Sulqarnai(Swlqarnai) či [… tngri-deče/de]

[6]soyurqa[γ]daγsan γurban(γwrban) mingγan(mingγan)

---

① FWC: “adűge”; DTG: “Edüge” .
② FWC: “andeče” .
③ NP, FWC: “qaribasu” .
④ NP, FWC: “ǰayaγdaγsan” .
⑤ NP, FWC: “nasuban” .
⑥ NP: “nököd” ; FWC, DTG: “tögűs[besű]” .
⑦ FWC: “ande” .
⑧ NP, FWC: “büged” .
⑨ FWC: “mongke” .
⑩ NP, FWC: “γuyildusu” .
⑪ NP, FWC: “kemen” .
⑫ DTG: “öűgűleǰü”.
⑬ DTG: “Qaran[γu]” .
⑭ NP, FWC: “in” .
⑮ NP, FWC: “ayisuqu” .
⑯ NP: “niken” .
⑰ NP, FWC: “kűműn”.
⑱ NP, FWC: “beyegen” .
⑲ NP, FWC: “űǰegűlűn”.
⑳ NP, FWC: “čögečeber”.
㉑ NP, FWC: “dűgűren”.

nasuna:ča[1](naswnaǰa) [...]

[7]či edűge[2](‘edwge) ene[3](‘ene) usun u[γuǰu/qu] bűrűn keb[4] keǰi[ye[5] t]n[gri [γ]aǰa[r] [...]

[8]qubiltala inaγši-da űlű ű[kűn] [...]

[9]möngke[6](mwnke) nasulaqu či keme:n[7] [...][8]

[10]bűrűn nöked(nwked)-tege:n[9] űgűlebe[10] ene[11](‘ene) [...]

[11]kembe[12] nöked[13](nwked) inü[14] űgűler-űn[15] ene[16](‘ene) qarangγ[u] [...]

[12]keme:n[17] amu či[18] γada:[19](γada) γar[č]u(γar[č]w) olan nöked(nwked)-tűr[iy]en[20] [...]

12A (NP: 12a, FWC: 11v, DTG: 11b)

[1]tendeče(tendeǰe) uγu:ba:su[21](wγwbasw) yaγu:[22](ǰaγw)

---

① NP, FWC: “nasunača”.
② FWC: “adűge”.
③ FWC: “ane” .
④ DTG: “Keb” .
⑤ NP, FWC: “keǰig[e]” .
⑥ NP, KWC: “mongke” .
⑦ NP, FWC: “kemen” .
⑧ FWC, DTG: [űgűlebe tere űge-yi Sulqarnai sonosču].
⑨ NP, FWC: “-tegen” .
⑩ DTG: “ögülebe” .
⑪ FWC: “ane” ; DTG: “Ene” .
⑫ NP: “kemebe” ; DTG: “kem/e:/be” .
⑬ DTG: “Nöked” .
⑭ NP, FWC: “inu” .
⑮ DTG: “ögüler-ün” .
⑯ FWC: “ane” .
⑰ NP, FWC: “kemen” .
⑱ DTG: “Či”.
⑲ NP: “qada” ; FWC: “γada” .
⑳ NP: “tür ene” ; FWC: “tür a[⋯]” ; DTG: “tür [⋯]” .
㉑ NP, FWC: “uγubasu” .
㉒ NP, FWC: “yaγu” .

alǰaqu ta kembe[1] teyi:n[2] [...][3]

[2]ɣarba(ɣ̱arba) qarangɣu(qarangɣ̱w)[4] dotur-a-qi[5] ali ba[6] ű[ǰe]gs[en]i-iy[an][7] [...]

[3] (?)sadiyan[8]bűgűdeni[9] irgen [o]rɣan-duriya:n[10] ([o]rɣ̱an-twriyan) ű[gűlebe][11] [...]

[4]tegű:nű[12](tegwn̲w) qoina(qwyn̲a) tere usu ɣariya:r (ɣ̱ariǰar)[13] [...]

[5]iya:n[14] sayi:d[15] nöked(n̲wked)-türiye:n[16] [...]

[6]urtu nasulaqu (n̲aswlaqw) usun ögbe bi[17] enek[ü][18] (‘en̲ek[w]) [...]

[7]ǰarimu:d[19] aran tngri-i:n[20] soyurqaǰu ögűgsen-dür[21](twr) u[ɣubasu] [...]

---

① NP: “kemebe” ; DTG: “kem/e:/be” .
② NP, FWC: “teyin” ; DTG: “Teyi:n” .
③ FWC, DTG: “[kiǰű …]”
④ DTG: “Qarangɣu” .
⑤ NP: “dotor-a-qi” ; FWC: “doto-a-qi” .
⑥ FWC: “ali-be” .
⑦ NP, FWC: “űǰegseni(?)-in”; DTG: “űǰegsen-i:n”.
⑧ NP: “qadayin” ; FWC, DTG: “satayan” .
⑨ NP, FWC, DTG: “bügüdeyi” .
⑩ NP, FWC: “duriyan” .
⑪ FWC: “ü[gülejü ögbe]” ; DTG: “ö[gülejü ögbe.]” .
⑫ NP, FWC: “tegünü” ; DTG: “Tegü:nü” .
⑬ NP, FWC: “ɣariyar” .
⑭ NP, FWC: “iyan” .
⑮ NP, FWC: “sayid” .
⑯ NP, FWC: “tűriyen”.
⑰ DTG: “Bi” .
⑱ NP: “ani(?) k[⋯]” ; FWC: “anekű k[⋯]” .
⑲ NP, FWC: “ǰarimud”.
⑳ NP, FWC: “in” .
㉑ FWC: -dör.

[8]kű sayi:n[1] bui ǰ-a[2] keme:ldűbe[3] ǰarimu:d[4] aran [...]

[9]uγu:ba:su[5](wγ̲wbasw) ker büi[6](bwi) keme:ldűbe[7] + tendeče[8](tendeǰe) nigen[9](n̲igen) sayi:n[10] [...][11]

[10]sečen(seǰen) noyan(n̲wǰan) bülege:[12] tere[13] noyan(n̲wǰan) űgűler-űn[14] teyi:n[15] kembe[16]

[11]ene[17](ʻen̲e) bűrűn usun uγu:ba:su[18](wγ̲wbasw) keb keǰige:[19] tngri γaǰar(γ̲aǰar) qubilta[la]

[12] űlű űkűn maši saγu:n[20](saγ̲wn) yadaǰu űkűkűi aqui-a saγar(saγ̲ar)

12B (NP: 12b, FWC: 12r, DTG: 12a)

[1]bolǰu aqu či ede[21](ʻede) irgen orγan(wrγ̲an) činu(čin̲w) bűgűde űkűǰű

---

1. NP, FWC: “sayin” .
2. NP, FWC: “ǰ-e”.
3. NP, FWC: “kemeldűbe” .
4. NP, FWC: “ǰarimud”; DTG: “Ĵarimu:d” .
5. NP, FWC: “uγubasu” .
6. NP, FWC: “bui” .
7. NP, FWC: “kemeldűbe” .
8. DTG: “Tendeče” .
9. NP: niken.
10. NP, FWC: “sayin” .
11. FWC: “[abűgen]” ; DTG: “[ebügen]” .
12. NP, FWC: “bülege” .
13. DTG: “Tere” .
14. DTG: “ögűler-űn”.
15. NP, FWC: “teyin” .
16. NP: “kemebe” ; DTG: “kem/e:/be” .
17. FWC: “ane” ; DTG: “Ene” .
18. NP, FWC: “uγubasu” .
19. NP, FWC: “keǰige” .
20. NP, FWC: “saγun” .
21. FWC: “ade” ; DTG: “Ede” .

[2]qočarba:su[1](qoǰarbasw) činu(činw) ber aγsan činu(činw) γaγčaγa:r[2](γaγǰaγar) yaγu:n[3](ǰaγwn) tus-a(tws-a)

[3] čimayi[4] bürün ene[5](‘ene) metü(metw) ayi:surun[6] daγaqun(daγaqwn) aran űlű törek[ű][7]

[4]ǰ-e či[8] bűrűn teyi:n[9] boluγsan űǰűgű:r[10] öbe:riye:n[11] gemsiǰű

[5]bi bűrűn ene[12](‘ene) usun es-e(es-e) uγu:ba:su[13](wγwbasw) ya:kin[14] eyi:n[15](‘eyin) ? [...]

[6]bi keme:n[16] + gemsikűi-e:če[17] [űlű] aiqu böge:sű[18] uγu:[19] (wγw) ker[20] be [...]

[7] či qoina(qwyna) maγu:i[21](maγwi) bol[ǰ]a[i][22] či keme:n[23]

---

① NP, FWC: “qočarbasu” .
② NP, FWC: “γaγčaγar” .
③ NP, FWC: “yaγun” .
④ DTG: “Čimayi” .
⑤ FWC: “ane” .
⑥ NP, FWC: “ayisurun” .
⑦ NP, FWC, DTG: “törei” .
⑧ DTG: “Či”.
⑨ NP, FWC: “teyin” .
⑩ NP, FWC: “űǰűgűr”.
⑪ NP, FWC: “öberiyen” .
⑫ FWC: “ane” ; DTG: “Ene” .
⑬ NP, FWC: “uγubasu” .
⑭ NP, FWC: “yekin” .
⑮ NP: “eyin” ; FWC: “ayin” .
⑯ NP, FWC: “kemen” .
⑰ NP, FWC: “eče” .
⑱ NP, FWC: “bügesű” .
⑲ NP, FWC: “uγu” .
⑳ DTG: “Ker” .
㉑ NP, FWC: “maγui” .
㉒ NP, FWC, DTG: “bolqu” .
㉓ NP, FWC: “kemen” .

űgűl[ebe][1] [...]

[8]Sulqarnai[2](Swlqarn̲ai) sonosču(swn̲wsǰw) teyi:n[3] bö/bü[4][ged/gesű... yaγun]

[9]tus-a(tws̲-a) bolqu keme:n[5] γarturiya:n[6] (γ̲ardwriyan) bari[ǰu aγsan ...]

[10]usun sačiǰu(saǰiǰu) ilebe:sű[7] arča(arǰa) modun-u [n]a[bčin] [...]

[11]tusču(twsǰw) arča(arǰa) modun terekűber öbűl[8] ǰun qatan[9] űlű

[12]qoqiraqui bolǰu teyi:n[10] ki:ǰű[11] aγsan tűgel Mi[s]ir[12]

13A (NP: 13a, FWC: 12v, DTG: 12b)

[1]balγasun-a(balγ̲aswn̲-a) ireǰű tegű:nű[13](tegwn̲w) qoina(qwyn̲a) Sulqarnai[14](Swlqarn̲ai) yek[e ...]

[2]nöked-iye:r[15] quriǰu teyi:n[16] űgűlebe[17] ta[18] noyad(n̲wǰad) minu(min̲w) sonosudqu[n]

---

① DTG: "ögüle[be. …]".

② NP: "sulqarnai".

③ NP, FWC: "teyin".

④ NP: "bü[ged]"; FWC: "bü[gesü]".

⑤ NP, FWC: "kemen".

⑥ NP, FWC: "γarturiyan".

⑦ NP, FWC: "ilebesű".

⑧ NP, FWC: "übül".

⑨ FWC: "(?)satas".

⑩ NP, FWC: "teyin".

⑪ NP, FWC: "kiǰű".

⑫ NP: "misir".

⑬ NP, FWC: "tegűnű".

⑭ NP: "sulqarnai".

⑮ NP, FWC: "iyer".

⑯ NP, FWC: "teyin".

⑰ DTG: "ögülebe".

⑱ DTG: "Ta".

[3]dege:r-e[1] tngri-deče(teče) etüge[2](‘edwge) eke[3](‘eke) ǰoqiya:γsan[4] inaγšida [...]

[4]urida[5](wyrida) kedűn ba qad törebei ǰ-e edű[ge][6] (‘edw[ge]) [...]

[5]qoina(qwyn̲a) kedün ba[7] qad no[y]ad(n̲w[...]ad) t[örebei/ mű ǰ-e] [...]

[6]bidan-u ǰrlγ-iya:r[8] γurban(γ̲wrban) ming[γan] nasula[qu] ...

[7]ǰirγalangγi[9](ǰirγ̲alangγ̲i) γaγča(γ̲aγǰa) bi ǰirγaba(ǰirγ̲aba) ene[10](‘en̲e) ele[11](‘ele) nasun(n̲aswn)-iya:n[12] tögű[sčű/sbesű]

[8]nada[13](n̲ada) es-e(es̲-e) űǰegdegsen irgen orγan(orγ̲an) űgei büi[14] ǰ-e kemb[e][15]

[9]dalai[16] ötögen-i[17] yeke tenggis-i tenggisűn iru[γar] [...][18]

[10]irebe bi Sumur[19] taγ-un orai dege:r-e[20] γarba(γ̲arba)

---

① NP, FWC: “deger-e” .
② FWC: “atűge”.
③ FWC: “ake” .
④ NP, FWC: “ǰoqiyaγsan” .
⑤ FWC: “ürida” .
⑥ DTG: “Edű [ge]” .
⑦ FWC: be.
⑧ Np, FWC: “iyar” .
⑨ FWC: ǰirqalangqi.
⑩ FWC: “ane” .
⑪ FWC: “ale” .
⑫ NP, FWC: “iyan” .
⑬ NP: “ende” .
⑭ NP, FWC: “bui” .
⑮ NP: “kemebe” ; DTG: “kem/e:/be” .
⑯ DTG: “Dalai” .
⑰ NP: “ötügen” .
⑱ FWC, DTG: “tu[γulju]” .
⑲ NP: “sumur” .
⑳ NP, FWC: “deger-e” .

naran[1](n̲aran) š[ing]gekű-

[11]i:n[2] ǰüg[3](ǰwg) qarangγu(qarangγ̲w)-yi daγaba(taγ̲aba) qoyar[4](qwǰar) od yabuǰu(ǰabwǰw) γutuγa:r[5](γ̲wdwγ̲ar) on-

[12]dur möngke[6](mwngke)-yi:n[7] usun soyurqaγdaǰu γarba(γ̲arba) ǰöb[8](ǰwb) γurban(γ̲wrban) ming[γan]

[13]nasulaba bi edűge[9](ʻedwge) bi ene[10](ʻene) γaǰar(γ̲aǰar)-un dege:r-e[11] γaγča(γ̲aγǰa) bi

13B (NP: 13b, FWC: 13r, DTG: 13a)

[1]qan bolǰu aba ene[12](ʻen̲e) ele[13](ʻele) γaǰar(γ̲aǰar) dege:r-e[14] m[in]u metü(metw) ǰirγaγsan(ǰirγ̲aγsan)

[2]qan es-e(es̲-e) töreǰű bűlege:[15] namayi[16](n̲amayi) űkűbe:sű[17] dalai-yi nigete[18](n̲igede)

[3]bitűgű:lűdkün[19] angqa[20] urida mingγan(mingγ̲an)

---

① DTG: “Naran” .
② NP, FWC: “in” .
③ NP, FWC: “ǰug” .
④ DTG: “Qoyar” .
⑤ NP, FWC: “γutuγar” .
⑥ NP, FWC: “mongke” .
⑦ NP, FWC: “-yin” .
⑧ NP, FWC: “ǰob” .
⑨ FWC: “adűge” ; DTG: “Edűge” .
⑩ FWC: “ane” .
⑪ NP, FWC: “deger-e” .
⑫ FWC: “ane” ; DTG: “Ene” .
⑬ FWC: “ale” .
⑭ NP, FWC: “deger-e” .
⑮ Np, FWC: “bűlege” .
⑯ DTG: “Namayi” .
⑰ NP, FWC: “űkűbesű” .
⑱ NP: “nikete” .
⑲ NP, FWC: “bitűgűlűdkün” .
⑳ DTG: “Angqa” .

nered[1](nered) ökidi[2] mingγan(mingγan) k[ű...]

[4]altan nadur[3] dűgű:reng[4] tana(tana) subud altan ki:ǰű[5] ergű:lűdkűn[6](‘ergwlwdkwn)

[5]tegű:nű[7](tegwnw) qoina(qwyna) mingγan(mingγan) ǰalaγu:s[8](ǰalaγus) sayi:d[9] abalduγči bökes-i(bwkes-i)

[6]daγu:laǰu[10](daγwlaǰw) iraγu:s-i[11](iraγws-i) quγu:rdaǰu[12](qwγwrdaǰw) quγu:rčini[13](qwγwrǰini) ilγaǰu(ilγaǰw) qorin [...]

[7]γučin(γwčin) nasutani(naswdani) mingγan(mingγan) köbegü:di[14] yabuγu:ludqun[15](ǰabwγwlwdqwn) tegűnű[16](tegwnw) q[oin]a

[8]mingγan(mingγan) čaγaγa:d[17](čaγaγad) terigű:ten[18] ebűgedi[19](‘ebwgedi) [y]a[buγuludqun] [...]

[9][e]bűged t[ngr]i-dür[20] ǰalbariǰu y[abutuγai] [...]?

---

① NP, FWC, DTG: “narid”.

② NP: “ökid”.

③ FWC: “natur”; DTG: “abdur”.

④ NP, FWC: “dűgűreng”.

⑤ NP, FWC: “kiǰű”.

⑥ NP: “ergűlűdkűn”; FWC: “argűlűdkűn”.

⑦ DTG: “Tegü:nü”.

⑧ NP, FWC: “ǰalaγus”.

⑨ NP, FWC: “sayid”.

⑩ NP, FWC: “daγulaǰu”.

⑪ NP, FWC: “iraγus-i”.

⑫ NP, FWC: “quγurdaǰu”.

⑬ NP, FWC: “quγurčini”.

⑭ NP, FWC: “köbegüdi”.

⑮ NP, FWC: “yabuγuludqun”.

⑯ DTG: “Tegünü”.

⑰ NP, FWC: “čaγaγad”.

⑱ NP, FWC: “terigűten”.

⑲ FWC: “abűged”.

⑳ NP: “… -tur”; FWC: “d[aru]i-dur”.

[10]ǰidas(ǰidas) űldűs(wyldws) bariγu:lǰu[①](bariγwlǰw) yabuγu:l[udqun][②](yabwγwl[...]) [...]

[11]γar(γar) minu(minw) ile ba aγu:ludqun[③] (aγwlwdqwn) namayi[④](namayi) üǰe[⑤]? [...]

[12]kege:lidűr[⑥] oraqu bűge:sű[⑦] mingγan(mingγan) ökidi tana(tana) subud

[13]aburaqu bűge:sű[⑧] aburan čidaqu bűlege:[⑨] ǰ-e[⑩]? t[ed] ege:r[⑪] [kegeli-]

14A (NP: 14a, FWC: 13v, DTG: 13b)

[1]dür[⑫](twr) oraqu böge:sű[⑬] ede[⑭](ʻede) ebűgedi[⑮](ʻebwgedi) tngri-dür ǰa[l]bariǰu[⑯]

[2]aburan čidaqu bűlege:[⑰] + törege:d[⑱] ba űkűküi aǰuγu:[⑲] (aǰwγw)

[3]γurban(γwrban) mingγan(mingγan) ba nasulaba:su[⑳]

---

① NP, FWC: "bariγulǰu" .
② NP, FWC: "yabuγul[udqun]" .
③ NP, FWC: "aγuludqun" .
④ DTG: "Namayi" .
⑤ NP: u… ; FWC: űje… gei…
⑥ NP, FWC: "kegelidűr" .
⑦ NP, FWC: "bűgesű" .
⑧ NP, FWC: "bűgesű" .
⑨ NP, FWC: "bűlege" .
⑩ NP: "ba" .
⑪ NP: "[t]edeger" .
⑫ NP, FWC: tűr
⑬ NP, FWC: "bügesű" .
⑭ FWC: "ade" .
⑮ FWC: "abűgedi" .
⑯ NP: d[e] jabsar; FWC: t[eji]yebesű.
⑰ NP, FWC: "bűlege" .
⑱ NP, FWC: "töreged" ; DTG: "Törege:d" .
⑲ NP, FWC: "aǰuγu".
⑳ NP, FWC: "nasulabasu" .

(n̲aswlabasw) űkűkűi aǰuγu:[1](aǰwγ̲w) + keb[2] keǰi[ye][3]

[4] böge:sű[4] űkűkűi aǰuγu:[5] (aǰwγ̲w) edeneče[6](ʻeden̲eǰe) urid[a ...][7]

[5]noyad(n̲wǰad) törebei ǰ-e edűge[8](ʻedwge) ba [...]

[6]k̲edűn ba[9] qad noyad(n̲wǰad) töremű ǰ-e ai[10] [...]

[7]dur(twr) ǰirγaγtun(ǰirγ̲aγtwn) űkűn[11] baraba:su[12] tus-a(tws̲-a) űgei aǰu[γu]

[8]kembe[13] daγu:sba[14](taγ̲wsba) baraba daγu:sba[15](taγ̲wsba) keme:n[16] [...]űged[17]

[9]ǰirγadqun(ǰirγ̲adqwn) űkűn baraba:su[18] tus-a(tws̲-a) űgei aǰuγu:[19] (aǰwγ̲w) kembe[20] daγu:sba[21](taγ̲wsba)

[10] ǰirγadqun(ǰirγ̲adqwn) űkűn baraba:su[22] tus-a(tws̲-a) űgei

---

① NP, FWC: “aǰuγu” .

② DTG: “Keb” .

③ NP, FWC: “keǰi[ge]” .

④ NP, FWC: “bügesű”.

⑤ NP, FWC: “aǰuγu” .

⑥ FWC: “adeneče”; DTG: “Edeneče”.

⑦ NP: urid[a]; FWC: qurid[aju] [··· qad].

⑧ NP: “edűbe”; FWC: “adűge” .

⑨ FWC:-be.

⑩ DTG: “Ai” .

⑪ DTG: “Ükün” .

⑫ NP, FWC: “barabasu” .

⑬ NP: “kemebe” ; DTG: “kem/e:/be” .

⑭ NP, FWC: “daγusba” .

⑮ NP, FWC: “daγusba” .

⑯ NP, FWC: “kemen” .

⑰ NP, DTG: “ebűged” ; FWC: “a[b]űged” .

⑱ NP, FWC: “barabasu” .

⑲ NP, FWC: “aǰuγu” .

⑳ NP, FWC: “kemebe” ; DTG: “kem/e:/be” .

㉑ NP, FWC: “daγusba” .

㉒ NP, FWC: “barabasu” .

[11]qudluγ[1] bols-un edlűg edgűlűg kels-űn/keleged?

[12] aǰuγu:[2] (aǰwγw) kembe[3] daγu:sba[4](taγwsba) + aǰuγu:[5] (aǰwγw) kemebe

14B[6]

[1][7]kűmű:n el-e(ʻel-e) neretű(neretw) tőreǰű kűseǰű gűn[8] qata[…] […]ledčü […]

[2]ta/te ǰüg(ǰwg) yabuǰu(ǰabwǰw) kűrűmű ǰ-e kűműnű[9] tőrel-dür(twr) učuraγsan(wǰwraγsan)-dur(twr) untaγaidal(wndaγaidal) […]

[3]űgegű:y-e[10] kiče:gdekűi(kiǰegdekwi) büi en-e[11](ʻen-e) bey-e edűi

[4]kűmű:n[12] el-e(ʻel-e) n[e]retű(nretw) tőreǰű kűseǰű gűn[13] qataγu:ǰin(qadaγwǰin) űyi:ledčű(wyildǰw) kűndűde bekes

[5]ǰüg(ǰwg) yabuǰu(ǰabwǰw) kűrűmű ǰ-e kűműnű[14] törel-dür(twr) olan amitan törekű-i:n ǰaγu:r-a(ǰaγwr-a)

---

① NP, FWC: "qutluγ".

② NP, FWC: "aǰuγu".

③ NP: "kemebe"; DTG: "kem/e:/be".

④ NP, FWC: "daγusba".

⑤ NP, FWC: "aǰuγu".

⑥ NP 和 FWC 在上述论文中，没有将下面文字拉丁文字母转写。德·特木尔陶高（用 DTG 表示）院士（*Mongolian Monuments in Uighur-Mongolian Script, XIII-XVI Centuries*, Taipei 2006, pp.158~160）和双福（用 SHF 表示）（《上古蒙古语研究》，内蒙古教育出版社，1996 年，第 636~642 页）曾转写过这段文字。考虑到国际通用的拉丁文字母转写规则，在此我们暂且不一一列举双福的转写，只有涉及有争议的文字时提到双福的转写。

⑦ 前三行的内容在后面重复，SHF 的转写没有这三行文字。

⑧ DTG: "güne".

⑨ DTG: "Kümün-ü".

⑩ DTG: "űgegű:i-e".

⑪ DTG: "En-e".

⑫ SHF 没有表示长音，而是用上划线或下划线标记辅音的模糊化。

⑬ SHF: "guna"; DTG: "güne".

⑭ DTG: "Kümün-ü".

[6]olquy-a[1] berke kű̄mű̄:n töreküi oo ene(‘en̲e) törel učuraγsan(wǰwraγsan) [...]taγaidal([...]daγ̲aidal)

[7] űgegű:y-e[2] kiče:gdekűi(kiǰegdekwi) büi ene(‘en̲e) bey-e edüi oluγsan-dur(twr) erüs[ü]n sayi:d

[8]űyi:les üyi:ledbe:sü edüge(‘edwge) ber bey-e-de(te) tus-a(tws̲-a) kü erke ügei sain[3] nudekü[4]?

[9]qairan ene(‘en̲e) bey-e oluγsan-dur qataγu:ǰin(qadaγ̲uǰin) sayi:di daγaγdaqu(daγ̲aγdaqw) bui tere[5]

[10]egugen[6]? qamkin baraba:su qamiy-a: ber odaquiba:n ker[··· qataγu:][7]

[11] ǰin [y]abuǰu surba:su [...]

[12]untaγaidan(wndaγ̲aidan) [y]abun yadaba:su (ǰadabasw) [...]

[13][...]sen üge-dür(twr) sedkil-iye:n ǰüg(ǰwg) ber [...köde] l[gem]üi

[14]sere-kün? ta öberečegen[8](wyereǰegen)? keme:kü ünen büi baγši-a:[č]aγa:n (aǰaγ̲an) sonosču(swn̲wsǰw) [...]

[15]bolǰu[9]? etügen(‘etwgen) geyi:gsen metü baγu:[ra] qu(baγ̲w[ra]qw) maγu:n(maγ̲wn) üyi:les(wyles̲)-t[...] kümün[10] baiqu qamuγ

---

① DTG: “olqui-a” .

② DTG: “űgegű:i-e” .

③ SHF: “qoyna” ; DTG: “qoina” .

④ SHF: “nutagu” ; DTG: “nuta kü” .

⑤ SHF: “qara” ; DTG: “Qaγ” .

⑥ SHF: “nidugen” ; DTG: “edken” .

⑦ SHF: “[seregu]” .

⑧ SHF: “hĕburečegen”; DTG: “noyi:ra: čaγa:n”.

⑨ SHF, DTG: “balar” .

⑩ SHF: “duriyen” .

[16][...] sarun/γarun[1](γarwn) o/u[...]

15A

[1][...]ma[...]di[2] bišil[γ]-a saγa:tal (saγadal)[3] ügegü: bolγaǰu(bwlγaǰw) [y]abu[...]

[2]bolaγči(bwlaγǰi) sayi:d sečed(seǰed)-tür oyi:n?olan? sedkiliye:n čing bariǰu [...][4]

[3]tegši sedkiǰü olon-a tus-a(tws-a) üyi:ledün yabuba:su(ǰabwbasw) olqun ta sayi:n [...][5]

[4]keregü:r qudal qulaγai(qwlaγai) üyi:le-düt(twr) kelbür[6] ǰusur maγu:i(maγwi) üge-dür(twr) ke[7]

[5]ber es-e(ʻes-e) q?alba:su gemšil ügegü: sayi:n ere bolan buyu büküi[8] en-e(ʻen-e) bey-e

[6]esen(ʻesen)-dür(twr) bükülder erdem(ʻerdem) bilig sursu ken bügüde [...]

[7]kümü:n bolši ügegü: sayi:n ere [a/ya]bun [...][9]

[8]yadaǰu(ǰadaǰw) qudal qulγai(qwlγai) üyi:les(wyiles) üyi:ledčü(wyledǰw) qulγalan(qwlγalan) [...]

[9](?)kün-e[10] ükül aldal üter büi amitan-u[11] ǰaγu:r-a(ǰaγwr-a) dege:dü [...][12]

---

① SHF: “sayid”.
② SHF: “…”; DTG: “[sa]madi”.
③ SHF: “saqaral”; DTG: “saγa:ral”.
④ SHF: “holon i”.
⑤ DTG: “[törel-i]”.
⑥ SHF: “gelbur”.
⑦ SHF, DTG: “ken”.
⑧ DTG: “Büküi”.
⑨ SHF: “[bolun buyu qoqolay günesu holun]”.
⑩ SHF: “qoyn-a”; DTG: “qoin-a”.
⑪ DTG: “Amitan-u”.
⑫ DTG: “[törel-dür]”.

[10]bey-e-tü kümü:n töreǰü arγ-a(arγ̲-a) bilig erdem oγo:raba:su(wγ̲wrabasw) adu:suna:ča(adwswn̲aǰa)

[11](?)tanai[1] dor-a kemeg-deyü(teyw) [...]aqulan[2] bey-e-yi eribesü uritan-u bey-e-i:n [...]

[12]buyan qilinčün(qilinǰwn) küčün(kwǰwn) uduridču(wdwridǰw) kemiye:r kürgüküi[3] maγu:n(maγ̲wn) bui amitan[4]

[13]bügüden-e tus-a(tws̲-a) kürbe:sü alaγ-či ügegü: sedkildü bolba:su ariγu:i-a(ariγ̲wy-a) bilig

[14]erdem surba:su angqan-u dege:dü bolqu ünen kü büi qudal[5] üges es-e(‘es̲-e)

[15] ügülebe:sü[6] qulaγai(qwlaγ̲ai) üyi:les es-e(‘es̲-e) ki:be:sü quri[č]aqui sedkiliye:n quriya:n

[16] čidaba:su qurdun-a sayi:n-dur kürküi maγad(maγ̲ad) bui erketü[7] eǰen(‘eǰen)

15B

[1]düriye:n(twriyan) ünen bolqui eke(‘eke) ečige(‘eǰige)-düri[ye:n ...][8](twri[...])

[2] ǰan[9] aq-a degü:-dür(twr) nairalduqu(n̲airaldwqw) erül[10] ügegü: ere keme:kü en-e(‘en-e) büi

---

① SHF: “daqi” ; DTG: “taqi” .

② SHF: “hujaqulan” ; DTG: “Oraγu:lan” .

③ DTG: “kürgegči”.

④ DTG: “Amitan” .

⑤ DTG: “Qudal” .

⑥ DTG: “ögülebesü” .

⑦ DTG: “Erketü” .

⑧ SHF: “[taqimdaqu bolquy hĕgenegče]” .

⑨ DTG: “[se]čen” .

⑩ SHF: “hĕrul” .

[3]saiša:γdaǰu dura ülü nemegdeküi sača(saǰa) nöker(nwyker)-e:če ülü üde[...]①

[4]sayi:d biligü:ǰi?ni? surču(swrǰw) ülü qan qui saγatal②(saγadal) ügegü: er-e keme:kü ene

[5]bolu tngri③ γaǰar(γaǰar) kümü:n γurban-u(γwrban-w) tegši üyi:lesi meden čidaqu [...]

[6]dege:düs-tür nöküč[en daγ]u:squ dege:dü ere keme:kü en-e(‘en-e) bolu öčü:ken(wyǰwken)

[7]dur-a barin čidaqu oyi:laǰu④? üge-düriye:n kürkü ürgülǰi erdem

[8]bilig qataγu:ǰiqu(qadaγwǰiqw) ünen er-e keme:kü ene bolu balamud delem-e

[9]ködelküi sedkiliye:n barin quriya:n čidaqu er-e [...]

[10]metü(metw) bariyu ǰ-a sayi:dun⑤ yabudal(ǰabwdal)-u:d-[i ...]

[11]ködelküi sedkiliye:n anggiši es-e(‘es-e) ködel[gebesü ...]

[12][...] bariγsan metü(metw) ariγu:i(ariγwi) sayi:di daγan(daγan) čidayu ǰ-a öngge daγan(daγan)

[13]ködelküi sedkiliye:n öbe:sün kü quriya:n čidaba:su örgen dalai⑥

[14]ködölügsen metü(metw) üter sayi:di daγan(daγan) čidayu(čidaǰw) ǰ-a

---

① SHF: “hoyda[quy]” ; DTG: “üde[küi]” .

② SHF: “saqaral” ; DTG: “saγa:ral” .

③ SHF: “tngry” ; DTG: “tegüs” .

④ SHF: “hüyileju” .

⑤ DTG: “Sayi:dun” .

⑥ SHF: “dalay” ; DTG: “talu” .

16A

[1]delem-e ködelküi sedkiliye:n quriya:n idqan čidaba:su či

[2]qudal-i bariγsan metü(metw) qurdun-a sayi:dun mörtür kürüyü ǰ-e

[3]uq-a[①] ügegü:i ǰönteg maγu:i(maγwi)-a:ča(aǰa) abaču tümen nasu(nasw) nasulatala(naswlatala)

[4]uqa:tu sečen(seǰen) ken belgetü bolǰu urtu(wyrtw) ba[②] oqur(wyqwr) ba[③] nasu(nasw)

[5]nasulaba:su(naswlabasw) üküleng γaγča(γaγǰa) ülükü buyu barab[a]

[6]nasulaba:su(naswlabasw) üküleng γaγča(γaγǰa) ülükü [...] baraba kem[...]

（后面还有 6 行回鹘文）

① DTG: “Uqa:”.

② SHF: “ber”.

③ SHF: “be”.

附录三 《蒙古文亚历山大故事》中文译文

尼古拉·鲍培著，宝花译

在吐鲁番出土的蒙古文写本中有一份破损极其严重的手写本小册子，其内容混合，部分由蒙古文书写，另一部分则用回鹘文书写[①]。这本书有一部分破损严重，只有不到四分之一的页面保存下来，其余部分则仅仅是轻微破损。

这部手稿残片的一段，即7叶b面到14叶a面，是一篇蒙古文的短篇小说，仔细研究可以将其认定为经过大幅度压缩的亚历山大传说，或者更确切地说是亚历山大传说的残本。

关于亚历山大的传说在很多地区都有流传，无论是在中世纪的欧洲，还是在非洲和亚洲都可以找到关于亚历山大的传说故事。埃塞俄比亚、叙利亚、波斯、阿拉伯和回鹘文的亚历山大传说早已为人所知，虽然可以推断这个传说肯定以某种形式到达过蒙古地区，但一直到目前为止，还从未听说过这部作品的蒙古文文本。前面提到的残本，具有独特价值，它不可辩驳地证明，亚历山大传说也曾为蒙古人所熟知；蒙古古代文学的内容也比人们普遍认为的要丰富得多。

从语言和书写特征来判断，该蒙古文残本成书于14世纪上半叶，可能与吐鲁番发现的1312年版《入菩萨行论》

---

① TID155号文献，可见Haenisch, *Mongolica der Berliner Turfan-Sammlung I*, Ein buddhitisches Druckfragment vom Jahre 1312, Abhandlungen der Deutschen Akademie der Wissenschaften zu Berlin, Klasse fur Sprachen, Literatur und Kunst, Jahrgang 1953, Nr. 3, Berlin, 1954, S.4.

(Bodhičaryavatara)注释[①]和兰司铁(Ramstedt)发表的吐鲁番文献[②]相去不远。该写本的语言特点将会在蒙古文本(拉丁文字母转写)的注释中讨论。一些文字特点(笔法、正字法等)是值得注意的,例如:a 和 e 包括在词首时都像前古典时期的许多古老手写本一样[③],用同一个字母,即两个字牙表示;所谓 i "复合音"通常被写作 oi、ui,代替了 oyi、uyi;第二格词尾用 -in 来表示,而不是 -yin。n 和 γ 都没有加用于区分的识点。在此我们暂且不详细谈论其书写特征,而是想考察其内容。

从亚历山大传说抽取的情节在一定意义上是完整的,即这些情节既有开端又有结局。开头,即 7 叶 b 面,讲到呼罗珊地区的密西尔城里有一个人叫索勒哈尔奈〔阿拉伯语的 ذو القرنين,"(头上有)双角"的意思〕,他渴望永生不死。结局在 14 叶 a 面,即叙述亚历山大关于自己葬礼的指令。

蒙古文亚历山大传说中记录以下冒险活动。

(1)亚历山大,此处取名为索勒哈尔奈,说出他的愿望,即想要存活三千年。他来到一个他看到水的国家,他和伙伴们越过一座桥,来到须弥山,在那里他能鸟瞰所有的山峰和山谷。此后的文本残缺,不过,我们可以知道亚历山大看到一个可能是从山顶向下悬挂着的皮带,他想要顺其而下,但栖在那里的一只 Garuda 鸟向他打招呼,并称他(亚历山大)为疯子(8a-8b)。此后残损数行。

---

① Haenisch, *Mongolica der Berliner Turfan-Sammlung I*; Woodman Cleaves, The Bodistw-a čaria awatar-un tayilburi of 1312 by Čosgi Odsir, *Harvard Journal of Asiatic Studies* 17 (1954), S. 1~129.

② G. J. Ramstedt, *Mongolische Brief aus Idiqut-Schahri bei Turfan*, Mit einer Einleitung von A. Von Lecoq, Sitzungsberichte der K. Preuβischen Akademie der Wissenschaften, 1909, I. S. 838~848.

③ N. N. Poppe, Zolotoordynskaja rukopis' na bereste, Sovetskoe Vostokovedenie II (1941), S. 128.

这个奇遇在其他亚历山大传说中也常见。《伪名Callisthenes抄本》讲到，亚历山大越过一座深谷之上的桥，在桥上他碰到两只鸟，其中的一只要求他回去。接着描述那里有一座高山和挂着金链条的宫殿。[①]

Lamprechts亚历山大传说[②]中有登上高山，看见一个宫殿，用金链条下山回来(的情节)。里奥(Archipresbyters Leo)写的亚历山大小说也讲到亚历山大首先来到一个地方，那里有一棵树不长树叶也不结果实，树上栖着一只凤凰(Phonix)。从这里他来到一座高山，山上挂着一条金链条[③]。

有关高山以及亚历山大和一只或几只鸟相遇的情节，在波斯文亚历山大传说中也可以找到。如菲尔多西的《列王纪》讲述，亚历山大来到一个发光的高山上，那里矗立着两根柱子，每根柱上都有一个大的鸟巢，每个鸟巢里都有一只绿色的大鸟，并与亚历山大交谈[④]。弗里特伦德(Friedlander)所引用的欧玛拉(Umara)《海德尔传说》讲述的世界之山Qaf与蒙古异文中的须弥(Sumur)山相对应。接下来讲到一只非常不友善的、向亚历山大搭话的大鸟[⑤]。在Ta'labi里也同样提到一只鸟。这里的鸟栖在一根铁棒上，并和Du'l-qarnain(亚历山大)交谈[⑥]。

---

① Pseudo-Callisthenes, primum edidit Carolus Müller (Arriani anbasis et indica etc., Paris 1846), Liber II, pp. 89~90. E. A. Wallis Budge, The Life and Exploits of Alexander the Great, Being a Series of Translations of the Ethiopic Histories of Alexander by the Pseudo-Callisthenes and other Writers, London, 1896, S. 154~156.

② Karl Kinzel, Lamprechts Alexander, Halle a. S. 1884, S. 311.

③ Friedrich Pfister, Der Alexanderroman des Archipresbyters Leo, Sammlung mittellateinischer Texte herausgegeben von Alfons Hilka, Nr. 6, Heidelberg, 1913, S.111.

④ Jules Mohl, Le livre des rois par Abou' lkasim Firdousi, t. V, Paris 1877, S. 174~175. Fr. Spiegel, Die Alexandersage bei den Orientalen, Leipzig 1851, S. 29.

⑤ J. Friedländer, Die Chadhirlegende und der Alexanderroman, Leipzig, Berlin 1913, S. 146, 156.

⑥ Friedländer, op. cit., p. 171.

（2）描述高山、链条（或皮带），与鸟交谈的情节之后是下降到海底的冒险活动（9叶a面到10叶a面）。

索勒哈尔奈向他的伙伴宣布说他想下降到海底，他的伙伴们劝阻他。可是，他让人制作了一个箱子，里面能坐下两个人，其外覆盖着网、并用五千Farsah长的缆绳捆扎。他带上干粮，并在箱子上捆上石头。此后的文本残损，只能大致看懂以下内容：他轻轻拉动大麻绳子，这想必是给他伙伴们的信号，他们随即把他（从海里）拉了出来。他回到地面后便给他的伙伴们讲述他在海底的所见。

与下降到大海的情节相符合的内容在《伪名Callisthenes抄本》[①] 中也出现过。埃塞俄比亚文本讲到，有人制造了一个覆盖驴皮的玻璃箱子，上面装有环和链条。这个箱子被装满食物，亚历山大与两个伙伴一同出航[②]。这样的记述也出现在未公开出版、未被研究的亚历山大传说——1300年阿密尔·霍斯陆（Amir Husrau）的作品中，这部作品说到制造船只和一个长形玻璃箱子，后者可以携带足够40年（食用）的食物[③]。

（3）蒙古文本中，潜入海底的情节接下来就是著名的黑暗世界中的奇遇。

索勒哈尔奈决定前去日落的地方，与太阳一同潜入黑暗之中。他想在那里找到生命之泉，并为他的伙伴带回能使人永生的泉水。在黑暗的入口，一个不可见、不知名字的某人给了他一碗水。他带回这水，给伙伴们讲述他的所见。于是，他们一起讨论该不该喝这碗水。有一个聪明的老人认为不应该喝，

---

① Müller, op. cit., p. 89.

② Budge, op. cit., p. 282.

③ E. E. Bertel' s, Roman ob Aleksandre i ego glavnye versii na vostoke, Moskau-Leningrad 1948, S. 93.

他说：获得永生，在其他所有人都死去后，单独地留在世界上是无意义的。索勒哈尔奈把这些水洒在一棵树上，这棵树此后变得常青、永不死亡。这次冒险活动的结局是，索勒哈尔奈回到了密西尔城（10 叶 b 面至 12 叶 b 面）。

亚历山大去往黑暗处，寻找生命源泉的描述，在大多数知名的亚历山大传说中都出现过。

《伪名 Callisthenes 抄本》讲，亚历山大下降到黑暗之国，在那里生活着各种巨兽[①]。叙利亚文亚历山大叙事诗的主要段落，也描述了亚历山大寻找生命泉水的旅程。[②]各种阿拉伯文、波斯文原始资料也都有所提及，如 Abu Hanifa ad-Dinawari[③]，Ta' labi[④] 等。

菲尔多西讲道，亚历山大在黑暗之国寻找生命泉水[⑤]，内扎米的作品同样提及了黑暗的地方和神奇的水[⑥]。

在近东的许多亚历山大传说中，海德尔在前往黑暗之国、取得生命泉水行程中扮演了重要角色。埃塞俄比亚文中他（海德尔）是熟知生命泉水的那个人[⑦]。菲尔多西的作品中海德尔陪同亚历山大去往黑暗之国[⑧]，内扎米的描述中则是海德尔找

---

① Müller, op. cit., pp. 89~90；埃塞俄比亚文参见 Budge, op. Cit., p. 264；Friedländer, op. cit., p. 219.

② Carl Hunnius, Das syrische Alexanderlied, ZDMG 60, S. 191, 193.

③ Th. Nöldeke, Beiträge zur Geschichte des Alexanderromans, Denkschriften der Kaiserlichen Akademie der Wissenschaften, Philosophisch-historische Classe, 38. Bd., Abh. V, Wien 1890, S. 39.

④ Friedländer, op. cit., p.163.

⑤ Mohl, op. cit., pp.172~173. Spiegel, op. cit., p.29.

⑥ Friedländer, op. cit., pp.212, 215. Vgl. Die klangvolle russische Übersetzung dieses Abschnittes von B. Lebedev, A. Kejchauz und Šervinskij, Nizami, pjat' poem, Moskau 1946, S. 598 u.f.

⑦ Budge, op. cit., pp. 263, 267 u.f.

⑧ Mohl, op. cit., p. 173; Spiegel, op. cit., p. 29.

到了生命泉水[①]。

在这点上蒙古文本与上面提到的文本有差别，蒙古文本中生命泉水是由一个看不见的人递给索勒哈尔奈的，而菲尔多西或内扎米的描写中则是海德尔单独或者海德尔和伊利亚斯一起找到生命水，并获得永恒的生命，亚历山大却没能得到生命泉水，因为泉水消失了。我们不知道，蒙古文本中递出永恒水的那个看不见的人是谁。同样我们也不知道警告索勒哈尔奈永存无用的那个智者的名字。

索勒哈尔奈把水泼在一棵树上，由此它变得常青。这一点上蒙古文本也与上述文本有差别。这也许就是为什么没提到海德尔的缘故。不得不提及的是10叶b面第7行的文字残缺，恰好此处隐约可见一个可能是“qadi”的词，也许就是海德尔名字的变形，因为蒙古文h用q表示，所以qadi字可以表示hadi、hidi或hidr。但由于这很难确定，不能由此做出论断。

可以肯定的是菲尔多西和内扎米的描述中，都是海德尔，而不是亚历山大分到生命泉水，而蒙古文本中恰好相反，是索勒哈尔奈——亚历山大得到了永恒水，他却放弃了它，因为他不愿意没有他的朋友陪伴、独自一个人生存，有趣的是阿密尔·霍斯陆也同样描述过这件事[②]。

（4）蒙古文本的结尾是，索勒哈尔奈召集他的伙伴们，并向他们宣布，（自己是）世界上唯一一个被赐予三千年长寿的国王。他悉数了他的种种奇遇：下降到海底、登上须弥山顶峰、前往黑暗之国、获得永恒水。

然后他宣布了他的遗嘱：他死后应当举行一次盛大的游行。游行队伍应该让一千个少女开道，手拿金宝和珍珠呈献

① Lebedev, Kejchaus, Ševinskij, op. cit., pp. 608~609.

② Bertel' s, op. cit., p. 94.

给他;同等数量的摔跤手、歌唱家、琉特演奏者,一千个二十岁到三十岁的男子,手持剑矛的年迈老人应该随(少女)后游行。除此之外他还下令,他的手应该被放开,这就是说,他的手无论如何都要露在棺材外面。他补充道:如果这次游行能通过他的肚子,珍珠能够被保留下来,那么少女们也能拯救自己,而年迈的人将在天国得到拯救。

所有的文本都提到亚历山大最后的愿望。《伪名Callisthenes抄本》也记载了亚历山大遗言①。埃塞俄比亚文中也是,亚历山大向他的弟子做了很长的讲演②,此后便写了一封给他母亲的告别信③。里奥也同样记载了亚历山大在向他的朋友们口头宣布遗嘱④后,给奥林匹亚斯(Olympias)写了一封信⑤。

《列王纪》中亚历山大请来一位写信人,向他口述自己的遗言,并将它寄给他的母亲。他希望被安置在金制的棺材中,他的头应该涂上香料,覆盖由珍贵的中国织物制成的裹尸布,棺材的所有划痕都应该用麝香、樟脑、炭黑等填平⑥。

这些规定在内扎米的作品中并没有出现,在其文本中亚历山大只让人给他的母亲写了一封安慰的信⑦。而在阿密尔·霍斯陆有关亚历山大遗言的记载中有一个极其有趣的细节,就是亚历山大希望安葬时把两只手从棺材中伸出来,这跟蒙古文的描述极其相似。

---

① Müller, op. cit., p. 146.
② Budge, op. cit., p. 309 s.
③ Budge, op. cit., p. 133.
④ Pfister, op. cit., pp. 123~124.
⑤ Pfister, op. cit., p. 125 s.
⑥ Mohl, op. cit., p. 202.
⑦ S. Robinson, Persian Poetry for English Readers, 1883, S. 235. Vgl. Lebedev, Kejchauz, Šervinskij, op. cit., p. 634 s.

蒙古文本(拉丁文字母转写)

7b

1. balar erte qurasan-u[①] γaǰar-a misir[②] neretü

2. balγasun-dur sulqarnai[③] [neretü]...

3. mingγan nasulaǰu ...

4. sulqarnai-yi keb ...

5. inu ireǰü sulqar[nai]...

6. či tngri-de soyurqaγdaǰu bü[gesü] ...

7. či qoyina urida ...

8. ...

9. kemerün[④] qoyar ming[γan nasulaǰu] ...

8a

1. ...

2. metü noyadi quriγulǰu ...

3. ...sču(?) busud

4. nasun-a yaγdaγsan[⑤] ...

---

① qurasan-u 为波斯语 hurāsān（东方，巴克特里亚、呼罗珊）的属格。这里第一个意思占主导。关于属格形式见 N. Poppe, Grammar of Written Mongolian(蒙古语书面语语法), Wiesbaden, 1954, S. 143。

② misir 为阿拉伯文 miṣr（埃及，埃及的首都；城市）。见 The Encyclopaedia of Islām（伊斯兰百科全书）, vol. III (1936), S. 520~521。

③ sulqarnai 是亚历山大大帝的阿拉伯文称号，du' l-qarnain（头上有双角的）。可见 H. Ritter, Das Proömium des Maṭnawī-i Maulawī, ZDMG 93 (1939), S. 180 f。蒙古语中 d 变成了 s。

④ 上古蒙古语中 -rün 的用法，可见 N. Poppe, Grammar of Written Mongolian, Wiesbaden, 1954, S.98, 183; 又见 N. Poppe, Kvadrat –Sprache der Mongolischen Quadratschrift und das Yuan-ch' ao pi-shi, Asia Major, Neue Folge, I. Jahrgang, 1944, 1. Heft, S.112~113. 此后缀在上古蒙古语及中古蒙古语中常见。

⑤ 关于 yaγda- 可参考 Annoine Mostaert, Dictionaire ordos, tome II (1942), S.392: jagda- “sehr müde, arm sein（很疲倦，贫穷的、可怜的）”. 文中的 nasun-a yaγdaǰu 意为“没有很长的寿命了”，即“达不到太高的年龄”。

5. bürün tngri-de irüger-e ··· su γurba[n mingγan nasulaǰu] ...

6. qoina urida ükükü̈i minu ügei atuγ[ai] ...

7. san γaǰara usun üǰeb[e]...

8. yabuγulba niken-i ...

9. küčün baraǰu yaγud ...

10. yeke γaǰar(?) ...

11. tabin sayid nökedtü kegürge[1] getülǰü ...

12. yabuǰu tngri-in ǰrlγ[2]-iyar γaγča sulqarnai sumur taγ[3]-un

8b

1. deger-e γarbas-u dörben orad[4] naiman qiǰayara[5] dalai[6]

---

① “桥”，又写作 kegürge 和 kügürge。前者为更古老(的写法)，布里亚特 xŵrge<*kegürge。

② ǰarliγ 在文中始终没有元音，即 ǰrlγ。此写法首次出现在额尔登昭的碑铭中，见 Vl. L. Kotvič, Mongol’skija nadpisi v Erdeni-dzu, Sbornik Muzeja Antropologii I Etnografii pri Imperatorskoj Rossijskoj Akademii Nauk, t. V. vyp. 1, 1917, S. 210, Anm. 6. 又见 Francis Woodman Cleaves, “The Sino-Mongolian Inscription of 1346（1346 年汉一蒙文碑文）”, *Harvard Journal of Asiatic Studies* 15 (1952). S. 69。

③ sumur 又作 sümer 或 sümber（须弥尔山）< 梵语传到突厥语 sumur ~ sumïr。见 A. von Gabain, Alttürkische Grammatik（突厥语语法）, 2. Aufl., Leipzig 1950, S. 335。sumur 后的 taγ 为突厥语“山”。

④ orad 为 oran（地点、地方、处所、大地）的复数，dörben orad（四个地方）即“四方”。中古蒙古语中，orad 第二音节的 a 也写作 o（orod），见 N. Poppe, Mongol’skij slovar’ Mukaddimat al-Adab I-II(穆卡迪玛特阿拉 - 阿达布蒙古语词典), Moskva-Leningrad 1938, S. 109; 又见 N. Poppe, Remarks on the Vocalism of the Second Syllable in Mongolian（谈论蒙古语第二音节的元音）, *Harvard Journal of Asiatic Studies* 14 (1951), S. 190~191。上古蒙古语的 oran (ora) 见 Francis Woodman Cleaves, “*The Sino-Mongolian Inscription of 1358 in Memory of Prince Hindu*（译者注：作者可能写错了，不是 1358 年碑文，而是 1362 年蒙汉文合璧忻都王纪念碑）, *Harvard Journal of Asiatic Studies* 12 (1949), S. 66。

⑤ qiǰayara，不是很确定，感觉是在说方向、方位。蒙古语 kiǰaγar，意为“地方、边缘、周边”。通常说 dörben ǰüg naiman kiǰaγar，即“四面八方”。其 γ 也作 y，后来退化为 i，*qiǰiyar<*qiǰiγar。最后一个字母 a 表示第三格宾语。

⑥ 此处 dalai 作 ötögen（地球、陆地）的定语，其通常的意思为“大海、海洋”。更早期时候，用突厥语 tenggis<teŋgiz 表示“海”之意；dalai 则为“很多、巨大的、大的、严重的”，见 Annoine Mostaert 和 Francis Woodman Cleaves, Trois documents mongols des Archives Secrètes Vaticanes, *Harvard Journal of Asiatic Studies*, 15 (1952), S. 497；N. Poppe, Kvadratnaja pis’mennost’, S. 136；Paul Pelliot, Les mongol et la papauté, Extr. De la Revue

ötögen-ü① olan

2. aγulas aliba tökümüd üǰegden büǰüküi②. sumur taγ-un orai③

3. ...

4. ter-e deger-e niken t[asman]... egei-dür④ ... ken ...

5. sulqarnai tere tasman-u⑤ ...

6. asaγču baγusu⑥ kemen küliǰ[ü] kürbe sulqar[nai] ...

7. aqui-i inu garudi⑦ sibaγun üǰeǰü ...

8. či γani⑧ aǰuγu či ... gei tere öd...

9. öndür-eče ene tasman möngke [usu]...

10. ...

11. ...

12. ...

---

de l' Orient Chrétien, sér. 3, t. III, no. 1~2, S. 22~23。卡尔梅克 dal ā <dalai，见 G. J. Ramstedt, *Kalmückisches Wörterbuch*（卡尔梅克词典）, Helsinki 1935, S. 73。

① 中古时期 ötögen 指"大地、陆地"，见 P. Wilhelm Schmidt, Der Ursprung der Gottesidee, Bd. X, Münster i. W. 1952, S. 62~63. 见 Erich Haenisch, *Wörterbuch zu Manghol un niuca tobca'an*（《蒙古秘史》词典）, Leipzig 1939, S. 129, 又见《华夷译语》, Erich Haenisch, Sino-mongolische Dokumente vom Ende des 14. Jahrhunderts（14 世纪时期汉—蒙文文献）, Berlin 1952, S. 56。

② büǰüküi 为 "bü-（在，是）" 的过去时，上古蒙古语中的例子见 N. Poppe, *Grammar of Written Mongolian*, Wiesbaden, 1954, S. 103; 又见 Erich Haenisch, Wörterbuch zu Manghol un niuca tobca' an (Leipzig 1939, S. 21)。

③ orai 为早些时候的书写形式，而晚期蒙古语 oroi，八思巴字 horayiyin，见 N. Poppe, Kvadratnaja pis' mennost', S. 151,《穆卡迪玛特阿拉 - 阿达布蒙古语词典》写作 هورای（horai）（N. Poppe, Mongol' skij slovar' Mukaddimat al-Adab I-II, p. 183）。

④ 这个字的前半部分残缺，大概可以恢复之为 delegei 或 delekei "地球，世界", Erich Haenisch, Wörterbuch zu Manghol un niuca tobca' an, Geheimen Geschichte. P. 35。

⑤ tasman 突厥语借来词, Čagatai, Kasan, Osman. tasman" 皮带、带子、项圈",《穆卡迪玛特阿拉 - 阿达布蒙古语词典》中 تاسمه 。察合台语 qayïš 亦作"皮带"。突厥语的 tasma 来自波斯语 تسمه "皮革，皮带"。

⑥ Baγusu，表示意愿的 -su 后缀，见 N. Poppe, *Grammar of Written Mongolian*, Wiesbaden, 1954, S. 90。

⑦ 蒙古语中的 garudi 为印度传说中的神鸟，梵语作 garuďa。

⑧ 尽管 γ 没有写区分标记，但 γani 这个词还是清晰可辨的，意为"精神错乱的、荒唐、丧失理智的"。či γani aǰuγu či 此话是神鸟对索勒哈尔奈说的。

9a

1. ...

2. ...

3. [m]etü ...

4. sonosu[γa]d dalai-yi ...

5. γarba bi. edüge yeke ...

6. kürtekü aǰuγu dalai mö[re]n ... orasu① kemen ...

7. yi noyad inu sonosču bürün. sulqarnai a ...

8. či kemen ügülebesü deger-e γarču yadaba či...

9. orasu kemen ügülen ... ara-du[r]...tol ...

10. [a]mitan olan gem-ten② buyu ... aγta činu gübčin③ čalγu[qu]④

11. aǰuγu gerün tedüi gü[ri]si⑤ teyin büged [ča]l[γu]qu aǰ[uγu] ...

---

① ora-（进、入），中古时期又作 oro-。见 Francis Woodman Cleaves, "The Sino-Mongolian Inscription of 1338 in Memory of Ĵigüntei（1338 年汉—蒙文合璧竹温台碑）", *Harvard Journal of Asiatic Studies* 14 (1951). p. 62; 又见 N. Poppe, Mongol' skij slovar' Mukaddimat al-Adab I-II, p. 39。

② Gemten 是 gemtü ~ gemtei 的复数，意为"错误、缺点、犯罪的、罪恶的"。

③ gübčin "全部、整个"，这个词的识读准确无误。

④ Čalgi- < čalγi "泛滥、淹没"，见 Annoine Mostaert, Dictionaire ordos, tome II (1942), S.692, t' šalgi-。此处该动词与马有关系。

⑤ güri "石头"，可参见 Erich Haenisch, Wörterbuch zu Manghol un niuca tobca' an(Geheimen Geschichte. P. 53) 的 gürü；N. Poppe, Mukaddimat al-Adab I-II (p. 131) 的 güri; Annoine Mostaert, Lettre de l' Ilkhan Arγun à Philippe le Bel, *Harvard Journal of Asiatic Studies* 18 (1955) (S. 204) 的 gürüs。

12. bisud[1] teimün[2] maγun[3] ada-tan[4] tüligeten[5] amitan görüged[6] toγ-a

9b

1. tomsi olan kebten buyu či bürün tende orabasu ada tüligen

2. bu boltuγai kemen qoyar kümün baγtaqui-in tedüi qaraba[7] egüdke-

3. gül[be] ene qaraba-in γadana inu ... toor-iyar torlaγulba[8]

4. tabun mingγan mod[9] ... kürküi to[10] toγ-a tomsi deges[ün][11] ...

5. to[12] tomγaγulba[13] qaraba abdur-a-dur[14] oraǰu bür[ün] ...

---

① 亦作 basud 或 besüd，可以是 basun, basur, besün, besür 或者 bes 的复数。见 Erich Haenisch, Wörterbuch zu Manghol un niuca tobca' an(Geheimen Geschichte. P. 173) 和 Rašid-ad-di, Sbornik letopisej (tom I, kniga 2, Moskva-Leningrad, 1952, S. 30) 的 besüd; Annoine Mostaert, Ordosica (Bulletin No. 9, 1934, the Catholic University of Peking, S. 37) 的 beset。

② teimün 为 *teyimüi ~ teyimü（那样）的复数，关于 -n 后缀，参见 N. Poppe, *Grammar of Written Mongolian*, Wiesbaden, 1954, S. 72; Erich Haenisch, Wörterbuch zu Manghol un niuca tobca' an(Geheimen Geschichte. P. 150); Erich Haenisch, Grammatische Besonderheiten in der Manghol un niuca tobca' an（《蒙古秘史》语法）, Studia Orientalia XIV: 3 (1950), S. 6。

③ Maγun 为 maγui ~ maγu（不好、坏、恶）的复数，见 N. Poppe, Kvadratnaja pis' mennost', S. 129。

④ ada-tan "恶魔、魔鬼"。

⑤ tüligeten 为 tüligen（受难、苦恼）的复数，见 Annoine Mostaert, Dictionaire ordos（tome II, S.685）: t' wlik; Radloff, Wörterbuch (Bd. III, S. 1570): tülön（哈萨克语）。

⑥ görügesün（野兽）的复数，通常用 görügesüd，上古蒙古语中 görüged，见 görüged-ün qan arslan (Louis Ligeti, Le Subh ā sitarananidhi mongol, un document du moyen Mongol, Budapest, 1948, S. 4)。

⑦ qaraba 为阿拉伯语 قارب qārib（船），借用到蒙古文本中。

⑧ toor "网", torlaγulba "使外面织网"，突厥语 tor "网"。

⑨ mod 为 modun（树木）的复数，见 Francis Woodman Cleaves, "The Sino-Mongolian Inscription of 1338 in Memory of Ĵigüntei", *Harvard Journal of Asiatic Studies*, S. 56, 99。

⑩ to 为 toγ-a（数）的开头，然而并非单独一个词。

⑪ deges[ü]n 是 "绳索、粗绳、缆绳"。

⑫ to 为 tomγaγulba（数）的开头，并非单独一个词。

⑬ tomγaγulba 为 tomγa- =（蒙古语）tomo（编织）的使动态。tomγa- 为通古斯语借词，"捻、搓" 之意。见 G. M. Vasilevič, Russko- ėvenkijskij slovar (Moskva 1948, S. 38), tomkožo-（捻、搓）。

⑭ Abdur-a =（蒙古语）abdara "箱子"。

6. ǰob[1] idegen künesün tegeǰü abdur-a-in ...

7. güri batuda uyaǰu bü[rün] [d]alai-dur oraǰu. y[abuba](?) ...

8. ülü mede[n] odču ...n nike[n] ...

9. ...

10. ... kemen ügüle[ǰü] sul[qarnai] ...

11. soyurqaγduǰu[2] büküi...

12. bütübe bi sumur t[aγ] ...

10a

1. dalai mören-ü[3] iruγa[-tur] ...

2. γarsu[4] bi kemen ügüleǰü...

3. erte tngri γaǰar ...

4. γsan (?) dalai ...

5. čabčin büküi-dür bolad[5] ...

6. üdesi edür ǰoluγaǰu[6] odb[a] ...

7. ker kürsü[7] kemen aisu či [qu]rdun-a[8] qari ...

8. yin urida qari kemen ügülebe ene ...

9. sonosču bürün olasun[9] degesün ködelgeǰü ...

---

① ǰob， 即 ǰöb， 见 B. J. Vladimircov, Sravnitel' naja grammatika, mongol' skogo pis' mennogo jazyka i chalchaskogo narečija, Leningrad 1929, S. 167; 又见 Francis Woodman Cleaves, "The Sino-Mongolian Inscription of 1338 in Memory of Ĵigüntei" , *Harvard Journal of Asiatic Studies* , S. 51。

② Soyurqaγduǰu 亦作 soyurqaγdaǰu，是 soyurqa-（批准、准许、同意）的被动态。

③ mören "河流、河、川"，上古和中古蒙古语中表示"大海、海洋"。见 N. Poppe, Mukaddimat al-Adab, mören(大海)。

④ 表示意愿的 -su 后缀等于中古时期的 -suγai。

⑤ 更早期的写法为 bolod（铁、结实的）< 波斯语 پولاد。

⑥ ǰoluγaǰu，书面语中通常写 ǰolγa（碰见、遇见），l 和 γ 之间没有元音，见 Haenisch, Wörterbuch, S. 93。

⑦ kür-（到达、来到）后加表示意愿的 -su/-sü。

⑧ qurdun（快）的副词形式，见 N. Poppe, *Grammar of Written Mongolian*, S. 57.

⑨ 满语 olo < *ola "大麻"，加 -sun 构成 olasun（大麻的、大麻制作的）。

10. basa kü kü niken sara-dur degegsi-de [γarču d]aγusba dalai

11. dotor-a-qi① üǰegsenigen② bügüdei③ noyad-turiyan ü[gülen]

12. ögbe noyad sonasču④ γayiqalduba tein⑤ kiǰü basa

13. niken tedüi aǰu basa kü noyad-turiyan quriγaǰu(?) ay-a

10b

1. inturun⑥ ai nöked minu noyad sonosču aγtun bi edüge

2. niken üge duradču ene buyu bi edüge naran eke-lüge⑦ singgeldüsü

3. qarangγu⑧ keǰige odqu aǰuγu qarangγu-yi daγay-a qolaba⑨

4. oyir-a ba büküi inu üǰey-e singgegsen(?) ker yambar

5. yosutu büǰüküi kemen ügülebe tendeče no[yad]...

6. edüge sulqarnai deligetü⑩ γaǰar usun...

7. qarangγu-in ǰug odsu [keme]n am qadi(?)...

8. kemen ügüleldübe tendeče s[ulqarnai] ...

9. daγadqun⑪ ...

10. olan noyad ǰ-e ...

---

① 后缀 -qi，中古时期亦作 -ki 的用法，见 N. Poppe, *Introduction to Mongolian Comparative Studies*（蒙古语比较研究的介绍）, Mémoires de la Société Finno-Ougrienne 110, Helsinki 1955, S. 132, 137。

② 反身加宾格的后缀 -igen= -iyen。

③ 此处的宾格是 -i，而不是 -yi。

④ 词缀 sonas- = sonos- “听”，见 N. Poppe, Mukaddimat al-Adab（P. 324）sonasba。

⑤ 此处也是 -i, 不是 -yi。

⑥ 见 N. Poppe, Mukaddimat al-Adab（P. 199）itulduba。

⑦ naran eke-lüge “与太阳母亲一同”，见 Haenisch, Wörterbuch, S. 42, Geheimen Geschichte。

⑧ 亦作 qarangγui（黑暗）。

⑨ qolaba, qola（远）加连词 ba 构成，qolaba oyir-a ba “或远或近”。

⑩ deligetü 这个词在蒙古语词典中没有找到，而布里亚特词典中有 del’ ē tei，见 K. M. Čeremisov, Burjat-Mongol’ sko-Russkij slovar’（布里亚特—蒙古—俄文词典）, Moskva 1951, S. 233。

⑪ -dqun 后缀的用法，见 N. Poppe, *Grammar of Written Mongolian*, S. 89。

11. quriyaǰu naran singgeg[sen] ...

12. oroǰu qarangγu-in ...

11a

1.[us]un-du or[aǰ]u ...

2. dotor-a yabuba tere...

3. ireǰü sulqarnai ...

4. in qarang[γu] ...

5. ǰaγura ilegeǰü yabuqui-ban ...

6. γurban mingγan nasun-duri[ya]n itegeǰü y[abuba] ...

7. busud ede olan nöked činu metü yaγuba nasu-yi ...

8. ügei buiǰ-e ede üresi[1] aran[2] üǰey-e...

9. öri[3] ütü[4] berkes[5] γaǰar-a ada tüligen-dür b...

10. či bürün qurdun-a qari čimada ba ese bitügdesen[6] γaǰar

11. usun ügei buiǰ-e kemen ügülebe tere üge-yi sulqarnai

12. sonosču bürün nöked-tegen teyin ügüleǰü ögbe edüge

11b

1. endeče qaribasu tngri-de ǰayaγdaγsan nasuban minu nököd

2. ber ende büged ülü ükükü möngke bolqu usun tngri-deče

3. ǰalbarin γuyildusu kemen ügüleǰe bürün ǰalbarin kürbe qarangγu

---

① üresi 为 üre（种子、原因）的复数。

② aran“人、人民”，早期写作 haran，见 Haenisch, Wörterbuch, S. 74 (haran); Ligeti, Le Subh ā sitarananidhi mongol, un document du moyen Mongol, P. 12(aran)。

③ öri 或者 nöri“艰难的、遥远的”。

④ ütü 在蒙古语词典里没有找到，可见于 Haenisch, Wörterbuch, S. 167; 又见 Haenisch, Sino-Mongolische Dokumente vom Ende des 14. Jahrhunderts, S. 22。

⑤ berkes 为 berke（艰苦、艰难）的复数，可见于 G. D. Sanžejev, Grammatika burjat-mongol' skogo jazyka（布里亚特—蒙古语语法）, Moskva-Leningrad 1941, S. 85; N. Poppe, Grammar of Written Mongolian, S. 122。

⑥ bitügdegdesen, bitügde—（形成、完成）的过去时（此处是 -sen，而非 -gsen）。

4. -in amasara ayisuqu-dur niken kümün beyegen[①] ülü üǰegülün

5. čögečeber[②] dügüren usun ögbe sulqarnai či [tngri-deče] ...

6. soyurqaγdaγsan γurban mingγan nasunača ...

7. či edüge ene usun u[γuǰu] bürün keb keǰig[e tngri γaǰar] ...

8. qubiltala inaγsi-da ülü ü[kün] ...

9. mongke nasulaqu či kemen ...

10. bürün nöked-tegen ügülebe ene ...

11. kemebe nöked inu ügüler-ün ene qarangγ[u] ...

12. kemen amu či qada γarču olan nöked-tür ene ...

12a

1. tendeče uγubasu yaγu alǰaqu ta kemebe teyin ...

2. γarba qarangγu dotor-a-qi ali ba üǰegseni(?)-in...

3. qadayin bügüdeyi irgen [o]rγan-duriyan[③] ü[gülebe?] ...

4. tegünü qoina tere usu γariyar...

5. iyan sayid nöked-türiyen ...

6. urtu nasulaqu usun ögbe bi ani(?) k...

7. ǰarimud[④] aran tngri-in soyurqaǰu ögügsen-dür u[γubasu] ...

8. kü sayin bui ǰ-e kemeldübe ǰarimud aran ...

9. uγubasu ker bui kemeldübe. tendeče niken sayin ...,

---

① beyegen 为 beye（身体、身躯）的反身，即 beye-ben。

② čögeče 是 "盅子、杯子"，喀尔喀方言中的 tsögötsö。

③ irgen orγan 见 Haenisch, Wörterbuch（S. 126）的 orγan ~ orγa；《华夷译语》中的 orγo，见 Erich Haenisch, Sino-mongolische Dokumente vom Ende des 14. Jahrhunderts, Berlin 1952, S. 56；卡尔梅克语的 nurγðn，见 Ramstedt, Kalmückisches Wörterbuch（卡尔梅克词典）, S. 281；Antoine Mostaert, Sur quelques passage de l' Histoire Secrète des Mongols (Cambridge (Mass.) 1953, S. 360~361) 对 irge orγan 的解释。

④ "有些"，复数，指 aran（人，人民）。见 N. Poppe, *Grammar of Written Mongolian*, S. 156；Haenisch, Wörterbuch, S. 86。

10. sečen noyan bülege tere noyan ügüler-ün teyin kemebe

11. ene bürün usun uγubasu keb keǰige① tngri γaǰar qubilta[la]

12. ülü ükün masi saγun yadaǰu üküküi aqui-a saγar②

12b

1. bolǰu aqu či ede irgen orγan činu bügüde üküǰü

2. qočarbasu činu ber aγsan činu γaγčaγar yaγun tus-a

3. čimayi bürün ene metü ayisurun③ daγaqun aran ülü törei④

4. ǰ-e či bürün teyin boluγsan üǰügür⑤ öberiyen gemsiǰü

5. bi bürün ene usun es-e uγubasu yekin eyin ...

6. bi kemen. gemsiküi-eče aiqu bügesü uγu ker be...

7. či qoina maγui bolqu či kemen ügül[ebe] ...

8. sulqarnai sonosču teyin bü[ged] ...

9. tus-a bolqu kemen γarturiyan⑥ bari[ǰu] ...

10. usun sačiǰu ilebesü arča modun-u⑦ ...

11. tusču arča modun tereküber übül ǰun qatan ülü

12. qoqiraqui bolǰu teyin kiǰü aγsan tügel⑧ misir

---

① keb keǰige，亦作 keb keǰiye（keǰiye“什么时候”“当……时候”），见 N. Poppe, *Grammar of Written Mongolian*, S. 59-60；布里亚特 χeb χezē（永远，始终）见 K. M. Čeremisov, Burjat-Mongol’sko-Russkij slovar’, S. 621。

② 亦作 saγad（困难、阻碍），关于 -r 后缀见 N. Poppe, *Grammar of Written Mongolian*, S. 49。

③ 词根 ayis-“到来，走来”。

④ töre- 后的词缀 -i 见 N. Poppe, *Grammar of Written Mongolian*, S.94; Annoine Mostaert, Dictionaire ordos, tome II (1942), S.357。

⑤ “顶端、边界”，见 Haenisch, Wörterbuch, S. 161。

⑥ γar“手”的方位格加反身。

⑦ arča modun “柏树”，也直接说 arča，喀尔喀（方言）artsą，布里亚特 arsa 等。

⑧ tügel 指“整个、全部”，突厥语借来词（tükül 见 S. E. Malov, Pamjatniki drevnetjurkskoj pis’mennosti, Moskva-Leningrad 1951, S. 435）。《穆卡迪玛特阿拉 - 阿达布蒙古语词典》写作توكل（N. Poppe, Mongol’skij slovar’ Mukaddimat al-Adab I-II, p. 358。

13a

1. balγasun-a ireǰü tegünü qoina sulqarnai yeke ...

2. nöked-iyer quriǰu teyin ügülebe ta noyad minu sonosudqun

3. deger-e tngri-deče etüge eke[①] ǰoqiyaγsan inaγsida

4. urida kedün ba qad[②] törebei ǰ-e edü[ge] ...

5. qoina kedün ba qad noyad t[örebei ǰ-e] ...

6. bidan-u ǰrlγ-iyar γurban mingγan nasula[qu] ...

7. ǰirγalangγi γaγča bi ǰirγaba ene ele nasun-iyan tögü[sčü?]

8. ende es-e üǰegdegsen irgen orγan ügei bui ǰ-e kemebe

9. dalai ötügen-i yeke tenggis-i[③] tenggisün iru[γar] ...

10. irebe bi sumur taγ-un orai deger-e γarba naran singgekü-

11. in ǰug qarangγu-yi daγaba qoyar od[④] yabuǰu γutuγar on-

12. dur mongke-yin[⑤] usun soyurqaγdaǰu γarba ǰob γurban ming[γan]

13. nasulaba bi edüge bi ene γaǰar-un deger-e γaγča bi

13b

1. qan bolǰu aba ene ele γaǰar deger-e minu metü ǰirγaγsan ...

2. qan es-e töreǰü bülege[⑥] namayi ükübesü dalai-yi nikete ...

---

① etüge eke“母亲地球、大地母亲”等同于 ötögen，见 Haenisch, Wörterbuch, S. 129；又见 N. Poppe, Zum Feuerkultus bei den Mongolen, *Asia Major*, vol. II (1925), S. 136。

② qad 为 qan 的复数，见 Lawrence Krader, Qan-Qaγan and the Beginning of Mongol Kinship（汗—可汗与蒙古族源）, *Central Asiatic Journal*, vol. I (1955), S. 17。

③ tenggis“大海、海洋”，突厥语借词。见 Haenisch, Wörterbuch, S. 148；又见 N. Poppe, The Turkic Loan Words in Middle Mongolian（中古蒙古语中的突厥语借词）, *Central Asiatic Journal*, vol. I, 1955, S. 41。

④ on“年、年岁”的复数。中古蒙古语中数词的复数形式，见 Haenisch, Wörterbuch (S. 77) 的例子 dolo’an hont 等。

⑤ 此处是 mongke（不是 möngke）见 B. J. Vladimircov, Sravnitel’naja grammatika, mongol’skogo pis’mennogo jazyka i chalchaskogo narečija, S. 167。

⑥ 又作 bülüge（是，在），见 N. Poppe, *Grammar of Written Mongolian*, S. 92, 103。

3. bitügülüdkün angqa urida mingγan narid[1] ökid mingγan kü...

4. altan nadur[2] dügüreng tana subud altan kiǰü ergülüdkün[3] ...

5. tegünü qoina mingγan ǰalaγus[4] sayid abalduγči bökes-i ...

6. daγulaǰu iraγus-i[5] quγurdaǰu[6] quqγurčini ilγaǰu qorin...

7. γučin nasutani mingγan köbegüdi yabuγuludqun tegünü q[oina]

8. mingγan čaγaγad[7] terigüten ebügedi y[abuγuludqun] ...

9. ebüged ... –tur ···

10. ǰidas üldüs[8] bariγulǰu yabuγul[udqun?] ...

11. γar minu ile ba aγuludqun[9] namayi u...

12. kegelidür oraqu bügesü mingγan ökidi tana subud...

13. aburaqu bügesü aburan čidaqu bülege ba [t]edeger...

---

① narid（narin）作 ökin 的定语，是 árin 的变体，见 Annoine Mostaert, Dictionaire ordos (S. 14) 的 ariγun。

② 蒙古语的 nadur 是 bi “我”的给予格。此处的 nadur 与 mingγan kü altan 连在一起，后接 dügüreng（充满）tana（< 突厥语 tana < 波斯语 dāna）subud（珍珠）altan（金子）kiǰü（做、装、放），nadur 可能是做珍珠和金子的定语，因此它也许是阿拉伯语的 نادر nādir（珍贵、宝贵、希罕）。

③ -dkün 后缀见 N. Poppe, *Grammar of Written Mongolian*, S.89，

④ ǰalaγui ~ ǰalaγu（年轻、年轻人、男子）的复数。《穆卡迪玛特阿拉 - 阿达布蒙古语词典》(N. Poppe, Mongol' skij slovar' Mukaddimat al-Adab I-II, p. 390)yira' u 解释为“歌唱者，歌手” < 突厥语、察合台语 yïrau̧ “歌唱者”。

⑤ iraγu（音乐、美好）的复数。

⑥ 动词 quγurda-，意为“弹琴、拉琴”。词根 quγur “琴、乐”。

⑦ čaγaγad 为 čaγaγan“白、白色”的复数，与 terigüten“头”组合在一起，作 ebügedi“老头、老汉”的定语。Čaγan 中古蒙古语也写作 čaγa' an，见 Haenisch, Wörterbuch, S. 25；八思巴字 č' aqa' an 等。

⑧ üldü = 中古时期常作 ildü “剑”。见 Haenisch, Wörterbuch, S. 162；B. J. Vladimircov, Sravnitel' naja grammatika, mongol' skogo pis' mennogo jazyka i chalchaskogo narečija, S. 188。

⑨ aγul- “容纳、放置” 加命令式 -dqun。ile ba aγuludqun 意为 “露在外面，凸出来”。

14a

1. tür oraqu bügesü ede ebügedi tngri-de ǰabsar
2. aburan čidaqu bülege. töreged ba ükükü̈i aǰuγu
3. γurban mingγan ba nasulabasu ükükü̈i aǰuγu. keb keǰige
4. bügesü ükükü̈i aǰuγu edeneče urid[a]
5. noyad törebei ǰ-e edübe(?)[①] ...
6. kedün ba qad noyad töremü ǰ-e ai...
7. dur ǰirγaγtun ükün barabasu tus-a ügei aǰu γ u ...
8. kemebe daγusba baraba daγusba kemen ebüged
9. ǰirγadqun ükün barabasu tus-a ügei aǰuγu kemebe daγusba
10. ǰirqadqun ükün barabasu tus-a ügei
11. qutluγ bols-un edlüg edgülüg kels-ün[②]
12. aǰuγu kemebe daγusba. aǰuγu kemebe

① 这个词看得不是很清楚，好像是 edü- 加 -be 后缀。
② 突厥语（回鹘文）祝词“吉祥如意、平安快乐”等意。

附录四 《亚历山大故事的早期蒙古文异文》中文译文

柯立甫著,宝花译

尼古拉·鲍培(Nikolaus Poppe)教授曾在《德国东方学报》(Zeitschrift der Deutschen Morgenlandishchen Gesellschaft,1957年,第107期,第105~129页)发表过《蒙古文亚历山大故事》(Eine mongolische Fassung der Alexandersage)一文。毫无疑问这篇文章是近些年在蒙古古代文学领域里最重要的贡献。认定吐鲁番出土"TID155"号文献[①]中第7叶背面到第13叶正面[②]所记录的残损、佚名文章为亚历山大传说,这个鉴定本身就是一个巨大功绩,还有他的拉丁文字母转写、(德文)翻译和注释更是重要成就。认读如此破损、断断续续的文献是个令人灰心气馁的工作,鲍培教授刻苦钻研的态度深受蒙古学领域每个人的尊敬和钦佩。他首次将(蒙古文亚历山大)故事翻译到欧洲语言的同时,导致担任了比较文学与民间文学比较研究专家的职责。最重要的是,他引起我们的关注,让人们更加重视蒙古古代文学。

最初我从赫伯特,舒尔曼(Herbert F. Schurmann)博士于

① Erich Haenisch, "Mongolica der Berliner Turfan-Sammlung, I, Ein buddhistisches Druckfragment vom Jahre 1312 ", Abhandlungen der Deutschen Akademie der Wissenschaften zu Berlin, Klasse für Sprachen, Literatur und Kunst, Jahrgang 1953, Nr. 3, Akademie- Verlag, Berlin, 1954, pp. 1-22 + 24 "Texttafeln," p. 4: "TID 155/ ms 17 Bl. (1~9 stark von Ratten zerfressen)" Bl. 7~15 vZ. 6 mo., anschilieβend uigur. Text, s. AM IX, 2, 1933, Lieder aus Alt-Turfan."

② 鲍培教授在前面提到的文章中写道是"第7叶的背面至第14叶的正面",但实际应与此相反,阿拉伯数字通常在书籍的右页,即纸张的正面,而不是在背面,所以正确的标记页数应该是第7叶正面至第14叶背面。

1951 年 8 月 26 日从柏林寄来的一封信中得知该写本的存在。他初步视察德国科学院收藏的吐鲁番文献后写道：

> TID155 是一本书的部分残卷（现在大概残存 15 叶），该书的一部分是用蒙古文写的，其余则是回鹘文。玻璃板的标签上写着"突厥。发表于《亚洲研究（Asia Major）》，TID155 回鹘文，蒙古文"。很遗憾，我没有能够参阅《亚洲研究》中的相关文章。

舒尔曼博士在其 1951 年 8 月 27 日的第二封信中描述得比较详细：

> 上文中我只提到了 TID155 文献，但没有详细介绍，现在让我描述一下。今日我有幸查到《亚洲研究》（1933 年，第 9 期，第 129–140 页）中关于该写本的文章，乃是班格（W. Bang）和拉赫马蒂（G. R. Rahmati）著《古代吐鲁番的叙事诗》。作者只（拉丁文字母）转写了 15 叶到末尾的回鹘文部分。虽然如此，因为写本文献残缺不全，拉丁文字母转写多处都是空隙。除了简单提及文献一部分为蒙古文以外，作者没有对蒙古文部分进行深入研究。然而，书（文献）中相当大的一部分是清晰可读的蒙古文本。大概从第 9 叶背面（实际上一直到第 6 叶背面都是，尽管大部分文字被遗失了）直到 15 叶正面是蒙古文，很清晰，只有在页面末端受损了，越往后翻其遗损的部分越变少。笔迹由回鹘体蒙古文写成，且与班格、拉赫马蒂所拉丁文字母转写、翻译（的回鹘文）部分，似乎是同一个人的笔体。拍照这些文本将异常困难，班格和拉赫马蒂文章中

第 129 页的照片是文献最后一叶[①]——即 17 叶背面，为写本中最完好的一叶。开头几叶差不多全部残毁，几乎不可能翻开。顺便提一下，开头部分好像也是回鹘文，所以蒙古文是从文献的中段某一处开始的，也许是第 5 叶或者更往前。每叶 13 行。书（文献）用近东（书籍的）风格装订，一个细线和衬背，像欧洲书本一样。每叶尺寸概略 14.5cm × 18.5cm。

班格、拉赫马蒂关于（文献中）蒙古文部分的介绍——我相信在所有发表过的作品中是第一次提到该写本——在文章开头：

> 在此发表一部已经很破损的小册子，它由吐鲁番探险队的艾伯特（Albert v. Le Coq）带来。其第一部分是回鹘文和蒙古文的小说故事，与突厥语族民族的叙事诗有紧密联系，我们尽力去拯救（拉丁文字母转写）书中我们能拯救的部分。（德文）

感谢理查德·哈特曼（Richard Hartmann）博士极强的责任心和大力帮助（犹如我在以往的研究中声明[②]过的），我有幸获得吐鲁番几个蒙古文献的复制本，并将副本送给鲍培教授和田清波神甫（Reverend Antoine Mostaert）。鲍培教授在 1955 年 12 月 21 日寄来的信中写到一个激动人心的好消息，此乃他已

① 译者注：他们影印出版的这一叶并非最后一叶，而是该叙事诗第 29~48 行的内容（共 88 行，中间第 28~30、60~64、69~72、80 行的部分内容残缺）。

② Francis Woodman Cleaves, "The Bodistw-a Čari-a Awatar-un Tayilbur of 1312 by Čosgi Odsir," *Harvard Journal of Asiatic Studies*, 17 (1954).pp.1~129 (Plates I-XXIV) (p. 3).

确定该写本为亚历山大探险故事的蒙古文变体：

……整个故事断断续续，好多行都残缺无迹。可是，故事（情节）极有趣味，因为索勒哈尔奈（Sulqarnai）很明显是阿拉伯语的 Du'l Qarnain——头上有两个角的（人），尽管好多人也这么叫，它是亚历山大大帝的绰号。

蒙古国著名学者策·达木丁苏荣[①]在《德国科学院参观纪录》[②]中备注[③]：

之后来到本人一直向往的东方学图书馆。我提出请求查阅蒙古文手稿，给我拿来50来个玻璃夹本——为了保护这些历史文献，每叶纸两面都用玻璃夹着，由此查阅时手指就不接触纸面。其30多本都由回鹘文书写，剩余20来叶则是14世纪的蒙古文。当时（14世纪时候）的蒙古文写法独具特点，并与回鹘文很相似。14世纪期的手稿共有10叶左右。玻璃夹的外边标明德国学术杂志《亚洲研究》中发表过有关报道。下面抄录文中几行：

usun uγubasu keb keǰige tngri γaǰar qubiltala ülü ükün masi saγun yadaǰu üküküi aqui-a saγar bolǰu aqu či irgen orγan činu bügüde üküǰü qočarbasu činu ber aγsan činu γaγčaγar yaγun tus-a. [喝了水，直到天崩地裂都不会死，（当你对尘世感到厌烦时）也不能死，它将成为一个阻碍，你的人民

① Čengdü-yin Damdingsürüng. 可参阅 Nicholas Poppe, Harvard Journal of Asiatic Studies, 21(1958), pp.193~194.

② Шинжлэх Ухаан, No. 3, 1954, pp. 22~29.

③ 非常感谢 Garma D. Sanzeev 教授给我寄来这期的《Шинжлэх Ухаан（科学）》杂志。

和忠臣都死了，你一个人活着有什么用。]

亦往后翻阅了几叶，该书(故事)的大致意思为：一个人想喝永存不死的生命之水，希望长生不老，而另一个人却阻止并劝道他，你的熟人亲戚朋友都死了，你一个人活着有何用处。讲的就是这样一个小故事。本人还不能确定它是从别的文字翻译到蒙古文的还是用蒙古文创造、记录下来的，也没有时间下结论做出判断。(蒙古文，附有作者的英文译文)

因访问时间紧凑，关于蒙古文写本的特征、来源方面虽然没有提出建设性结论，达木丁苏荣教授摘录[①]和解释文献第11叶背面11行到12叶正面第2行，首次印刷发表该文献(部分)内容，这就注定该写本的学术史研究中不得不提到他。

由于该写本在蒙古古代文学研究中占据非常重要的地位，本人认为它的英文译本是非常有必要的。我在释读写本的基础上(有些地方跟鲍培教授的意见不一致)，转写成拉丁文字母并翻译成英文，附在了文章后面。如它这样一个写本的研究异常艰难、令人困扰，任何一个个人都无法解决其所有的问题，所以鲍培教授误读、无法解释、翻译不准确的地方，需要其他人去改正和弥补，同时他的解读、注释可以被吸收和改进，以便更好地理解文章内容。本人做的注释只是对鲍培教授的补充和有时也是替换，因为读法变了就有必要去重新解释。另外，后附详细索引，以便查找和参阅词语。如果说我在文章理解方面做出了一点贡献，应都归功于鲍培教授，是他的杰出研究奠定

① 在“Шинжлэх Ухаан” сэтгуулийн 1954 оны No. 3-ын доторхи алдаануудын залруулга (改正《科学》杂志 1954 年第三期中的一些错误)中将 γaǰar (带两点)改成不带点的。顺便提及，也应该把 irgen orγan činu 改为 ade irgen orγan činu。

了基础。同时须指出，鲍培教授和我如果有机会查阅文献原文，毫无疑问能释读复本中不清楚、理解有出入的一些字词。故我希望，以后我们的同事有机会读到它的原文，用肉眼能识读我们所没能解释的字词，查证目前有分歧的问题。

未表示对田清波神甫的感谢，我无法结束此绪言。本人曾多次跟他通信，探讨过该文献拉丁文字母转写、翻译、注释中的诸多问题，感谢他亲切善意的回复，更感激他跟我分享个别字词解读方面的想法，以助于更好地理解文本。我在适时、适度地承认、接受了他的解释、意见。

答谢这些人的同时，我也不否认自己研究的缺点、不推辞本人应当承担的责任。

（一）研究简介

我们（研究）的蒙古文亚历山大传说的主题是寻求永恒，它由以下四段情节组成：①走上须弥山顶；②潜入海底；③去往黑暗的地方；④回到密西尔城。

由于原文开头破损极其严重，第一情节的绝大部分被遗失。然而，拼凑零散的字词，方可理解其大意：古时候，在呼罗珊地区[①]，密西尔[②]城里，有一个名为索勒哈尔奈（Dū'l-qarnain）[③]的人。似乎有人告诉了他关于活了两千——或者三千年的（故事），并说索勒哈尔奈被上天所眷顾。于是，索勒哈尔奈召集他的诺颜（将军）们[④]，传述他听来的故事，看起来他还宣告了自己想活三千年的愿望。他出发抵达一个广阔的土地，和五十

① 后面的“译文”注解里有该名词的详细介绍。
② 见后面的“译文”注释。
③ 见后面的“译文”注释。
④ 见后面的“译文”注释。

个那可尔(伙伴)[①]一起渡过桥,不过最后唯独索勒哈尔奈一个人爬上了须弥(Sumur/Sumeru)[②]山顶,在那里他俯瞰了整个世界。山上悬挂着一条皮带,索勒哈尔奈把它系在身上,下去询问他的伙伴。大鹏金翅鸟(garudi/garuda)[③]看到他在降落,便说他愚蠢,还劝阻他,大概是在告诫他不要在须弥山上寻找永恒。

关于潜入海底的第二个情节,可以讲述的情节更多一些,因为文本变得逐渐完整起来:获悉索勒哈尔奈想要潜入海底,他的伙伴们开始阻止他,说在那里将会遇到无数可怕的怪兽。但是由于他已决定要下到海底,伙伴们只能祈祷他免受灾害。索勒哈尔奈制作了一只能载两个人的小舟[④],另外,他让人在小舟外面安置了网,并缠上无数条绳子,其长度足以伸展5000树(mod)[⑤]的距离。船上装带食物、供应品,用一块石头牢固小舟,就出海了。到了一个地方——但不知道在什么地方,大概在海底——有人跟他说话,其间他有机会提及了爬上须弥山顶的事。被再三劝导,他迅速返回,用一个月时间到达陆地,给伙伴们讲述了海里所见到的一切。

第三个情节的前面几行完整无缺:现在索勒哈尔奈告知他的伙伴们,他想和太阳母亲一同落山,去往黑暗世界。他们开始讨论(索勒哈尔奈)提出的新风险,索勒哈尔奈命令他们(无条件)服从。与太阳一起落山,抵达了黑暗世界的门口,当他们进去的时候遇见某人,他对索勒哈尔奈说了些什么——因为文中的残缺,含混不清。索勒哈尔奈对伙伴说了些什么,从黑暗世界往回走。当他(们)即将要走出黑暗世界的时候,有

① 见后面的“译文”注释。
② 见后面的“译文”注释。
③ 见后面的“译文”注释。
④ 见后面的“译文”注释。
⑤ 见后面的“译文”注释。

一个人隐瞒着身体，给了他（索勒哈尔奈）斟满一杯生命水，并说明喝了（永恒）水之后他将幸存三千年。索勒哈尔奈对他的伙伴们说了句话，一个同伙回答的最重要部分被遗失。（从黑暗世界）出来后，索勒哈尔奈又问他的伙伴们是什么让他们阻止索勒哈尔奈喝生命水，并将生命水给了他们。他的将军们有两种不同意见：有些人希望喝到生命水，有些人却困惑，进退两难，不知道如何是好。而有一个才智的大臣告诉索勒哈尔奈说，他将会厌倦永无止境的岁月，独自一个人活在人世岂有何用。（他）提醒（索勒哈尔奈）说不再有跟随、忠臣出生，告诫索勒哈尔奈若不畏惧所有这些，将来独自一人活在世上也不感后悔，不责怪自己当初喝了它（生命水）而导致这样后果，就可以喝生命之水。索勒哈尔奈听取这些明智的劝告，将生命水洒去，落在柏木上，从此柏树变得四季常青。

在第四即最后一个情节，索勒哈尔奈返回密西尔城，他曾从这里出发追寻永恒。他（又一次）召集他的伙伴（民众），叙述自己的经历，讲到（从古至今）从未有过一个君主像他这样显赫，并留遗嘱说：他死了之后，让他环行整个地球一次，献上一千个美少女，供给一千个 natur[①] 的金宝珍珠，精选一千个摔跤手和演奏筝者，派出一千个二三十岁的年轻壮汉，派遣一千个白发老人，派遣一些手持矛剑的人——也许是士兵，并让他的手露在（棺材）外面。因原文的残缺，有助于正确理解下文的重要部分缺失了。但不管怎样，这个故事以索勒哈尔奈的死亡结束了。

上述四个情节的每一个都与亚历山大故事的其他变体有极为相似之处，尽管它们讲述的主题各异。目前有两

① 见后面的“译文”注释。

种变体，涵盖所有这几个因素。为比较的目的，孤立和离析这些因素，有时候非常困难。就如鲍培教授曾提及过[①]，里奥（Archipresbyter Leo）的《亚历山大探险故事的发生地》（*Nativitas et Victoria Alexandri Magni Regis*）[见弗雷德里希·普菲斯特（Friedrich Pfister）博士《里奥关于亚历山大的传说》（*Der Alexanderroman des Archipresbyters Leo*），第 111~112 页][②]中有着与第一情节相似的主题：

> X. 从此我们来到一个地方，那里有一棵树，既没有果实也没有树叶，上面栖息着一只鸟，鸟首发光好比太阳，它叫作 Fenix (Phoenix)。
>
> XI. 从那里我们来到一座山（前），其下面的一个山谷里悬挂着一个金链条，而且这座山有两千五百步幅的蓝宝石。我和一些士兵一起往上攀登，发现一个宫殿，有黄金窗户、铙钹和鼓。还看见一个神殿，都是由黄金建造的，有一张宝石[③]制作的床上躺着一个身材高大、威光赫奕的人，他穿着白色棉[④]外衣，戴有金子和宝石的装饰。我在那里还看见葡萄串[⑤]那样的宝石，然后我向那个人敬礼并下（山）了。（德文，后附英文翻译）

里奥文章中下列因素，直接与蒙古文（亚历山大传说）异文相对应：此处的山就是蒙古文须弥山（第 7 叶正面第 12 行）；金链条为 tasman（皮带）（8 叶背面 5 行）；Fenix 鸟是 garudi（大

① Poppe, op. cit., p. 117, n. 18。

② Heidelberg, 1913。

③ Cf. Pfister, op. Cit., p. 137a: "Lectisternium Polster 112,4. 115,22."

④ Cf. Pfister, op. Cit., p. 137a: "bambiceus 112,6."

⑤ Cf. Pfister, op. Cit., p. 137a: "botrus 112,7. 115,15."

鹏金翅鸟)(第8叶背面7行)。同时,蒙古文本明显把两个不同的情节压缩到一起,因而走上山顶的事在前,之后才遇到鸟。就两个情节的前后顺序而言,里奥(文中)的可能早于蒙古文本,明显来自古叙利亚文亚历山大传说——其中"遇到(神)鸟"的主题不仅在"登山"之前,而且由于另一只鸟的干涉,跟这个(登山)情节也没有任何关系,叙利亚文变体中(他)遇到两只鸟,可参阅布吉(Ernest A.Wallis Budge)的文章:《亚历山大大帝的历史:伪名 Callisthenes 抄本的叙利亚变体》(*The History of Alexander the Great, Being the Syriac Version of the Pseudo-Callisthenes*)[①](第101~102页)。关于"Phoenix(palm bird)"鸟的描写,我们看下面一段(Budge, op.cit.,p.101):

> 此后我们开始启程,走到的一个地方是片荒地。走到深处看见没有树叶没有果实的一棵树上栖着一只鸟,它头顶上有类似太阳光线的东西,他们叫它为 Phoenix。

叙利亚文变体中有关山的题材、建在山顶上的神殿、围绕整个山的金链条等的描写,比较详细(Cf. Budge, pp.101~102)。它和埃塞俄比亚文的相关情节也有关联。可参考布吉(E. A.Wallis Budge):《亚历山大大帝的生平及伟业:伪名 Callisthenes 抄本和其他译本中亚历山大历史的埃塞俄比亚文翻译》(*The Life and Exploits of Alexander the Great, Being a Series of Translations of the Ethiopic Histories of Alexander by the Pseudo-Callisthenes and other Writers*)[②],第154~155页。

① Cambridge, 1889.

② London, 1896.

至于蒙古写本中的一些情节，鲍培教授曾提到[①]过莫勒(Carolus Müller)的《伪名Callisthenes抄本》(*Pseudo-Callisthenes*)[②](第89~90页)。可是，有争议的页面中——"Lib. II, 37"的末端，"Lib. II, 38"和"Lib. II, 39"全部，还有"Lib. II, 40"的开头部分——我们发现只有"Lib. II, 40"(Müller, op. cit., pp.90~91)的一个情节与蒙古文亚历山大故事有相似之处。"Lib. II, 39"的开端虽然有"(由此，亚历山大)渡桥"这样的语句，但是它并没有和蒙古文本的"kegürge getüljü(过桥)"构成相同的情节，而希腊文本的该情节，明显与所谓的"受祝福的(神圣)地带"[③]，即黑暗世界有联系。"Lib. II, 40"中这么讲述的：

> "他看见长有人脸的三只鸟[④]在空中飞翔，它们从高处用希腊语对他说：'你所踏上的国土属于上帝，可怜的家伙，(快)回去！你不可能征服神圣的土地，因此，你还是回去吧，凡人！去征服(那些)赐予你的土地，不要给自己添麻烦！'"(希腊文，后附英文翻译)

参照希腊文变体(所讲述的内容)，我们很难说蒙古文本中的garudi(大鹏金翅鸟)和希腊故事中的"三只鸟"相互对应。因为"phoenix"和长有人脸的"两只鸟"，在叙利亚文亚历山大传说两个截然不同的情节中出现。关于"palm bird (phoenix)"，我前面已提到过；至于布吉(cf. Budge, op. cit., p. 101)文中的"两只鸟"——不是希腊文中所说的三只，——正好在希腊文

① Op. cit., p. 106, n. 3.
② Parisiis, M DCCC XLVI.
③ 见第21页下面。
④ 不是鲍培教授不经意说错的"zwei Vőgel"(两只鸟)。

"Lib. II, 40"中出现(Müller, op. cit., pp.90~91)。相同主题可见于古埃塞俄比亚异文(Budge, op. cit., pp. 155~159)。

蒙古文本中,关于 garudi(大鹏金翅鸟)的那一段,虽然损坏不完整,但从整个故事进展中可以推断出,它在须弥山上阻止亚历山大去寻找永恒的声誉或者长生不老的良药。很明显,希腊文本中遇到"三只鸟"——古叙利亚文和埃塞俄比亚文本中的"两只鸟"——合并和融入到蒙古文本,也牵涉最源头的关于 phoenix 情节。所以蒙古文本中走上须弥山的情节,至少由原来各自独立的三个不同主题组成,调换和删除里面的一些因素(重新组合而成的)。

鲍培教授[①]也曾注意到波斯文、阿拉伯文关于亚历山大的传说,并与蒙古文文本中上升到须弥山顶、遇到大鹏金翅鸟的情节进行过比较。波斯文的变体,他提及过菲尔多西的《列王纪》[②];至于阿拉伯文资料,则查阅了未出版的《亚历山大传》,作者是欧玛拉(Umāra)。可参见弗里特伦德(I. Friedlaender)博士的《海德尔传说与亚历山大故事》(*Die Chadhirlegende und der Alexanderroman*)[③](第 129~162 页),第 146 页写道:"Endlich gelangt er an den Weltberg Q ā f, den ein Engel in seiner Hält(德文:到达了 Qāf 山,这座山是由天使放在他手上的)。"遇到鸟的情节也可以参见其第 156~157 页。

蒙古文亚历山大传说四个环节之第二,也许是故事最迷人的一段,描述了亚历山大潜入海底的事件,布吉(Budge)

① Op. cit., p. 107.

② Jules Mohl, le livre des rois par Abou' lkasim Firdousi, tome V, Paris, 1877, pp. 174~175. 又 Cf. Dr. Fr. Spiegel, Die Alexanderage bei den Orientalen, Leipzig, 1851, p. 29: "Iskender irrt mit seinem Heere rathlos in der Finsterniss umher und findet vier Vőgel auf Säulen, mit denen er verschiedene kluge Gespräche führt."

③ Leipzig, Berlin, 1913.

在《亚历山大大帝的生平及伟业》(*The Life and Exploits of Alexander the Great*)(p.286, n.1)中曾称它为“惊奇的潜水钟”。又如鲍培教授提过:“Die Erzahlung vom Abstieg auf den Meeresgrund entspricht ebenfalls einer Episode bei Pseudo-Kallisthenes(德文:故事中潜入海底的情节与《伪名Callisthenes抄本》相应插曲一致)。”我们必须注意到,蒙古异文中有关这个主题的几个因素是希腊文本(“Lib, II, 38”)(Müller, op. cit., pp.89a-b)所没有的(,希腊异文讲道):

从那里[①]出发,亚历山大经过荒地,走向大海[②]。途中什么也没有看到,既没有鸟也没有野兽,只有[③]天和地。他们也看不到太阳[④],黑暗[⑤]中走了十天。到了邻近大海的某个地方,(亚历山大)下令(士兵)在那里搭下帐篷。他带着士兵们前往(大海),乘小船启航到离陆地不远的一个小岛。在那里他们听见有人用希腊语说话,但是没有一个人看见说话人的身影。一些冒险[⑥]游泳的士兵,(想)离开船到岛上询问这件事,突然[⑦]出来了好多螃蟹,把他们拉到水里。亚历山大害怕了,下令返回陆地。下[⑧]了船之后,他(亚历山大)沿着海滨步行,看见陆地上也出现了一只螃蟹,其体积异常的大,大张着前脚——即所谓的螯。

---

① “那里的人们长有狗头”(Müller, op. Cit., p. 89a.)

② Cf. Ausfeld, op. cit., p. 83, 38.1: “am Meer.” Cf. Karl Wyss, Untersuchungen zur Sprache des Alexanderromans von Pseudo- Kallisthenes, Freiburg, 1942, p.38.

③ “要是不”

④ Cf. Müller, op. cit., p. 89, “Cap. XXXVIII.1”.

⑤ Cf. Müller, op. cit., p. 89, “Cap. XXXVIII.1”.

⑥ Cf. Weismann, op. cit., p. 130. 又 Cf. Wyss, op. cit., p. 27.

⑦ Cf. Wyss, op. cit., p. 60.

⑧ Cf. Müller, op. cit., p. 89, “Cap. XXXVIII.2”:“我们花了两天时间,才到达当初的没有阳光的地方”(第39段开头)。

士兵们看见如此情形,持矛(重击)用力旋转它[1],但是铁矛怎么也戳不进它的贝壳,那螃蟹还用前足毁坏他们的矛。最后总算把它杀了,剖开它(的肚皮)发现里面有七颗价值不菲的珍珠。从来没有人见过这样的珍珠。亚历山大看了之后,相信这些珍珠产自不可通航的海底深处。由此[2]他想出一个主意[3],让人造一个巨大的铁笼[4],里面放上一个厚达一指的玻璃酒罐。然后下令在罐底弄出一个能伸进手的小洞[5]。意图由此潜入海底,并得知海底里有些什么。先紧闭[6]那个洞,里面的人潜入海里以后可以随时打开它,也可以伸手出去,捞一把海底的泥土后收回手臂,再关上那个洞。之后,他又下令制作一条长达两百腕尺或者两百哷的链子[7],嘱咐说在他摇动链子之前谁也不许把他拉到海面上来(即亚历山大抵达海底之后,将晃动笼子,他的士兵们会把他拉到海面上)。一切就绪,亚历山大进入铁笼里的玻璃罐,知道自己在做不可能的事情,入口就被铅封上了。当他下降到一百二十腕尺的时候,有一条大鱼用尾巴重击了一下铁笼,上面的绳子摆动了,士兵们于是就把亚历山大(坐的铁笼)拉了上去。亚历山大让他们再次放入海底,又发生了相同的事。第三次下海,下升到二百腕尺的时候,亚历山大通过玻璃看见一群

① Cf. Müller, op. cit., p. 89, "Cap. XXXVIII.3" : "sic cod.; conj. Quamvis ne hoc quidem genuinum sit. " 又 Cf. Weismann, op. Cit., p. 130: " mit Mühe."

② wherefore

③ Weismann, op. cit., p. 131: "und kam daher auf den Gedanken ... "

④ Cf. Müller, op. cit., p. 89, "Cap. XXXVIII.4" .

⑤ Cf. Müller, op. cit., p. 89, "Cap. XXXVIII.5" .

⑥ Cf. Müller, op. cit., p. 89, "Cap. XXXVIII.6" .

⑦ Cf. Müller, op. cit., p. 89, "Cap. XXXVIII.7" .

鱼围着他，其中最大的一条鱼[1]，咬住(他和)铁笼，把他送到海面上。放他(亚历山大)降到海底的人有一百五十人。而那条鱼把他们这些所有人与其四艘船一同拖开了。那条鱼(一直)咬着铁笼到陆地，用牙齿弄坏铁笼，扔向一边。而精疲力竭的亚历山大国王，害怕得发抖，都快吓死[2]了，感谢神把他从恶兽中救了出来。同样他对自己说："到此为止吧，亚历山大，别把手伸向不可能的东西，否则你会在探寻不可测度的深渊时丧命。"[3]并立刻指令他的军队从这个地方撤退，向前进军。(希腊文，后附英文翻译)

如布吉在《亚历山大大帝的生活及开拓活动》(p.283, n.2)中所指出："根据希腊文本(Müller, p.89, col. I)，亚历山大制作该方舟的主要目标在于捞到珍珠……"弗里特伦德博士也做过进一步论述(Friedlaender, op. cit., p.7, n.5)。

希腊文本中以下几个因素，可以与蒙古文本中的相互对应："大海"与 dalai mören(8v6)(海洋)；"酒瓶 / 玻璃瓶"与 qaraba(9r2)；"二百五十腕尺长的链子"与 tabun mingran mod d[arustal]-a kürküi tor-a tomsi deges[ün] (9r4)(长达五千树的绳子)；"用铅堵住入口"与 güri batuda uyaju bür[ün](9r7)(牢牢地系住一块石头)；"(想)潜入海底"与 dalai mören-ü irurar[-tur] (9v1)(到海底)；"上面的绳子摆动了，士兵们把亚历山大(铁笼)拉上去"与 olasun degesün ködelgejü(9v9)(摆动大麻做的绳子)相对应。

---

① Cf. Müller, op. cit., p. 89, "Cap. XXXVIII.8".

② Weismann, op. cit., p. 132, 写有"Alexander ſtieg halbtodt und zitternd vor Furcht heraus..."

③ Lit., "of the living".

回到里奥的拉丁文亚历山大传，我们发现只有其“遇到螃蟹”的情节（与希腊文本）类似（转引自 Pfister, op. cit., p.111）：

IX. 我们走到海洋的尽头，那里是天的铰链，在海上[①]我们听见有人说希腊语。有些人，实际上是我们的士兵，脱掉外衣希望越过大海，游到小岛。（突然）叫作 carcyni（螃蟹）[②]的一种怪兽（从海里）出来，且[③]抓住二十个士兵，并把他们沉入海底的深渊。（德文，后附英文翻译）

叙利亚文本中“螃蟹”变成了“人形的畜生”。其他相关的遭遇都与原始希腊文本和里奥的拉丁文本一样。（Cf. Budge, op. cit., p. 100.）其余一些主题，如潜入海底的情节在叙利亚文本中没出现。

埃塞俄比亚变体中，不仅有遇见螃蟹（怪兽）的题材：“长得（有点）像人，就是要比人大很多，类似于骆驼”，还有潜入海底的情节，但也包括一些希腊文本所没有的因素（Cf. Budge, op. cit., p.154 和 pp.280~286.）。“遇到怪兽”，完全与潜入海底的情节脱离了，很显然，原始希腊文中“遇到螃蟹”的主题，如果不是经过修改其他希腊文本中构成独立情节，那么它在里奥的拉丁文变体中演变成“遇到螃蟹”；古叙利亚文本中变成“遇到长有人脸的怪兽”；而在埃塞俄比亚文本中是“遇见长得像人的畜生”。该主题（在上述异文中）脱离“潜入海底”的情节，构成独立的情节，蒙古文本中则被删节了，这并不足为奇。

比较蒙古文本潜入海底的情节和希腊文本中的原型，我

---

① ipse 的用法可以参见译文中的注释。

② Cf. Pfister, op. cit., p. 133b: “carcyni 111,19.”

③ 从 et 的出现，我们可以预计句子开头有一个及物动词，但这并不是关键。

们很惊奇地发现,(蒙古写本中)蕴含了许多希腊原文所没有的因素。例如:制作能容下两个人的小舟(第9叶背面2~3行);装载了足够的、好质量的食物和供应品(第9叶背面6行)等。然而,鲍培教授也注意[1]到埃塞俄比亚变体,我们看一下布吉(op. cit., p.282)的译文:

> 他走进一个外面由驴皮包着的玻璃罐,其上面还有一个口,用一连串的链条和环圈包了起来。他带好足够的食物,与他的两个伙伴一起(潜入了海底)。

更具重要意义的是,蒙古文本中索勒哈尔奈在海底遇见了某一个人。鲍培教授在列出故事主要情节的时候并没有提到这一点[2],可能是由于原文讲述这一段损坏较大,断断续续的缘故。关于索勒哈尔奈遇见的那个人,本人暂时读之为"alci(=elci)"[3](第9叶正面4行)(信使,使者)。如果该推测是正确的话,"alci(=elci)"这个词跟埃塞俄比亚文本中的天使(angel)正好对应。(Cf. Budge, op. cit., p.282.)

布吉将埃塞俄比亚文中关系到我们正在讨论的情节,归纳为以下几个因素:①亚历山大祈求能见到海洋(op. cit., p.280);②上帝准许了他的请求(op. cit., p.281);③亚历山大坐船出发(op. cit., p.281);④三个鹰的出现(op. cit., pp.281~282);⑤亚历山大坐在玻璃罐里潜入海底(op. cit., pp.282);⑥亚历山大与海里的天使交谈(op. cit., p.282~284);⑦天使给他展示(海底)深处的奇迹(op. cit., pp.284~285);⑧亚历山大与天

① Op. cit., p. 108.
② Op. cit., p. 108.
③ 鲍培教授读它为"dalai"(op. cit., p. 112, 10a4)

使的争论（op. cit., p.285）；⑨（海底）深处出现怪兽（op. cit., pp.285~286）；⑩亚历山大回到他的海船（op. cit., p.286）。

其中只有第五、第六和第十个因素，与蒙古文本或多或少有联系。故蒙古写本虽然在细节上与希腊故事有差别，同时其某些因素与埃塞俄比亚文本有着可对比之处，因此可谓说蒙古写本中的该情节是希腊文和埃塞俄比亚文亚历山大传的删节（或者合并）。

提及更多证据，蒙古文本中的该情节也很可能收集了印度——波斯诗人阿密尔·霍斯陆（Abū-l-Hasan X(u)srãu ibn Mahmud Dehlavi，通常被称之为 Amir X(u)srãu）（1253—1325）未出版的波斯文《关于亚历山大的传说》内容，正如鲍培教授所提及[①]。下面请看贝特尔（E. E. Bertel）为塔什干乌兹别克图书馆收藏阿密尔·霍斯陆手稿的转述[②]（第 77~100 页）：

关于亚历山大，诗人写道：走完整个世界后，国王希望航行大海。在西海岸边，人们为他准备了一个大帐篷。他召集他的公众，向他们致辞。当他提出要航海的意图，他们都试着劝阻他。但是亚历山大已决定了，不愿放弃。他让制作了一艘船，还有一个巨大伸长的玻璃罐，亚历山大想坐在其中潜入海底。他召唤有经验的水手，提出一个问题（人在）水底能待多长时间。一个老潜水员回答说不可能超过一眨眼（的瞬间）。他们准备了四十年的供应品，载在一艘船上。他们也带了几个送信的鸟，其中有一个黑色的天使，它一天能飞海船航行一年的路程。（93 页）

四年后，亚历山大派遣第二个天使（送信的鸟），再过

① Op. cit., p. 108, n. 3.

② Роман об Александре, Moscow, 1948, Leningrad.

三年，分派了第三个鸟。航行者终于到达海上的某一处，不可能再继续行程了。航海者们（有点）害怕，这时天上的使者 Surus 出现了，给予他们帮助。亚历山大坐到玻璃罐里潜入海里，下降的航程持续了一百天。到了海底 Surus 再次出现，给亚历山大展现了海里的惊奇：鲨鱼，乌龟和红脸、大胡子、没有头发的海人。他们责备亚历山大的贪欲和（来到这里）打乱了他们的和平。亚历山大又见到了怪兽。其中一个巨大、以至于需要十四天时间才能经过它。看到这一切，亚历山大吓得生病了。Surus 警告亚历山大说他的生命快要结束了，劝他返回大地，并对航海者们发誓说他将帮他们一夜之内上升到海面。诗人还说到，亚历山大被赐予了永恒的生命。但是他谢绝了，因为没有朋友的生活像是受罪。返回（的航程）转瞬间完成了。（94 页）（俄文，附作者的英文翻译）

赐予永恒的生命、亚历山大却拒绝它的故事，使我们不禁想起了蒙古文本中的第三个环节，下面我们将会详细谈到。

结束潜入海底的话题之前，我想再引用欧玛拉（Umāra）的阿拉伯文亚历山大故事，请看弗里特伦德为之写的提要（op. cit., pp. 158~159）：

他（亚历山大）继续前行，直到一个围绕世界、极其黑暗、狂风暴雨的大海。亚历山大首先赞美了上帝，感谢上帝给他一次机会看到海里的奇迹。这时出现了天使，说她可以提供帮助。亚历山大让海德尔接管他的军队，并让他等一年，他就登上了专门为航海而制造的船，船上有三个雕（？好像是一种仪器）和一个玻璃的箱子。航行了六个月以后停下来稍作休息。通过那仪器可以确定现在是在离陆地最远的地方，就让人把玻璃箱子放到水里。这时天使一直在为他指路。[①]（德文）

蒙古文本四个环节的第三个，亚历山大走向黑暗世界的情节，虽然与希腊文原型有相似之处，但它包含的一些因素不仅在希腊文本中没有，而且亚历山大故事其他异文中都没有。蒙古文本中索勒哈尔奈和他的伙伴们，与太阳母亲一起落山，走到黑暗之处。笔者目前所掌握的资料中，唯独蒙古文本有索勒哈尔奈去往黑暗的独立情节（去往黑暗的故事，在蒙古文本中构成一个独立情节）。（希腊文）"Lib. II, 39"（Müller, op. cit., pp.89~90）中我们读到：三天后他来到一个没有阳光的地方，那里就是所谓的"受祝福的国土"（希腊文，后附英文翻译）。再之，走向黑暗之处的事件，与寻求生命水紧紧地联系在一起，所以它是亚历山大故事中最难以分析的情节之一。幸好，弗里特伦德（op. cit., pp.326~338）的索引目录［《生命泉水寓言的目录》（*Verzeichnis der Varianten der Lebensquellsage*）］，为我们比较研究蒙古文本提供了方便。

蒙古文本讲到索勒哈尔奈进入黑暗中，遇到某人，他对索勒哈尔奈说了一些话，但是由于写本残损，我们很难知道他具体说了什么。所以比较的可能性缩小到亚历山大（索勒哈尔奈）是否遇到某人，某人是否对亚历山大（索勒哈尔奈）说了些什么。也许此处遇到的人与埃塞俄比亚文"Mâţûn，称之为

① Friedlaender 谈论："Gemeint ist natürlich" das stinkende Meer Okeanos, das die gesamte Schöpfung umgibt; "Der ursprüngliche Beweggrund für seinen Abstieg in die Tiefe ist Wißbegierde"; "Vgl. Index A§9"; "In pseudokallisthenes (oben S.7 §15) steigt er in ähnlicher Weise in einem gläsernen Fasse hinunter."

El-khidr"的人有可比之处。(Cf. Budge, op. cit., p.269)同时,也许可以与同一变体(埃塞俄比亚文)中的天使做一番比较,文中提及"是天使注意到并识辨了生命水"(Cf. Budge, op. cit., p.269)。在希腊文本中是一个老人,通过(自己的)儿子们得知亚历山大(的意图),并劝告亚历山大说(Müller, op. cit., p.90):"对你而言这是可能的,啊国王,亚历山大,你知道,即使没有光线,也可以骑马走(进黑暗)。那么,应该,选择,有马驹的母马,会把我们带到那边。"(希腊文,后附英文翻译)用这种机灵的方法,确告亚历山大从黑暗中返回的主题,与几百年后问世的《世界描述》(*The Description of the World*)[①]中"黑暗山谷"吻合了。此处,它是在有关鞑靼人(Tartats)的报道中出现的。"马尔·雅克布(Mâr Jacob)关于亚历山大——有信仰的国王和他所建起来反对 Ăgôg、Mâgôg 的那扇大门的论述",见于布吉(Budge)《亚历山大大帝的历史》(*The History of Alexander the Great*)[②]第 173 页。

寻找生命水的主题在各种变体中都各不相同,蒙古文本的几个重要因素与希腊文和埃塞俄比亚文的描述不一致。可见弗里特伦德著《生命泉水寓言的目录》(op. cit., pp.330~331)。蒙古文本的特写如下:①索勒哈尔奈离开黑暗之前,有一个人弯着身躯给了他盛满一杯的生命水,告诉他如果喝了这杯水他可以活到三千年;②即将要离开黑暗的时候,索勒哈尔奈让伙伴们喝生命水,其中有些人渴望喝到,而有些人则不然;③一个英明的诺颜,告诉索勒哈尔奈说他将厌倦永恒的生命,提醒说他的所有公民都将死去(剩下他一个人),建议他不要喝,除

① Cf. A. C. Moule & Paul Pelliot, Marco Polo, The Description of the World, George Routledge & Sons Limited, Carter Lane, London, 1938, 第 472~474 页。

② 又见 Budge, op. cit., p. 173, n. 4. 关于马可·波罗的描述。

非他(敢肯定)自己不会后悔;④最终,听取臣下的意见,索勒哈尔奈把生命水洒了,泼到柏树上,此后柏树变得四季常青。

我们发现唯有阿密尔·霍斯陆的波斯文本中有类似的描述,目前能参考的只有贝特尔的概括(译者注:是因为柯立甫不能阅读波斯文原文),我们前面已提到过[1],准许(亚历山大)长生不老的话题成了潜入海底的一部分:

> ……诗人还说到,亚历山大被赐予了永恒的生命。但是他谢绝了,因为没有朋友的生活犹如受罪。返回(的航程)转瞬间完成了……(俄文,附作者的英文翻译)

鲍培教授曾提及过菲尔多西和内扎米[2]的作品中关于(亚历山大)去往黑暗之处寻找生命水的描述。可以参见斯别格勒(Fr. Spiegel)博士著《东方人写的亚历山大寓言》(*Die Alexandersage bei den Orientalen . Nach den besten Quellen dargestellt*)[3] 第 29 页。

蒙古文本显然没有希腊文和埃塞俄比亚变体讲述的一个重要主题,就是亚历山大的厨师安德列斯(Andreas)把干鱼浸泡在水里,干鱼复活的故事。希腊文变体描述为“清澈透明的泉水(translucent fount)”(Müller, op. cit., p.90),埃塞俄比亚文Matun 的译文中是“生命水 (Well of Water of Life)”(Budge, op. cit., p.268)。希腊文“Lib. II, 39”的情节如下(Müller, op. cit., p.90):

---

① Op. cit., p.94, 20 页上面。

② Nižām ī, op. cit., p.109.

③ Leipzig, 1851.

360[①] 个士兵和亚历山大一起进去了。沿着黑暗的路走了 15schoinoi[②],他们看见一个地方有透明发亮的泉水[③],那里的空气散发着淡淡的清香[④]。亚历山大国王,因为饿了,想吃点面包,就喊他厨师安德列斯[⑤]的名字,让他准备做饭[⑥]。他(厨师安德列斯),拿一条干鱼[⑦],到清澈的泉水边,要清洗。那条鱼遇水[⑧]后,很快就复活了,并从厨师的手中[⑨]逃走了。厨师没有告诉任何人刚刚发生的这一切。但是,他自己从该泉水中,用某一个银制容器,拿[⑩]了一些,保存起来。因为这个地区布满了泉眼,(亚历山大和他的军队)饮用它并吸取了营养。(希腊文,英文翻译)[⑪]

埃塞俄比亚异文,关于去往黑暗处的描述如下:亚历山大的一个伙伴,“他是一位将军,指派管理许多人的”El-khidr(Budge, op. cit., p.263),或者被视为与 Mâţûn 一样的“贤

---

① Cf. Müller, op. cit., p.90, “Cap. XXIX.... ||6.” .

② Cf. Weismann, op. cit., p. 135, “gleich 60, nach andern gleich 30 Stadien; 45 Stadien machen eine geographische Meile” .

③ Cf. Weismann, op. cit., p. 135, “eine durchsichtige Quelle” .

④ Cf. Müller, op. cit., p.90, “Cap. XXIX.... ||7.” .

⑤ Cf. Müller, op. cit., p.90, “Cap. XXIX.... ||8.” .

⑥ Cf. Friedlaender, op. cit., p. 11, n. 1: “Genauer Zuspeise” , “Zukost” . Der unterschied ist nicht gleichgültig. Vgl. Index A § 17.

⑦ Cf. Müller, op. cit., p.90, “Cap. XXIX....||9.” .

⑧ Cf. Müller, op. cit., p.90, “Cap. XXIX....||10.” .

⑨ Cf. Müller, op. cit., p.90, “Cap. XXIX....||11. addit B” .

⑩ Cf. Müller, op. cit., p.90, “Cap. XXIX....||12. haec om. B pergens” .

⑪ Dr. Heinrich Weismann, Alexander, Gedicht des zwölften Jahrhunderts, vom Pfaffen Lamprecht. Zweiter Band, Ueberſetzung des Pſeudo-Kalliſthenes nebſt den Auszügen, Frankfurt a. M., Literariſche Anſtalt. (I. Rütten.) 1850. pp.134~135; Budge, The Life and Exploits of Alexander the Great),p. 268, n. 2; Friedlaender, Die Chadhirlegende und der Alexanderroman, eine Sagengeschichtliche und literarhistorische Untersuchung, New York, 1913, pp. 10~11 有德文翻译。

人”（Budge, op. cit., p.267），领路去“尘世上某一个黑暗的地方”，寻找“永恒的生命”。希腊文本和埃塞俄比亚译文，对生命水主题的处理，在长度和复杂性方面均有差别，布吉对埃塞俄比亚文的转述中就可体现出来：① El-khidr（op. cit., pp.263~264）；②贤人 Mâţûn（op. cit., p.264）；③永恒的生命（op. cit., pp.264~265）；④亚历山大出发寻找永恒的生命（op. cit., p.265）；⑤他找到一个雕像（op. cit., pp.265~266）；⑥贤人 Mâţûn（op. cit., pp.266~267）；⑦国王给了他一块石头（op. cit., p.267）；⑧那块石头照亮了 Mâţûn 的路（op. cit., p.268）；⑨一条鱼复活了（op. cit., pp.268~269）；⑩生命水（op. cit., p.269）；⑪ El-khidr 名字的起源（op. cit., p.269）；⑫永恒生命的天使（op. cit., pp.269~270）；⑬ Mâţûn 请求亚历山大军队的宽恕（op. cit., pp.270~271）；⑭ Mâţûn 和亚历山大的遇见（op. cit., pp.271~272）；⑮宝石的寓言（op. cit., p.272）。弗里特伦德提及过乌玛拉对这个环节的描述（op. cit., p.158）：

> 索勒哈尔奈沿着一条路向西前进，最后到了太阳在泥泞的泉眼处落下的地方。他冲进黑暗寻找生命之泉。然而，当他出来的时候也没有找到。……[1]（德文）

关于乌玛拉的描述，弗里特伦德的说明（op. cit., p.161）就是“泉水对思维、智慧的功效”。具体在第 8 行：

> 喝了该泉水的功效就是永活不死，能摆脱人性的弱点和欲望，赋予全知（知晓一切）的能力。海德尔是个智

① Friedlaender 写道：“Dies mit Rücksicht auf koran 18, 84. Vgl. Oben S. 139”；“Die sich also im Westen befand, vgl. Index A § 8.”.

慧的造物，几乎可以算作天使。关于他的上述特征可参照 274 页。至于能不能从泉水的功效得出这个结论，很有争议。（德文）

叙利亚文《马尔·雅克布谈论亚历山大》中关于这个主题的叙述，比埃塞俄比亚文更接近于希腊原型。明亮的水（也称明亮的生命水）、厨师和干鱼（也说咸鱼）等都是"黑暗中的寻求"部分常见的主题因素（Cf. Budge, op. cit., pp.171~175, II. 150~207）。

蒙古写本中第四个，即最后一个环节讲述索勒哈尔奈回到密西尔地区，其最主要的内容就是（亚历山大的）遗嘱。（我们）可以拿它与《伪名 Callisthenes 抄本》中的"亚历山大遗嘱"、"Lib. III, 33"（Müller, op. cit., pp.147~150）、叙利亚文"遗嘱（旧约）"（Budge, op. cit., pp.139~141）、埃塞俄比亚文"遗嘱（旧约）"（Budge, op. cit., pp.344~349）、里奥的拉丁文"遗嘱（旧约）"做一番比较，其中很少有相同之处。

然而，遗嘱内容方面，阿密尔·霍斯陆波斯文变体中有一点正好与之（蒙古文本）对应，那就是"γar minu ile aquludqun（我的手放置在明处）"一句。最初是鲍培教授注意到了蒙古写本和波斯文作品的这一相似之处（op. cit., p.123）：

同样的指令在阿密尔·霍斯陆波斯文的亚历山大传说中可以找到：亚历山大嘱咐说安葬他的时候，将两只手伸露在棺材外面。（德文）

贝特尔（op. cit., p.94）转述（阿密尔·霍斯陆作品的主要内容）如下：

……亚历山大(Iskender)感到死亡的来临,提出了三个要求:继王座给 Iskenderus;埋葬他时要把他的两只手放在棺材外面;把尸体送往 Alexandria。关于亚历山大死亡的地点,历史学家们有分歧。有些人认为他生于罗马,死于叙利亚;而另一些人认为他死于巴比伦,但是被埋葬在 Damietta。(俄文,附有作者的英文译文)

参考更多波斯文资料,可见鲍培文章注释(op. cit., p.110)。

分析其主要四个情节,很难确定蒙古文写本(翻译)亚历山大故事的直接来源。文中的 Qurasan(波斯语:X(u)rāsān/ Khorasan)[①]、Misir(阿拉伯语:Misr, Alexandria)[②]、Sulqarnai(阿拉伯语:Du' l-qaranain,有两个羚角的)[③]、Sumur taγ(突厥语:Sumur 山,梵语 Sumeru)[④] 等名词,qarudi(突厥语:大鹏金翅鸟,梵语 qaruda)[⑤]、qaraba(波斯语:大容器,有两个把手,一个管口,用玻璃做的,酒在里面放 40 天可保持新鲜。阿拉伯语 qarāba)[⑥]、yeke tenggis(大海)[⑦]、tenggisün iruγ[ar-a](海底)[⑧]、γar minu ile aγuludqun(我的手放置在外面)[⑨] 等词汇,不禁让我们推断它的来源,如果不是来自中亚,很可能就是中东地区(的某一中语言的作品)。但是乌玛拉阿拉伯文本、阿密尔·霍斯陆的波斯文作品出版之前我们还不能过早地断定蒙古文亚历山

① 见"译文"中的注释。
② 见"译文"中的注释。
③ 见"译文"中的注释。
④ 见"译文"中的注释。
⑤ 见"译文"中的注释。
⑥ 见"译文"中的注释。
⑦ Tenggis, 突厥语借词,见"译文"中的注释。
⑧ 见上一注释。
⑨ 见"译文"中的注释。

大故事的直接来源。虽然早期回鹘文亚历山大故事,还没有被发现[1],蒙古写本中的突厥语词汇提示我们很可能曾有过(一个回鹘文亚历山大故事),实际上,也有可能,阿拉伯文和波斯文(亚历山大故事)母题的组合是蒙古写本的直接来源。

这种情况下,达木丁苏荣教授所提出的"该写本是从别的文字翻译过来的呢还是用蒙古语写成的呢"[2]这个质问是非常中肯的。但同时,现在回答这个问题,做出结论也过早,我暂时倾向于蒙古文(亚历山大故事)译自回鹘文的观点。其(蒙古写本)中出现数多突厥语词汇,最初被发现时夹在多半为回鹘文的资料中,所以我简单地说明,它不是只有在一个突厥语的背景下创作的,而是从回鹘文变体翻译过来的,或者至少,改编(回鹘文而形成)的。

这样蒙古写本的存在本身,就引起更多的质询。它不仅表明(亚历山大)传奇故事在蒙古地区的传播和演变,而且涉及亚洲其他地方尤其中国的一些重要发现。伯希和(Paul Pelliot)《埃及与东方关系的早期报道》(Les Anciens rapports entre l' Egypte et l' Extreme Orient, *Compte Rendu du Congres International de Geographie*, Le Caire, 1925, tome V, pp.21~22)中写道:

> 7至8世纪,阿拉伯人将西亚统一为一个新的王国,这使得中国人遗忘了作为独立王国的埃及的确切称号。然而,12世纪初,中国的地理学作品中才开始出现了密西尔国的长河。他们也接受了亚历山大(Zul'Qarnain,双角)所创的传统,以及广为流传"镜子"的传说,这面镜子预示

① 晚期出现的回鹘文异文,可见 Sir Ernest A. Wallis Budge, Kt., The Alexander Book in Ethiopia, London, 1983, p. xxi, VIII.

② 第5页上面。

了敌军的前来，而它后来被叛军所打破。（法文）

伯希和的评论之余，一些文学主题(一系列文学作品)有待详细研究，包括：夏德(Friedrich Hirth)的《伊斯兰地区到中国的泉水故事》(*Die länder des Islam nach chinesischen Quellen*)(Supplement au Volume V du "T' oung-pao"[1]，第1~57页)；莱顿(Leiden)的莱克斯(Reichs)大学德·胡耶(M.J. De Goeje)博士对夏德文章的评论("Bemerkungen zu Professor Hirth' s 'Die lander des Islam'", Supplement au Volume V du "T' oung-pao"，第58~64页)；以及夏德、柔克义(W. W. Rockhill)合著的《趙汝适：关于12—13世纪中国——阿拉伯交易的著作》(*Chau Ju-Kua : His work on the Chinese and Arab Trade in the twelfth and thirteenth Centuries, entitled Chu-fan-chi, Translated from the Chinese and Annotated*)(从中文翻译并作注释)[2]。至于赵汝适[3]的诸蕃志[4]中阿拉伯文资料来源方面，可能有些疑问(夏德、柔克义上述作品的第146~147页、153页)。在我看来，三才图会[5]、人物十二卷(21叶背面至21叶正面1~4行)，沙弼茶国的描述可能来源于蒙古文资料，文中写道：

除了古时候的Tsu-ko-ni狙葛尼(Du' l-Qarnain)[6]

---

① Leiden, E. J. Brill, 1894.

② St. Peterburg, Printing Office of Imperial Academy of Sciences, Vass. Ostr., Ninth Line, 12, 1911. pp. x+288+1 map.

③ Cf. Hirth and Rockhill, op. cit., p. 35.

④ Hirth和Rockhill翻译为"Description of the Barbarous People(野蛮人的记述)", op. cit., p. 35.

⑤ 关于这百科全书的详细解题，由王析和他的儿子王思義编写。Têng Ssu-yü and Knight Biggerstaff, An Annotated Bibliography of Chinese Reference Works, Revised Edition, Harvard University Press, Cambridge, Massachusetts, 1950, pp.x+326.

⑥ 该名字可以参见Hirth and Rockhill, op. cit., p. 283b.

> 贤人以外，从未有人去过沙弼茶[①]。后来，出现了关于他的一系列文学作品[②]。该国家与太阳西落的地方紧紧地连在一起。晚间，太阳落山时，发出的声音像雷声一样惊人。国王每晚聚集一千个百姓在城墙上吹喇叭、打铜锣和敲鼓，掺杂太阳落山的声音[③]。否则，小孩儿们将惊骇（太阳的声音）而死去。（法文）

因蒙古地区传播的亚历山大传说与上述描述有一定联系，司礼义神父（Paul Serruys）（Universite Catholique de Pekin），C. I. C. M.，在《鄂尔多斯蒙古民间文学的旁注》〔Notes marginales sur le folklore des Mongols Ordos，Han-hiue, Bulletin du Centre d' Etudes Sinologiques de Pekin 3 (1948), pp.115~210〕一文中分析鄂尔多斯传说《驴耳朵可汗》（*Le roi aux oreilles d'ane*）[④]，为进一步的研究奠定了基础。我在此全文引用他的推测：

> 该传说跟另一个稀奇的主题组合在一起：驴耳朵国王的故事。他处死每一个看见他（驴）耳朵的理发师。该故事在中国并非很熟知，而它很可能是波斯地区流传的亚历山大大帝传说的变体。（Jungbauer,Marchen[180] aus Turkstan und Tibet——德文，突厥和西藏的童话故事，1923, p.196 ）亚历山大头上长有一个角，他总是仔细地

① 该名字为常用的 Ch' a-pi-sha 的别名。Cf. Hirth and Rockhill, op. cit., pp. 153（"注释"）,271a. 又 P. Pelliot, T' oung pao 32 (1936), 362 中写作 abirša.

② Hirth and Rockhill, op. cit., p. 153 声明的"……他留下一个题字，上面写道'这里是太阳西落的地方'"为错误理解。

③ 这样太阳落山的声音不会太吓人。

④ Cf. Antoine Mostaert, C. I. C. M., Folklore Ordos（Traduction des Textes oraux ordos）, Monumenta Serica, Journal of Oriental Studies of the Catholic University of Peking, Monograph XI, The Catholic University Press, Peip' ing, 1947, pp. 209~215 § 49.

把它遮起来,会亲自杀掉看到它的每一个理发师,以防泄露此秘密。他的力量、智慧都依存于他头上的角。一天有一个理发师欺骗了他,说没看到他的角,因而幸免一死。他从一口井传开这个秘密,回音在周围回荡着(被很多人知道了)。后来有一次战争中,他的角被砍了下来。Jungbauer 没有解释有关"角"的传说在突厥地区的传播及伟大征服者的其他传说故事。

蒙古文的《尸语故事》(Siddi-Kür)(Tradution de Jülg, Mongolische Marchen-Sammlung 蒙古童话集, Innsbrück, 1868, pp.162-7)与驴耳朵可汗故事的讲述方式差不多,就有一点点不同。过分描述预警信号的过程,并没有提到演变特征,字里行间可以看到,也解释了(民众)怎么样反对国王。保持秘密、遮蔽缺点的描写因此有了解释,在这个细节中找到了亚历山大传说的源头。驴耳朵国王的情节与蒙古文《尸语故事》联系在一起,我们可否假定亚历山大传说来自于"遮蔽耳朵"的主题呢?(法文)

(二) 原文描述

蒙古文亚历山大传说,现保存下来的文本极其破损、可叹。它由七张对开的纸,或者说十四面组成。夹在 17 张对开纸即三十四面的一本小册子中间,从第 7 叶背面开始,到 13 叶正面结束。犹如舒尔曼博士[①]说明,"该书用近东地区的风格装订,一个细绳和衬背(backing),像欧洲的书本一样。每叶大概有 14.5cm × 18.5cm"。

七张文本中(书本)第 7 叶正背两面破损最为严重。页面

① 第 3 页上面。

的下半部分几乎全部遗损,从中间部位到外刃有 11 个凿孔,其三个涂去了第 7 叶背面第 8 行的开端,部分涂去第 7 叶正面第 3 行的开端。一个漏孔在第 7 叶背面 7 和 8 行之间,涂去了正面第 4 行的一个字。其余残缺不影响文本两面字词的识读。第 7 叶背面由 10 行组成,只有第 1 行被完整保留下来,最后一行则除了三四个字左半部分的痕迹以外其余文字都丢失。第 7 叶正面的 12 行字,只有最后一行完好无缺,第一行除了几个字——至少两个字——右半部分的几个迹线之余都被失损。

第二张,即第 8 叶正反面,保存得较好,文本的大约三分之一被毁损。主要遗失的部分是一个较大的三角形漏空,包括外刃及下半部分、斜边剪截第 8 叶背面 3~12 行、正面 1~11 行。该纸面上也有数多个漏空,其中 9 个或多或少地涂去了原文,尤其第 8 叶背面 3、4、5 行以及第 8 叶正面 9、10、11 行毁损得更为严重。

(文献)的第 9 叶正反面,即(索勒哈尔奈故事的)第三张,保留得相对好一些,但仍有一个三角形页面被遗失,只不过面积小了一点。略微高于外刃中间部位开始,截剪第 9 叶背面 5~12 行,第 9 叶正面 1~10 行下端部分。页面上也有些漏空,但不影响第 9 叶背面 3、4、7 行和第 9 叶正面 4、7、10 行外的文字。

故事第四张保存的情形与第三张相近,被遗失三角形页面的面积基本与第三张等同。幸好的是,该页面上的漏洞要少,只有第 10 叶背面 4、7、8、9 行和第 10 叶正面 1、3、4、6 行轻微受损。

第五张的四分之三保留得完整无缺,虽然下缘内心的只有四分之一残存,外刃几乎全部保存下来。然而,页面有一个锯齿状的缺口,从第 11 叶背面 5 行末端 ~12 行,其渗透最深的是在第 9 行。另一个缺口从第 11 叶正面 1 行末端开始,一直蔓延到第 9 行,其中 4、5 行残缺最严重。页面上也有几个漏洞,如第 11 叶背面 3、4、6、7、8、11、12 行和第 11 叶正面 3、6 行,但它们不影响文本阅读。

第六张纸的四分之三保留无损。锯齿状缺口在第 12 叶反面 6 行末端到 11 行末端(最高度在 8 行)和第 12 叶正面 3~8 行末端(锯齿最高点在 5 行)。页面上也有几个遗漏的洞,最大的是第 12 叶背面 5 行末端和第 12 叶正面 9 行末端的漏空。

最后,第七张保留的情形与第六张相似,四分之三多的部分完整无缺。第 13 叶背面 7~11 行,第 13 叶正面 3~7 行有锯齿形缺口,其遗损最严重的两个点分别在第 9 行和第 4、5 行中间。缺口的大小、形状与第六张一样。页面上的漏空不影响文字识读。

(三) 标点与正字法

于此拉丁文字母转写和翻译中唯一所用的标点符号为 +,是我所知的 13、14 世纪其他蒙古文文献[①]中未经证实的记号。该符号六次出现在完成时动词(verba finita)后: büjügüi (第 8 叶背面 2 行)、γarba bi (第 8 叶正面 5 行)、kemeldübe (第 11 叶正面 9 行)、bülege (第 13 叶正面 2 行)、aǰuqu (第 13 叶正面 3 行)、daγusba (第 13 叶正面 12 行);一次出现在 kemen (第 12 叶背面 6 行) 后;另一次在 bürün (第 8 叶正面 7 行) 后。当然,很有可能也出现在文本被遗损的其余部分。

文中的 n 辅音没有一处(词首、词中、词尾)标有可区别的点。另外,软颚音 γ 也没有两个点,不可与 q 分别。

如同 13、14 世纪的其他蒙古文文献,该文献呈现着回鹘文的传统拼写规则(即省略某些元音):ǰirγalngγi (应为 ǰirγalangγi) (第 12 叶正面 7 行)、ǰrlγ (应为 ǰarlγ) (第 12 叶正面 6 行、第 7 叶正面 12 行)、kembe (应为 kemebe) (第 8 叶背

① 然而在同一个文件回鹘文部分中出现过, 15 叶正面、16 叶背面、16 叶正面、17 叶背面和 17 叶正面。17 叶正面的影印可见于 Bang and Rachmati, op. cit., p. 129.

面 7 行?、第 11 叶背面 11 行、第 11 叶正面 1 行 10 行、第 12 叶正面 8 行、第 13 叶正面 8 行 12 行)、tngri(应为 tengri)(第 7 叶背面 6 行、第 7 叶正面 5 行 12 行、第 9 叶背面 10 行、第 10 叶正面 1 行 2 行、第 11 叶背面 5 行、第 11 叶正面 7 行、第 13 叶正面 1 行),还有 tomγaγulba(应为 tomaγaγulba)(第 9 叶背面 5 行)。

文献中有前元音被写作后元音的现象,这与 13、14 世纪时期其他蒙古文文献的书写特征一致。

(1)e 写作 a:用 abüged 表示 ebüged(第 13 叶背面 9 行 [a] büged,第 13 叶正面 8 行 a[b] üged),abügedi 表示 ebügedi(第 13 叶背面 8 行,第 13 叶正面 1 行),ade 表示 ede(第 10 叶正面 7 行、8 行,第 13 叶正面 1 行),adeneče 表示 edeneče(第 13 叶正面 4 行),adübe 表示 edübe(第 13 叶正面 5 行),adüge 表示 edüge(第 8 叶正面 5 行,第 10 叶背面 1 行、2 行、6 行,第 10 叶正面 12 行,第 11 叶背面 7 行,第 12 叶正面 3 行、4 行 adü[ge]),agüdke[3]gül[b]e 表示 egüdkegülbe(第 9 叶背面 2~3 行),aγsan (erratum pro asen) 表示 esen(第 12 叶背面 12 行),ake 表示 eke(第 10 叶背面 2 行,第 12 叶正面 3 行),(?)alči 表示 (?)elči(第 9 叶正面 4 行),ale 表示 ele(第 12 叶正面 7 行,第 13 叶背面 1 行),ande 表示 ende(第 11 叶背面 2 行),andeče 表示 endeče(第 11 叶背面 1 行),ane 表示 ene(第 7 叶背面 8 行,第 7 叶正面 3 行,第 8 叶背面 9 行,第 8 叶正面 3 行、10 行,第 9 叶背面 3 行,第 9 叶正面 4 行、8 行,第 10 叶背面 7 行,第 10 叶正面 4 行,第 11 叶背面 7 行、10 行、11 行,第 11 叶正面 8 行,第 12 叶背面 3 行、5 行,第 12 叶正面 7 行、13 行,第 13 叶背面 1 行),anekü 表示 enekü(第 11 叶正面 6 行),argülüdkün 表示 ergülüdkün(第 13 叶背面 4 行),arte 表示 erte(第 7 叶背面 1 行,第 9 叶正面 3 行),ase 表示 ese(第 10 叶正

面 10 行），as-e 表示 es-e（第 12 叶背面 5 行），atüge 表示 etüge（第 12 叶正面 3 行），aye（第 10 叶背面）ayetürün 表示 eye eyetürün（第 9 叶正面 13 行至 10 叶背面 1 行）以及 ayin 表示 eyin（第 12 叶背面 5 行）。

（2）ö 写作 o：用 ǰob 表示 ǰöb（第 9 叶背面 6 行，第 12 叶正面 12 行），mongke 表示 möngke（第 8 叶背面 9 行，第 11 叶背面 2 行、9 行，第 12 叶正面 12 行），ondur 表示 ündür（第 8 叶背面 9 行）。

（3）ü 写作 u：用 ǰug 表示 ǰüg（第 10 叶背面 7 行，第 12 叶正面 11 行）。

第一音节中表示 e 的 a、表示 ö 的 o、表示 ü 的 u，并不意味这种读法真正存在过，只是一种习惯写法，如科特维奇（Wladyslaw Kotwicz）[1] 在《回鹘文古代用法》（*d'anciens usages de l'ecriture ouigoure*）一文中所论及。

该写本的其他书写特征如下：

（1）ayi 写作 ai：用 aiqu 表示 ayiqu（第 12 叶背面 6 行），aisu 表示 ayisu（第 9 叶正面 2 行、7 行）。

（2）eyi 写作 ei：用 teimün 表示 teyimün（第 8 叶正面 12 行），tein 表示 teyin（第 10 叶正面 12 行）。

（3）oyi 写作 oyi：用 qoina 表示 qoyina（第 7 叶正面 6 行，第 12 叶背面 7 行）

（4）-i 表示 -yi：用 aqui-i 表示 aqui-yi（第 8 叶背面 7 行）。

（5）-in 表示 -yin：用 -in 表示 -yin（第 7 叶正面 12 行，第 9 叶背面 2 行、3 行、6 行，第 10 叶背面 7 行，第 11 叶背面 4 行，第 11 叶正面 2 行、7 行，第 12 叶正面 11 行）。

---

① En marge des letters des il-khans de Perse retrouvées par Abel-Rémusat, Collectanea Orientalia4 (Lwów, 1933). 1~48 (p. 17).

音位方面的特征如下：

（1）第二音节的 a (>o)：bolad (>bolod)（第 9 叶正面 5 行），olasun (>olosun)（第 9 叶正面 9 行），orabasu (>orobasu)（第 9 叶背面 1 行），oraǰu (>oroǰu)（第 9 叶背面 5 行、7 行，第 10 叶正面 1 行 or[aǰ]u），oraqu (>oroqu)（第 13 叶背面 12 行，第 13 叶正面 1 行），orasu (>orosu)（第 8 叶正面 6 行、9 行），qočarbasu (>qočorbasu)（第 11 叶正面 2 行），sonasču (>sonosču)（第 10 叶背面 2 行）。

（2）第二音节的 e (>ö)：bökes (>bökös)(第 13 叶正面 5 行），nöked (>nököd)（第 10 叶背面 1 行，第 10 叶正面 12 行，第 11 叶背面 10 行，第 11 叶背面 11 行、12 行，第 11 叶正面 5 行，第 12 叶背面 2 行），nöked-tü (>nököd-tü)（第 10 叶正面 1 行），nökedtü (>nöködtü)（第 7 叶正面 11 行），nö[ker] (>nökör)（第 7 叶正面 8 行，第 8 叶背面 5 行），törebei (>töröbei)（第 12 叶正面 4 行，第 13 叶正面 5 行），töreged (>töröged)（第 13 叶正面 2 行），törei (>*töröi)（第 12 叶背面 3 行），töreǰü (>töröǰü)（第 13 叶背面 2 行），töremü (>törömü)（第 12 叶正面 5 行 t[öremü]，第 13 叶正面 6 行）。

除了上面列举的书写特点以外，还有其他一些特征：

（1）a ~ 省略：balaγasun (~ balγasun)（第 12 叶正面 1 行）。

（2）u ~ 省略：ǰoluγaǰu(~ ǰolγaǰu)（第 9 叶正面 6 行）。

（3）oo ~ o：toor(~ tor)（第 9 叶背面 3 行）。

（4）u ~ a：abdur-a(~ abdar-a)（第 9 叶背面 5 行、6 行）。

（5）ö ~ e：tögü[sbesü(?)](~ tegüsbesü)（第 12 叶正面 7 行），tögüsbesü(~ tegüsbesü)（第 11 叶背面 1 行）。

不规则写法有 basud（应为 busud）、kegten（应为 kebten）等例。

（四）原文部署

除第7叶背面、第9叶正面、第12叶正面、第13叶背面外，每叶都有12行。第7叶背面则只有10行，第9叶正面、第12叶正面、第13叶背面都有13行。这种反复无常的轻微变化，与笔迹大小的变化有关系。如第7叶背面的字体大且粗，故页面只容纳了10行字。而第7叶正面的字体明显缩小了，就写了12行。至于第9叶正面、第12叶正面、第13叶背面，都由13行字组成，一方面笔迹字样缩小了些，另一方面根据副本可以断定纸面也稍微大一些。

从第7叶背面1行（beler arte）到第13叶正面12行（aĵuqu kembe），每叶（第10叶背面除外）每一行的顶端都在差不多同一位置。只有第10叶背面，nigen（意为"一"）字被写在第2行上边的空白处，大概是抄写者不小心遗漏，后来发现遗漏再加上去的。另一方面，我们也可以观察到它（nigen字）微略倾斜于左边，这一事实进一步表明该字是后来加之。

第13叶正面呈现一个奇怪的问题，乃就是很难确定该故事到什么地方结束[①]。通常我们根据文本的最后一行与纸张右面页边的间隔做判断。第10行、12行的字迹异常的大且粗。第11行是回鹘文，不是蒙古文，文中别处没有出现过。

（五）原文拉丁字母转写

7叶背面

[1]beler arte Qurasan-u γajar-a Misir neretü

[2]balγasun-dur Sulqarnai neretü

[3]mingγan nasulaǰu [...]

① 见"译文"注释。

[4]Sulqarnai-yi keb[..?..] […]

[5]inu ireju Sulqar[nai] […]

[6]či tngri-de soyurqaγdaǰu [..?..] […]

[7]či qoyina urida […]

[8]a[ne] [ü]ge[-yi] sonosču [bürün] […]

[9]kemerün qoyar mingγ[an nasulaju] [⋯]

[10] [⋯]

7 叶正面

[1] [..?..]n (?)d[..?..]kei [⋯]

[2]metü noyadi quriγulju [⋯]

[3]ane [üg]e-y[i] [sono]sču bürün […]

[4]nasun-a yaγdaγsan […]

[5]bürün tngri-[d]e irüger-e [..?..]ju γurba[n mingγan nasulaju] […]

[6]qoina urida üküküi minu ügei atuγ[ai] […] [..?..γ]

[7]san γaǰar usun üǰebe […]

[8]yabuγulba nigen nö[ker] [⋯]

[9]kürün baraǰu yaγud […]

[10]yeke γaǰar […]

[11]tabin sayid nökedtü kegürge getülǰü […]

[12] yabuǰu tngri-in ǰrlγ-iyar γaγča Sulqarnai Sumur taγ-un

8 叶背面

[1] deger-e γarbas-u dörben nuγus naiman qiǰayara dalai ötögen-ü alibe

[2] aγulas alibe tökömüd üǰegden büǰügüi + Sumur taγ-un orai

[3] –dur kürtele [..?..]elgü[..?..] Sul[qarnai] […] [..?..]u kil[..?..]

[4] ter-e deger-e nigen ta[sman] [del]ekei-dür [...] kin [...]

[5] Sulqarnai tere tasman-i [..?..]iren k[..?..] nigen nö[ker-eče]

[6] asaγču baγusu kemen küliǰ[ü] [b]a kürbe Sulqar[nai] [...]

[7] aqui-i inu garudi sibaγun üǰeǰü t[eyi]n [kembe]

[8] či γani aǰuγu či deger-e [t]ngri-deče (?) öt[ögen] [...]

[9] ondür-eče ane tasman mongke [···]

[10] [···]

[11] [..?..]m[..?..] [···]

[12] [···]

8 叶正面

[1] [···]

[2] aba [···]

[3] [ane m]etü [...]

[4] sonosu[γa]d dalai-yi ye[.. ?..] [...]

[5] γarba bi + adüge yeke [...]

[6] kürtekü aǰuγu dalai mör[e]n[-dür] orasu kem[e]n [...]

[7] -yi noyad inu sonosču bürün + Sulqarnai-a [...]

[8] či kemen ügülebesü deger-e γarču (?) irebe či [...]

[9] orasu kemen ügülen b[ürün] [...t]ere do[tor]-a [ada] tül[ige]n[-dür] [...]

[10] [a]mitan olan kegten buyu [an]e aγta-y[i] [č]inu gübčin čalγu[qu]

[11] aǰuγu gerün tedüi gürisi teyin büged [ča]l[γu]qu aǰ[uγu]

[12] basud teimün maγun ada-tan tüligeten amitan görüged toγ-a

9 叶背面

[1] tomsi olan kebten buyu či bürün tende orabasu ada tüligen

[2] bu boltuγai kemen qoyar kümün baγtaqui-in tedüi qaraba

agüdke

[3] gül[b]e ane qaraba-in γadana inu [⋯] toor-iyar torla γ ulba

[4] tabun mingγan mod d[aγustal]-a kürküi <to> toγ-a tomsi deges[ün]

[5] <to> tomγaγulba qaraba abdur-a-dur oraǰu bür[ün] [...]

[6] ǰob idegen künesün tegeǰü abdur-a-in d[o]t[or-a] [...]

[7] güri batuda uyaǰu bü[rün d]alai-dur oraǰu (?) y[abuba] [...]

[8] ülü mede[n] odču [bürü]n nigen [...]

[9] [...]

[10] [...] kemen ügüle[ǰü] S[u]l[qarnai] [...] [tngri-de]

[11] soyurqaγdaǰu büküi [...]

[12] bütübe bi Sumur t[aγ] [...]

9 叶正面

[1]dalai mören-ü iruγa[-tur] [⋯]

[2] aisu bi kemen ügüleb[e] [...]

[3] arte tngri γaǰar [...]

[4] ane (?) alči [...]

[5] čabčin büküi-dür bolad [...]

[6] üdesi nadur ǰoluγaǰu odb[a] [...]

[7] ker kürsü kemen aisu či [qu]rdun-a qari [...]

[8] -yin ürida qari kemen ügülebe ane ü[g]e[-yi Sulqarnai]

[9] sonosču bürün olasun degesün ködelgeǰü γ[..?..] [...]

[10] basa kü <kü> nigen sara-dur degegsi-de γ[arču d]aγusba dal[ai-in]

[11] dotar-a-qi üǰegsenigen bügüdei noyad-turiyan ü[güleǰü]

[12] ögbe noyad sonasču γaiqalduba teyin kiǰü basa

[13] nigen tedüi aǰu basa kü noyad-turiyan quriγaǰu ay-e

10 叶背面

[1] ayetürün ai nöked minu noyad sonosču aγtun bi adüge

[2] nigen üge duradču an buyu bi adüge naran ake-lüge singgeldüsü

[3] qarangγu kejige odqu ajuγu qarangγu-yi daγay-a qolaba

[4] oyir-a-ba büküi inu üjey-e sin[gg]e[le]ng ker yambar

[5] yosutu bujügüi kemen ügülebe tendeče nö[ked] [...]

[6] adüge Sulqarnai deligetü γajar usun [...]

[7] qarangγu-in jug odsu [kem]en ane sedk[il] [...]

[8] kemen ügüleldübe tendeče Su[lqarnai] [...]

[9] daγadqun [...]

[10] olan noyad ǰ-e [...]

[11] quriyaǰu naran singge[sen] [...]

[12] (?) baγuǰu qarangγu-in am[asar-a] [···]

10 叶正面

[1] nöked-tü or[aǰ]u [...]

[2] dotor-a yabuba tere [...]

[3] ireǰü Sulqarnai [...]

[4] ane qarang[γu] [...]

[5] ǰaγur-a ilegeǰü yabuqui-ban [...]

[6] γurban mingγan nasun-duri[ya]n itegeǰü ya[buba] [...]

[7] busud ade olan nöked činu metü yaγuba nasu-yi[n] [üres]

[8] ügei bui ǰ-e ade üresi aran üǰey-e [...]

[9] öri ütü berkes γaǰar-a ada tüligen-dür b[olba] [...]

[10] či bürün qurdun-a qari čimada ba ase bitügdesen γaǰar

[11] usun ügei bui ǰ-e kemen ügülebe tere üge-yi Sulqarnai

[12] sonosču bürün nöked-tegen tein ügüleǰü ögbe adüge

11 叶背面

[1] andeče qaribasu tngri-de ǰayaγdaγsan nasuban minu tögüsbesü

[2] ber ande büged ülü üküküi mongke bolqu usun tngri-deče

[3] ǰalbarin γuyildusu kemen ügüleǰe bürün ǰalbarin kürbe qarang[γu]

[4] -in amasar-a ayisuqu-dur nigen kümün beyegen ülü üǰegülün

[5] čögečeber dügüren usun ögbe Sulqarnai či [...] [tngri-de]

[6] soyurqa[γ]daγsan γurban mingγan nasunača [...]

[7] či adüge ane usun uγ[uǰu] bürün keb keǰig[e t]n[gri] γaǰa[r] [...]

[8] qubiltala inaγsi-da ülü ü[kün] [...]

[9] mongke nasulaqu či kemen [ügülebe tere üge-yi Sulqarnai sonosču]

[10] bürün nöked-tegen ügülebe ane [...]

[11] kembe nöked inu ügüler-ün ane qarangγ[u] [...]

[12] kemen amu či γada γarču olan nöked-tür a [...]

11 叶正面

[1] tendeče uγubasu yaγu alǰaqu ta kembe teyin [kiǰü] [...]

[2] γarba qarangγu doto-a-qi ali-be üǰegseni-in [...]

[3] (?) satayan bügüdeyi irgen [o]rγan-duriyan ü[güleǰü ögbe] ...

[4] tegünü qoina tere usu γariyar...

[5] -iyan sayid nöked-türiyen [...]

[6] urtu nasulaqu usun ögbe bi anekü k[..?..]

[7] ǰarimud aran tngri-in soyurqaǰu ögügsen-dür uγu[basu]

[8] kü sayin bui ǰ-e kemeldübe ǰarimud aran [...]

[9] uγubasu ker bui kemeldübe + tendeče nigen sayin [abügen]

[10] sečen noyan bülege tere noyan ügüler-ün teyin kembe

[11] ane bürün usun uγubasu keb keǰige tngri γaǰar qubilta[l]a

[12] ülü ükün masi saγun yadaǰu ükükü aqui-a saγar

12 叶背面

[1] bolǰu aqu či ade irgen orγan činu bügüde üküǰü

[2] qočarbasu činu ber aγsan činu γaγčaγar yaγun tus-a

[3] čimayi bürün ane metü ayisurun daγaqun aran ülü törei

[4] ǰ-e či bürün teyin boluγsan üǰügür öberiyen gemsiǰü

[5] bi bürün ane usun es-e uγubasu yekin ayin [...]

[6] bi kemen + gemsiküi-eče [ülü] aiqu bügesü uγu ker-be [...]

[7] či qoina maγui bolqu či kemen ügüle[be] [...]

[8] Sulqarnai sonosču teyin bü[gesü] [...] [yaγun]

[9] tus-a bolqu kemen γarturiyan bari[ǰu] [···]

[10] usun sačiǰu ilebesü arča modun-u n[abci]n [...]

[11] tusču arča modun tereküber übül ǰun (?) satas ül[ü] [12] qoqiraqui bolǰu teyin kiǰü aγsan tügel M[is]ir

12 叶正面

[1] balaγasun-a ireǰü tegünü qoina Sulqarnai yeke [...]

[2] nöked-iyer quriǰu teyin ügülebe ta noyad minu sonosudqun

[3] deger-e tngri-deče atüge ake ǰoqiyaγsan inaγsida [...]

[4] ürida kedün-be qad törebei ǰ-e adü[g]e [...]

[5] qoina kedün-be qad noyad t[öremü] ǰ[-e] [...]

[6] bidan-u ǰrlγ-iyar γurban mingγan nasul[aqu] [...]

[7] ǰirγalangγi γaγča bi ǰirγaba ane ale nasun-iyan tögü[sbesü?]

[8] nada es-e üǰegdegsen irgen orγan ügei bui ǰ-e kembe

[9] dalai ötögen-i yeke tenggis-i tenggisün iruγ[ar-i] tu[γulǰu]

[10] irebe bi Sumur taγ-un orai deger-e γarba naran singgekü

[11] -in ǰug qarangγu-yi daγaba qoyar od yabuǰu γutuγar on

[12] -dur mongke-yin usun soyurqaγdaǰu γarba ǰob γurban ming[γan]

[13] nasulaba bi adüge bi ane γaǰar-un deger-e γaγča bi

13 叶背面

[1] qan bolǰu aba ane ale γaǰar deger-e m[in]u metü ǰirγaγsan

[2] qan es-e töreǰü bülege namayi ükübesü dalai-yi nigete

[3] bitügülüdkün angqa urida mingγan narid ökidi mingγan kü

[4] altan natur dügüreng tana subud altan kiǰü argülüdkün

[5] tegünü qoina mingγan ǰalaγus sayid abalduγči bökes-i...

[6] daγulaǰu iraγus-i quγurdaǰu quγurčini ilγaǰu qorin

[7] γucin nasutani mingγan köbegüdi yabuγuludqun tegünü q[oin]a

[8] mingγan čaγaγad terigüten abügedi ya[buγuludqun] [...]

[9] [a]büged d[aru]i-dur ǰalbariǰu [y]abu[tuγai] [...]

[10] ǰidas üldüs bariγulǰu yabuγulu[dqu]n [...]

[11] γar minu ile ba aγuludqun namayi üǰe[..?..] [..?..]gei [...]

[12] kegelidür oraqu bügesü mingγan ökidi tana subud

[13] aburaqu bügesü aburan čidaqu bülege ǰ-e t[ed]eger

13 叶正面

[1] -tür oraqu bügesü ade abügedi tngri t[eǰi]yebesü

[2] aburan čidaqu bülege + töreged ba üküküi aǰuγu

[3] γurban mingγan ba nasulabasu üküküi aǰuγu + keb keǰi[ge]

[4] bügesü üküküi aǰuγu adeneče qurid[aǰu] [...qad]

[5] noyad törebei ǰ-e adübe ba [...]

[6] kedün-be qad noyad töremü ǰ-e ai [...]

[7] -dur ǰirγaγtun ükün barabasu tus-a ügei aǰuγ[u]

[8] kembe daγusba baraba daγusba kemen a[b]üged

[9] ǰirγadqun ükün barabasu tus-a ügei aǰuγu kemebe daγusba

[10] ǰirγadqun ükün barabasu tus-a ügei

[11] qutluγ bols-un edlüg edgülüg kels-ün

[12] aǰuγu kembe daγusba + aǰuγu kemebe

（六）原文翻译

7叶背面

[1] 上古时期①，Qurasan② 地区名为 ③Misir④ 的

---

① 鲍培教授拉丁文字母转写为“balar erte”，但第一个词毫无疑问是“beler”，而不是“balar”。我们可以从1362年汉—蒙文题词中蒙古文部分最后四行诗第一行中得出证据。可以参见 Francis Woodman Cleaves, “The Sino-Mongolian Inscription of 1362 in Memory of Prince Hindu（1362年蒙汉文合璧忻都王纪念碑）”, *Harvard Journal of Asiatic Studies* 12 (1949). 1-333 (+ Plates I-XXVII) (p. 67). 该四行诗以“be—”押头韵，只有第二行例外，以bi-开头：beler-če, Bis Baliγ-a（不是 Bes Baliγ-a）,berkesiyel ügei, bekileǰü, 由此可见应该读它为beler，而不是balar。另外，beler erte（的读音）在《华夷译语》中也得到体现（上海：商务出版社，1918）1.3 正面 5，写道“别列儿额儿迭（beler erde ~ beler erte）”，中文翻译为“古昔”。又见 Marian Lewicki, La langue mongole des transcriptions chinoises du XIV 了 siècle. Le Houa-yi yi-yu de 1389, Édition critique précédée des observations philologiques et accompagnées de la reproduction phototypique du texte, Wrocław, 1949, p. 151. 详细论述见 Cleaves, op. cit., p. 129, n. 237.

清波神甫1958年12月3日的来信引起了我很大的注意：即1621年的《武备志》（由茅元编制）汉—蒙文注释词表中也出现过“怕列儿额儿（beler erte）”（227(93), 16背面1），同样译为“古昔”。

J. É. Kowalewski 编写的 Dictionaire mongol-russe-français（蒙—俄—法语词典）中有“beler erte čaγ-tur”词条（Tome deuxième, Kasan, 1846, p. 1076a），解释为“dans le temps reculé obscur; au temps jadis.”但是它写在“balar（obscur, qui n' est pas clair, embrouillé, confus: galimatias）”的下面，很明显 Kowalewski 读之为 balar，不是 beler。然而，田清波神甫1958年1月21日的信中写道：“Beler dans beler erte ne veut pas dire ‘obscur’. On a commencé à dire balar erte quand on ne comprenait plus le mot beler.”不尽解释了 A. Luvsandendev, Монгольско-русский словарь（蒙俄词典）(Moscow, 1957), p.59b: “балар цагийн первобытный; балар эртний хуй нэгдлийн байгуулал первобытнообщинный строй” 和 p. 572b: “балар эртний хvй нэгдэл первобытная община”的 balar，而且也包含了喀尔喀（方

言中的）balar ertniĭ (Cf. A. R. Rinčine, Краткий монгольско-русский словарь（简明蒙—俄字典）, Moscow, 1947, p. 27: “до-исторический, древний; …”），布里亚特（方言中的）balar erte sag (Cf. K. M. Čeremisov, Бурят-монгольско-русский словарь, Moscow, 1951, p. 88b: “первобытные времена”）意思。因而，beler（古代的）和 balar（黑暗的，模糊的）两个字在语义上，读音上都被混淆了。

在 Ts. Damdinsürüng，Mongγol-un uran ǰokiyal-un teüke（蒙古文，蒙古文学史），Öber Mongγol-un arad-un keblel-ün qoriy-a, 1957, “5. Böge ba lama-nar-un temečel” (pp. 251~253) 章的第一句写道：“Böge mörgül Mongγol-du erte beler čaγ-tu egüsügsen büged arban ǰirγuduγar ǰaγun-u üy-e-eče ekilen Burqan-u šasin-du siqaγdan baγuraγsan bayin-a”。然而，Damdinsürüng 明显读它为 erte balar čaγ-tu，而不是 erte beler čaγ-tu，我们可以从他（Ts. Damdinsürüng）的 Mongγolyn uran zoxiolyn toĭm（蒙古文，蒙古文学概要），Negdügeer devter, Ulsyn xevleliĭn gazar, Ulaanbaatar, 1957 中同样题名为“Böö ba lam naryn temcel”章节看出来（p. 144）：Böö mögöl mongold ert balar cagt üüssen bögööd 16 dugaar zuuny üees exlen burxny šažind šaxagdan buursan baĭna。

喀尔喀地区用 balar ert cagaas 的另一个例子是 O. Namnandorž 的 Sur xarvax, namnax tuxai (Ulaanbaatar, 1957) 中“Sur xarvax yavdalyn tüüxness”章第一自然段（p. 5）：

Balar ert cagaas exlen xün töröxdöö yuny ur’d xödölmöriĭ bagaž zevseg xiĭž exelsniĭ dotroos num sum uĭldež an göröö agnax, eldev daĭsnaas xamgaalax, dovtlox, baĭldax yavdald num sumyg maš čuxal zevseg bolgon xereglež baĭžee.

谢 David M. Farquhar 先生的启发，我开始注意了收入 A. Ayurzanaĭ 和 D. Dugar-Zab 编写 Buryat-mongol literature（布里亚特—蒙古文学）(Buryat-mongoloĭ nomaĭ xeblel, Ulan-Üde,1954) 中，诗人 Xoca Namsaraevič Namsaraev 的一首诗：

Xaranxy sag xayagdaža,
Xaluun naran mandaba.
Balar sag baragdaža,
Bata naran mandaba.

其中也用了“balar sag”。

② 鲍培教授将“Qurasan-u γaǰar-a”翻译成“im Osten（德文，意为‘在东方’）”（op. cit., p. 125, 7b1），并翻译为“qurasan-u ist ein Genitiv von hurāsān (pers.),, Osten, Baktrien, Provinz Khurasan（德文，‘波斯文 X(u)rasan 的属格形式；东方；X(u)rasan 省’）” (op. cit., p. 115, n. 1).Hier scheint die erste bedeutung vorzuliegen（此处第一个意思）。Zum Genitivus appositivus vgl. N. Poppe, *Grammar of Written Mongolian*, Wiesbaden, S. 143.

他说得对，خراسان（X(u)rāsān）的意为“Osten”。Cf., e. g., F. Steingass, *A Comprehensive Persian-English Dictionary*, Third Impression, London, 1947, p. 451b: “东方；广阔、富裕的国家，中亚古国大夏；一个音符。”本人较倾向于“Hier scheint die erste bedeutung vorzuliegen”观点。关于 X(u)rasan 省，参见 G. LeStrange, The Geographical Part of the Nuzhat-al-Qulūb Composed by Hamd-Allāh Mustawfī of Qazwīn in 740 (1340), “E. J. W. Gibb Memorial” Series, Vol. XXIII.2, Leyden-London, 1919, pp. 146~156 (“Section 17”).

我们再考虑一下亚历山大大帝在伊朗地区的军事行动，Qurasan 特指 X(u)rasan 省也并非无理，鲍培教授似乎也支持这一观点，因为他写到 Sulqarnai 居住在“in der Stadt Misir in Khurasan（X(u)rasan 的米西儿城）”（op. cit., p. 106）。

③ 这个单词没有必要用括弧表示——像鲍培教授做的那样，因为每个字节都比较明显。

④ 鲍培教授指出："misir gibt das arabische misr wieder. Letzteres bedeutet, Agypten, Hauptstadt von Agypten" und schlechthin, Stadt（misir 为阿拉伯文的 mişr，后者指埃及、埃及的首都，确切地说，是都市，城市），s. The Encyclopaedia of Islam, vol. III (1936), S. 520-521，然而，他并没有指明此处用的是哪一个意思。

在我看来，蒙古文写本中的 Misir 就是 Mişr，即"埃及的首都"，别名为"Alexandria"或开罗。

伯希和 Pelliot, "Les Anciens rapport...," p. 22, 谈及："Dans la seconde moitié du XIII siècle et au début du XIV siècle, lors des conquêtes mongoles, le Misr apparait à nouveau dans les textes mongols et chiois ; mais, en raison de l'extension de l'Empire mamlouk, le nom s'etend alors, outre l' Ėgypte elle-même, à la Palestine et à la Syrie occidentale. Et c' est ainsi que jusqu' au XVII siècle, le nom d' acier du Misr apparaît dans des textes mongols pour désigner ce que nous appelons les aciers de Damas...（法文，13 世纪后半叶到 14 世纪初，由于蒙古人的统治，Misr 开始出现在蒙古及中国的书文中，但是随着马穆鲁克统治的延伸，这个名字扩展到埃及本身之外，传到叙利亚西部。直到 17 世纪）蒙古文书中出现了 Misr 的 acier（钢，结实的）名，尽管我们用 acir 指大马士革(叙利亚首都)"。

关于 Misir（阿拉伯文 Mişr），参见 B. Vladimircov, "Арабские слова в монгольском（俄文，蒙古语中的阿拉伯文）", Записки Коллегии Востоковедов, Tom V, Leningrad, 1930, pp. 73~82 (p. 78, no. 17), 和 Paul Pelliot, "Sur la légende d'Uγuz-khan en écriture ouigoure（法文，关于维吾尔文乌古斯可汗传说）", TP 27(1930) 247~358（pp. 340~341; 351）。弗拉基米尔佐夫和伯希和二位皆引用的阿尔浑可汗 1289 年信函的第 9 行：il qan-u čerigüd Misir-ün ǰug mörilabasu...（如果伊利汗的军队向米西儿攻击……）。伯希和也曾引用过《元史》中的例子："辛卯（1353 年 10 月 25 日），扎你别（ǰani Be[g]）国向君主供奉撒哈剌（Saqla[b]）、察赤儿（čačir），米西儿（Misir）剑和弓，盔甲，西方的黑白花马。（他们）获得 20000 锭钞（作为回赠）。"

希和亦列举萨囊彻辰的编年史。Cf. Isaac Jacob Schmidt, Geschichte der Ost-Mongolen und ihres Fürstenhauses verfasst von Ssanang Ssetsen Chungtaidschi der Ordus, St. Petersburg, 1829, p. 102, 1.1 : terekü Miseri bolod-iyar，Schmidt 译作：mit diesem Magnetstahl（用米西儿钢铁）。又见田清波评论、柯立甫作序，Erdeni-yin tobči, Mongolian Chronicle by Saγang Sečen, Part II, Scripta Mongolica（蒙古文手稿）II, Harvard University Press, Cambridge, Massachusetts, 1956, p. 104, 1. 14 : tere kü Miseri bolod-iyar ; Part III, p. 92, 1. 7 : tere kü Miseri bolod-iyar ; Part IV, p. 105, 1. 6. tere kü Miseri bolod-iyar . 从"tere kü Miseri bolod-iyar（用米西儿铁）"，我们会想起蒙古文中关于 Miseri 更早的记载，见 Schmidt, op. Cit., p. 100, 1. 17 : Miseri neretü bolod ildün bui（此剑名为 Miseri）。

Charles Bawdem, The Mongol Chronicle Altan Tobči, Text, Translation and Critical Notes, Göttinger Asiatische Forschungen, Band 5, Wiesbaden, 1955, p. 140, n. 42, 也引用了这个名词，但读 misari（不是 miseri），并提及小林高四郎在《蒙古年代记》（Tokyo, 1939, p. 33）中推测的一个藏文词源（mi gsal 隐藏的）。Pentti Aalto, 评论 Bawden 的观点（Studia Orientalia XVIII : 5, pp. 32~34），讲道："42.1 die Les[34]-art der Saγang-Sečen-Ausgabe von Shmidt miseri neretü bolod möchte ich durch mo. (Golst. III 220) misir, tib. Mi ser yul »Āgypten »erklären." 参考上述书籍、评论，我们可以清楚地知道蒙古语的 Miseri(~ Misir) 并不是从藏语借过来的。

[2] 城[①] 里有一个叫 Sulqarnai[②][…][③]

[3] 活了 […][④] 千年[⑤][…][⑥]

[4]（使）Sulqarnai[.. ？ ..][⑦]

[5] 他的 […][⑧] 过来，Sulqar[nai][…][⑨]

---

① 12 叶正面 1 行底部，balγasun (balγasun-dur) 写作 balaγasun (balaγasun-a)。关于 balaγasun ~ balγasun 可参考 Paul Pelliot, “Notes sur le ‘Turkestan’ de M. W. Barthold”, TP 27 (1930). 12~56 (p. 18).

② Sulqarnai <阿拉伯文ذ والقرنين D ū ’ l-qarnain 头上有两个角的）> 见 Poppe, op. Cit., p. 106 及 pp. 115~116, n. 3. 关于该名字的起源可参考 H. Ritter, “Das Proömium des Matnaw ī -i Maulaw ī ”, ZDMG 93 (1939). 169~196 (pp. 179~183) :

Das Sikandarn ā ma-i bahr ī , das zweite Alexanderbuch Niz ā m ī ’ s, enthält gleich am Anfang ein Kapitel mit der Űberschrift, Űber die verschiedenen Ansichten darüber, warum [180] Alexander der Zweigehörnte gennant wird ” (S. 23 der Ausgabe der Bibliotheca Indica, Calcatta 1852 und 1869). Unter der verschiedenen Űberlieferungen über den Grund dieser Benennungen führt der Dichter auch folgende an :

“Etwas anderes noch als dieses sagte mir ein weiser Mann : Er (Alexander) hatte zwei übermäβig groβe Ohren ... ”

③ 此处至少残缺两个字，其中一个可能是动词 aǰuγu。鲍培教授翻译为 “[Es Lebte]...[ein Mann]...” (op. Cit., p. 125, 7 叶背面 1~2) 。

④ 第 2 行最后一个字必定是个数词，nigen（一），qoyar（二）或者 γurban（三）。Cf. 第 9 行下面 Qoyar mingγ[an nasulaǰu] 和 8 叶背面 5 行。

⑤ 田清波教士在 1957 年 9 月 18 日的信函中写道：

“Quant à l’ expression qoyar (γurban) nasula-, une telle maniere de parler s’ entend encore à présent. En ordos on dit džir ā (Dal ā) nasula- ‘vivre 60 (70) ans’ ; etc. ... on a fait un verbe du substantif nasu précédé du nom de nombre indiquant le nombre des années de vie. Ce dernier est en fonction d’ adjectif, comme le prouve la voyelle nasalisée du nom de nombre.”

⑥ 该行多半部分都被遗损，可能写到 Sulqarnai 想活几千年的欲望。

⑦ 只有 keb 字节可以辨别，所以我将拉丁文字母转写为 “keb[.. ?..]”，认为它是个动词，Sulqarnai 作宾语。然而，也很难将这个单词恢复，只能猜测。该动词很可能是 kebtegül-，但至于后缀，可能是 “-n”，也有可能是 “-ǰü”，“-ged”，等等。

⑧ 很显然这里应该是个名词，动词 ire ǰü 的主语。

⑨ 该行残缺好几个单词，其中必有一个动词，如 “ügülerün（说道）”，某人向 Sulqarnai 讲道，所以我们也可以将前面的 Sulqai[nai] 恢复为 Sulqar[nai-a]（向 Sulqarnai）。Cf, Sulqarnai-a, 8 叶正面 7 行。

[6] "(如果)得到上天①的恩赐②[..?..]③[⋯]④

[7] 你或早⑤或晚⑥,[⋯]"⑦

[8][当 Sulqarnai⑧听]到⑨此⑩番话⑪[⋯]⑫,

[9] 他⑬说⑭[⋯]⑮"活了两千[年]⑯[⋯],"⑰

[10][⋯]

7 叶正面

[1][⋯]⑱,

---

① tngri(而不是正字法 tengri)的写法,最早出现在 1246 年贵由汗印章。可见于 Paul Pelliot, "Les mongols...", Extrait de la Revue de l' Orient Chrétien, 3 Série, T. III (XXIII), N 1 et 2 (1922-1923), pp. 3~30, p.[22].

② 关于 soyurqa- 词,参见 Pelliot, "Sur la légend...," pp. 302-303, n. 1. 又见 Paul Pelliot, "Les mongols et la Papauté," Extrait de la Revue de l' Orient Chrétien, 3 Série, T. VIII (XXVIII), N 1 et 2 (1931-1932), pp. 3~84, pp. [166]~[167], n. 1.

③ 尽管鲍培教授读它为"bü[gesü]",本人觉得可疑,故用"[.. ?..]"表示。

④ 半行都被遗失。

⑤ 此处的 urida 在 9 叶正面 8 行被写作 ürida。

⑥ 此处的 qoyina 在 7 叶正面 6 行被写作 qoina。

⑦ 很难恢复此处的文字,只能从 7 叶正面 6 行出现的"qoina urida"推测这儿也用了"qoina urida üküküi minu ügei atuγ[ai](早晚都不要死,愿我永远都别死)"。

⑧ Sulqarnai 的名字肯定出现在此行的末尾。

⑨ 根据 10 叶正面 12 行 sonosču bürün 的表达,我在这儿也尝试补充了 [bürün]。

⑩ 借助经验,本人建议此处就是"a[n]e"字。如果是"a[n]e",可以与文中别处的"ane"的正字法保持一致(9 叶背面 3 行,9 叶正面 8 行等)。

⑪ 本人读"[ü]ge[-yi]",是根据"[ü]ge"和"sonosču"间适当的间隔,推测此处有"-yi";虽然"[ü]ge"字的"g""e"都比较模糊,但我们也完全有理由认定它就是"[ü]ge"。

⑫ 半行还要多一点的部分都被遗失。

⑬ Sulqarnai。

⑭ 尽管本人不十分确定,但也采纳了鲍培教授的意见,读它为"kemerün"。

⑮ 这个引用语大概由 7 叶正面 1 行中的动词结束,像 kemen ügülebe(说道)。

⑯ 跟随鲍培教授的意见,我也读它为"qoyar mingγ[an nasulaǰu]",细微的区别就是我认为是"mingγ[an]"(并不是"ming[γan]"),"-γ-"还是可以识别出来。

⑰ 该行的一半都被残损。

⑱ 我没有冒险猜测该行上端两个字,虽然我们只能看见这两个单词的左半部分,但我相信随着时间的推移和研究的深入,我们还是可以识别这些字词。

[2] 使诺颜们①像[…]②召集起来,[…]③

[3] "当[我]④在⑤听⑥此⑦番话⑧[…],⑨

[4] 年迈⑩[…],⑪

[5] 当[…]⑫曾[…]⑬,[…]⑭上天的⑮恩赐(/祈祷)⑯,[活]

① "noyan(军官、大臣)"后面加复数标志"-d"。关于它的词源,目前还没有确切、一致的观点。B. Ya. Vladimircov, Сравнительная грамматика монгольского письменного языка и халхаского наречия(蒙古语书面语比较语法与喀尔喀方言), Введение и фонетика(介绍、语音体系), Leningrad, 1923, pp. 305-306 § 165,认为"noyan"起源于汉文的"老爷"。P. Pelliot 对 Sanžeev 撰写"Манчжуро – монгольсkие языковые параллели(满—蒙语的比较)"(Nзвестия Академии Hayk, 1930, pp. 601~708)一文的评论中写道(p. 117):"L' explication de mo. Noyan par chiois 老爷 lao-ye n' est pas due à M. S., mais je ne vois pas que rien l' appuie."(TP 28 (1931). 113~118)

② 看下一注释。

③ 原文中该行一半以上的文字都被损坏。

④ 似乎是 Sulqarnai 在讲话,所以我在翻译中加了"我"。

⑤ 鲍培教授拉丁文字母转写为"busud",译作"andere"。如果我们将它与第 5 行的"bürün"做一番比较,便可知道此处应该也是"bürün"。

⑥ 鲍培教授拉丁文字母转写为"...sču(?)",本人读之"[sono] sču(听)"。

⑦ "ane",鲍培教授没有标出,但原文中还是比较清楚。

⑧ 只有("[üg]e"的)"-e"和("-y[i]"的)"y-"较清楚。此(番)"üge(话)"大概就是文章开端(某人)告诉 Sulqarnai 的那句话。

⑨ 该行一半以上的内容都被破损。

⑩ 鲍培教授准确释读的"yaγda-",从鄂尔多斯(方言)中可以得到证明,见 Antoine Mostaert, C. I. C. M., Dictionaire ordos, Tome deuxième (J-Z), The Catholic University – Peking, 1942, p. 392b 。蒙古语书面语中 yada- 的例子,参见 Kowalewski, op. Cit., Tome troisième, Kasan, 1849, p. 2276b。"-γd- ~ -d-"的更多例子,可见于 Antoine Mostaert, Sur quelques passages de l' Histoire secrèt des Mongols, Harvard-Yenching Institute, Cambridge, Massachusetts, 1953, p. [41], n. 40。鲍培教授把"nasun-a yaγdaǰu"译作"arm an Lebensjahren seiend (kein hohes Alter erreichend.)"。目前我们还没有其他证据或参照依据,但我还是倾向于他的观点。

⑪ 该行的多半文字都被遗失。

⑫ 主语很可能是"我",但也不能确定。

⑬ "bürün"辅助的主动词在前一行的末端。

⑭ 鲍培教授读"...su,",但在我看来是"-ǰu"。

⑮ 鲍培教授读"-de",但因为其第 1 个字母已被残损,我们应该用括弧表示,如"-[d]e";另一方面该后缀也有可能是"-[i]n"。

⑯ 关于"irüger (<*hirüger>hirü' er)>irügel",可参见 Marjan Lewicki, "Les inscriptions mongoles inédites en ècriture carrée," Collectanea Orientalia Nr. 12, Wilno, 1937, p. 62,6, 尤其重要的是 Nicholas Poppe, Introduction to Mongolian Comparative Studies, Helsinki, 1955, p. 161 § 100. 这个单词在不同方言中的音位变化特征见 Poppe, op. Cit., pp. 44 和 73。

三 [千年]① [⋯]②，

[6] 愿我的死亡或早或晚 ③ 都不存在，" [⋯]④，

[7] 他看到 ⑤（许多）⑥ 土地 ⑦ 和海洋 ⑧[⋯]⑨。

[8] 他使 [⋯]⑩ 派走了 ⑪。[⋯] 一个诺 [克尔]⑫ [⋯]⑬

[9] 到达之后 ⑭，为何 ⑮[⋯]⑯

[10] 大地 ⑰[⋯]⑱，

---

① 按照鲍培教授的观点，我也恢复之 "γurba[n mingγan nasulaǰu]"。

② 第 5 行下端三分之一的文字被丢失。

③ 第 7 叶背面 7 行的 qoyina 在这儿写作 qoina。

④ 此行下端三分之一的文字被丢失。

⑤ 鲍培教授读之为 "üǰeb[e]"，但是因为 "-e" 的多半部分可以看得较清楚，本人转写时用 "üǰebe"。

⑥ 本人根据鲍培教授的读法 "-san"，（拉丁文）撰写为 "-γsan"，前面的动词很难推测，但它是 γaǰar usun 的定语。

⑦ 鲍培教授读作 "γaǰara" 并翻译成 "im Lande"，然而他释读为 "-a" 的字母，实际上是下面一行的动词 yabuγulba（后缀 "-ba"）拉长的 "-a"。

⑧ γaǰar usun 的表达，可见于 10 叶背面 6 行 "deligetü γaǰar usun"，10 叶正面 10~11 行 "γaǰar[10] usun"。另在《元朝秘史》（叶德辉 1908 年版，商务出版社 1936 年版），（"续"，2.21 背面 4~5，22 叶背面 2）有 "Kitad irgen-ü γaǰar usun-u eǰed qand" 表述。又见 Antoine Mostaert, op. Cit., Tome premier (A-I), p. 285b。

⑨ 该行一半以上的内容都被遗失。

⑩ "yabuγulba" 的宾语在前一行的末端。

⑪ "yabuγulba" 或许也可以被译作 "他派遣"。

⑫ 鲍培教授转写为 "niken-i..."，他读作 "-i" 的地方只不过是一个残洞。"nigen" 后面有 n-o-i 几个字母，由此可以推测是 "nö[ker]" 或 "noy[an]"。

⑬ 该行一半以上的内容都残缺。

⑭ 鲍培教授读作 "küčün"，解释为 "Die Kräfte" (op. Cit., p. 125, 8a9)。田清波神父在他 1957 年 9 月 18 日的来信中注明它应该是："Kürün baraǰu"。

⑮ 根据鲍培教授的意见读作 "yaγud"（"yaγun" 的复数）（什么），同时也应该指出它可以读作 "ǰaγud"（"ǰaγun" 的复数）（百）。

⑯ 该行一半以上的文字都被遗失。

⑰ 鲍培教授标作 "γaǰar (?)"，本人认为我们可以去掉问号，尽管字母 "-r" 很模糊。

⑱ 此行只有前面两个字保留下来。

[11] 与同[①]五十个伙伴[②]经过了一座桥[③][…][④]

[12] 走着，奉上天[⑤]之[⑥]命[⑦]，唯独 Sulqarnai

8 叶背面

[1] 登上 Sumur[⑧]山，四面[⑨]八方[⑩]的

[2] 群山[⑪]，所有山谷，广阔[⑫]大地[⑬]，都可以看得见。

---

① 是属格形式（-tü）nökedtü，而不是伴随格（-lüg-e）nöked-lüg-e。

② "nöked" 为 "*nöker (>nökör)" 加复数 "-d" 构成。更多文学作品中读作 "nökür"，并非 "nökör"。可见于 B. Vladimircov, " Mongolica I.," Записки Коллегии Востоковедов при Азиатском Музээ Российской Академии Наук, Tom I, Ленинград, 1925, pp. 305~341 (pp. 336~337, no. 28)；B. Vladimircov, "Монгольское nökür", Доклады Академии Наук СССР, 1929, pp. 287~288；伯希和的评论, T' oung Pao 28 (1931~1932). 229；J. Németh, "Wanderungen des mongolischen Wortes nökür 'Genosse'," Acta Orientalia Academiae Scientiarum Hungaricae, Tomus III, 1953, pp. 1~23.

③ 关于 kegürge 可参见 Poppe, op. Cit., p. 116, n.6.

④ 此行除几个不确定的字母外没有其他残存。

⑤ "tngri-in ǰrlγ-iyar" 的表述可能与《蒙古秘史》中的 "möngke tengeri-yin ǰarlγ（奉长生天的名义）" 相对应（YCPS § 244，10. 28 背面 1）。

⑥ 属格 "-in"（不是 "-yin"），最初出现在贵由汗 1246 年印章的第 3 行，见 Pelliot, "Les Mongols et la Papauté," p. [22].

⑦ ǰrlγ（而不是正字法 ǰarlγ），见 Poppe, op. Cit., p. 116, n.7. 又见 Pelliot, "Les Mongols et la Papauté," p.[24].

⑧ "Sumur Taγ"，可以参考 Poppe, op. Cit., p.116, n. 8. "Sumur 山"。其方言中的变化形式，见于 Antoine Mostaert, op. cit. 2.586b. "Sömbör (sember) dans sömbör uula le mont Sumeru ;..."。

⑨ 鲍培教授读之为 "dörben orad"，译作 "in den vier Himmelsgegenden"。然而其第二个字应该是 "nuγus"（"*nuγu" ——《蒙古秘史》中写作 "nu' u" 的复数）。参考 Erich Haenisch, Wörterbuch zu Manghol un Niuca Tobca' an , Geheime Geschichite der Mongolen, Leipzig, 1939, p. 119（Haenisch 教授拉丁文字母转写为 "no' u"）。又见 Antoine Mostaert, Erdeni-yin tobči, Scripta Mongolica II, part I, p. 75。

⑩ 关于 qiǰayara（qiǰayar ~ qiǰaγar > kiǰaγar），见 Poppe, op. cit., p. 116, n. 10. Schmidt, Erdeni-yin tobči, Scripta Mongolica II. p. 114, II. 2~3；p. 296, 1. 16；Part III. p. 101, II 1~2; p. 268, II. 8~9；Part IV, p. 115, II. 3~4；p. 266, II. 11~12。很显然，这里有两个词让 Schmidt 费心，那就是 "nuγus" 和 "isaγalγan"。"nuγus" 见上一注释；至于 "isaγalγan"，没有这个词，Scripta Mongolica II, Part III 和 Part IV 中的 "nisalγan" 读法才是正确的。《蒙古秘史》中的解释为 "nisalγa-"（打扰，弄乱），"niγsaγalǰa"（摇动，啮合）。可见 Haenisch, Wörterbuch, p. 117。我们正在讨论的词组可以翻译为 "没有震动（世界的）四个角，没有打乱（世界的）八个方向"。

⑪ 鲍培教授读作 "olan"，并翻译为 "zahlreichen." (op. cit., p. 125.8bl)，而本人认为应该是 "alibe"，"alibe aγulas" 的结构与下一行的 "alibe tökömüd" 类似。

⑫ "dalai"（大海，海洋）的解释，可见于 Poppe, op. cit., pp. 116~117, n. 11。

⑬ "ötögen ~ etügen" 见 Poppe, op. cit., p. 117. n. 12。

[3] 到达[①]Sumur 山顶[②]，[…][③]，Sul[qarnai][④][…][⑤]，

[4] 那上面[⑥]，有一个皮带[⑦]成[⑧][…][⑨]到陆地[⑩][…][⑪]，

[5]Sulqarnai[…][⑫]那条皮带[⑬][…][⑭]，[对自己]说，"我要下去[⑮]，

[6] 询问[我的]一个伙[伴]"[⑯]，他（把皮带）系在[自己身上]并[⑰]抵达。

---

① 虽然模糊，但也可以识别出"-dur kürtele"。

② 关于"orai <horai>"见 Poppe, op. cit., p. 117. n. 14 和 p. 123. n. 107。

③ 根据复制本很难识别这几个词，但我相信如有机会读到原文，可以解决部分问题。

④ Sul[qarnai] 的前三个字母很清楚。

⑤ 该行的其余文字，本人就没有建设性意见。

⑥ Sumur 山上。

⑦ "tasman < 突厥语 tasma< 波斯语 تسمه (t(a)sma)" 见 Poppe, op. cit., p. 117. n. 16。又见 J. É. Kowalewski, Dictionaire mongol-russe-français（Tome troisième, Kasan, 1849, p. 1612b）。

⑧ 鲍培教授读作"ken"，解释为"wer"（op. cit., p. 125, 8b4）。但本人认为应该是"kin（成 / 做）"。

⑨ 虽然知道有"kin（成 / 做）"，但我还是没能推测出前面两个单词。

⑩ 我遵循鲍培教授的意见，读"[del]ekei-dür"，见 Poppe, op. cit., p. 117. n. 15。

⑪ "kin"后的一个单词，我未能释读。

⑫ 副本中 Sulqarnai 的谓语不太清楚。

⑬ 鲍培教授读作"tere tasman-u"，其后缀应该是"-i"（不是"-u"）。

⑭ 本人没能释读该单词。

⑮ 关于"baγusu（下降）"，见 Poppe, op. cit., p. 117. n. 17。

⑯ "nigen nö[ker-eče]"，鲍培教授没有标示。"nigen"后面有"nö"或者"noy"，故得知这个单词是"nö[ker]"或者"noy[an]"。因为下一行的动词为"asaγ-（问）"，本人在（宾语）后面加了"-eče（向）"（如果读"noy[an]"，应该加的是"-ača"）。

⑰ 鲍培教授没有标出"küliǰ[ü]"和"kürbe"之间的"[b]a（并且 / 和）"，其"-a"可以看得比较清楚。这种用法不常见，但是该写本的 13 叶正面 2 行有类似语句："töreged ba ükükü̈i aǰuγu"。

[7] 大鹏金翅鸟[1]，看见 Sulq[arnai][2] 在[3][…][4]，这样 [说道][5]。

[8] 鲁莽的人吗[6]，你[7]！从上天[8][…][9]（？）大地[10]，

[9] 从高处[11]，[…][12] 这个皮带 [...][13] 永恒/永不止境的 [...][14]，

[10][…][15]，

[11][…][16]，

[12][…][17]，

8 叶正面

[1][…][18]，

---

① 关于“garudi sibaγun”，见 Poppe, op. cit., p. 117. n. 18。又见 Bernhard Jülg, Mongolische Märchen-Sammlung, Die Neun Märchen des Siddhi-kür nach der ausführlicheren Redaction und die Geschichte des Ardschi-Bordschi Chan, Mongolisch mit deutscher Uebersetzung und Kritischen Anmerkungen, Innsbruck, 1868, p. 49, l. 1.

② 鲍培教授读之“Sulqar[nai]”，但只有前面四个字母可以看得见，故应该是“Sulq[arnai]”。

③ “aqui-i”后缀“-i”（不是“-yi”），Sulqarnai 是缺席动词（+ “aqui”辅助动词）的主语。

④ 此处可能有一个动词“baγuǰu”，那样可以构成一个完整的句子：“Sulqarnai 下山”。

⑤ 田清波神父在 1957 年 10 月 27 日的来信中写道：“On pourrait, peut-être écrire t[eyi]n [kembe] (12 叶背面 10 行). En effet le Garudi sibaγun va commencer á parler.（此处写的也许是 t[eyi]n [kembe]，事实上，Garudi sibaγun 开始说话了）”。

⑥ “γani ”见 Poppe, op. cit., p. 118. n. 19。

⑦ 代名词重复使用（句子开头和末尾），是常用法。

⑧ 我读“deger-e [t]ngri-deče”，鲍培教授读之“...gei tere”。

⑨ 该行末端四分之一残缺。

⑩ 我尝试读之为“(?)öt[ögen]”，鲍培教授标作“öd”。其“-t-(或 -d-)”是词中形式，而不是词尾形式。

⑪ 鲍培教授转写之“öndür-eče”，我更喜欢读它为“ondür-eče”，没有长牙。

⑫ 第 8 行的后四分之一文字都被遗失。

⑬ 第 9 行后半部分都被遗失。

⑭ 鲍培教授读之为“möngke [usu]”（Poppe, op. cit., p. 123. n. 110），我更喜欢转写成“mongke”，没有出现长牙。至于“[usu]”，也不能确定，因为它也有可能跟 11 叶背面 2 行一样，是“mongke bolqu usun”。

⑮ 阅读原文，也许可以识别副本中不清楚的这三个字。

⑯ 有一个字母“-m-”的迹线。

⑰ 此行没有任何残余文字。

⑱ 此行没有任何残余文字。

[2] 曾是[1][…][2]。[…][3]。

[3] "像[这样][4][…][5]。

[4] 听着[…][6],[…][7]大海[8][…? …][9],[…][10],[对自己]说[11],

[5] "我越过了。现在大[…][12]

[6] 将达到,让我进[13][入][14]大海,"[15]

[7] 当他的诺颜们在听[…][16],

[8] 犹如他们曾对 Sulqarnai 讲过(的那样),说"你[…]"[17],说"你上升[它][18],(?)到达[19]。当[你]说话[20],[对你自己]说你

---

① 大概可以确定这个词为"aba"。

② 这个动词与"aba"连用。

③ 阅读原文也许可以识别这两个词。

④ 鲍培教授读之为"[m]etü",但因为其前面有足够的空间能容纳"ane"字,我标示为"[ane m]etü"。

⑤ 该行仅有四分之一的内容残存,其中可能有一个动词。

⑥ "sonosu[γa]d"的宾语出现在第 3 行的末尾。

⑦ 这句话的谓语动词在行的末端,被遗失。

⑧ 从"dalai"后面的"-yi",可以得知"大海、海洋"作宾语。

⑨ 该单词由"ye"开头,大概是"ye[ke]"(伟大的、宏大的、巨大的)。

⑩ 此行后四分之一被遗失,其中可能有"ügülerün(说道、讲道)"。

⑪ 鲍培教授标作"kemen",而事实上,"-e-"字母残缺,应该标示为"kem[e]n"。

⑫ 这个词模糊不清,"yeke"作它的定语。第 5 行的下半部分残缺。

⑬ "orasu"见 Poppe, op. cit., p. 118. n. 20。

⑭ 本人相信这儿应该是后缀"-dür",从语法结构、行字间隔等都合理。

⑮ 鲍培教授读作"mö[re]n"(op. cit., p. 120. n. 45),其"-r-"可以看得较清楚,故应标作"mör[e]n"。

⑯ 此处很可能是(ügülekü、ügülekü̈i 或者 ügülejü aqui 后加)把格"-yi"。

⑰ 这句话的其余部分在第 7 行的末端,被遗失。

⑱ 是"大海、海洋"。

⑲ 鲍培教授读之为"yadaba",如果我们把它与 11 叶正面 12 行的 yadaǰü 对比,可以得知该单词并非"yadaba"。鲍培教授认为的"-d-"实际上是"-r-",遗憾的是词首部分不清楚,我们可以读它为"irebe"或"oraba"。

⑳ "b[ürün]"的"b-"很清楚。

[9] 要进 [⋯]①,里面 ②,灾难和 [危险之中]③

[10] 活体都 ④ 躺在那里 ⑤ 受折磨。

[11] 它们 ⑥ 将完全 ⑦ 吞食 ⑧ 你这个 ⑨ 去势的人和牲畜 ⑩。然

---

① 第 8 行后段四分之一的内容被遗失。

② 鲍培教授读作 "ara-du[r]",本人认为应读之 "[t]ere do[tor]-a"(在里面,在海里)。

③ 本人恢复的 "[ada] tül[ige]n[-dür]",其中只有后缀 "[-dür]" 是假设出来的。写本10 叶正面 9 行也出现了 "ada tüligen-dür" 组词。鲍培教授准确释读了 "tül" 的 "t" 和 "l" 两个字母,却把 "-ü-" 读作 "-o-";该单词词尾的 "-n" 很明显,由此可以断定它为 "tül[ige]n"。从 "do[tor]-a" 和 "tül[ige]n" 间的适度空隙,和别处(如 9 叶背面 1 行)"ada tüligen" 的两用,可得知此处有 "[ada]"。

鲍培教授解释 8 叶正面 12 行的 "ada — tan tüligen" 为 "von ... Teufeln und Dämonen befallene ...(德文,遇到魔鬼、遭到恶魔的侵害)"(op. cit., p. 126. n, 9a12);9 叶背面 1~2 行 "ada tüligen bu boltuγai" 为 "so sollen keine Teufel und Dämonen sein(但愿没有魔鬼、不会 / 不应该有恶魔)"(op. cit., p. 126, 9b1~2),他无疑地认为此处的 "ada" 具有较晚期书面语中的意思。J. É. Kowalewski 在 Dictionaire mongol-russe-français(Tome premier, Kasan, 1844, pp. 64b~65a)中写道:"Ada, mauvais génie, démon qui rend aliéné et enrage: ⋯(恶神、魔鬼,精神错乱的、狂怒的精灵或鬼怪)。" 关于 "tüligen" 鲍培教授解释道:"Hier bedeutet es ,, Teufel, böser Geist(这里表示坏人、恶魔)."(op. cit., p. 119. n. 33)。

Walter Fuchs 和 Antoine Mostaert, "Ein Ming-Druck einer chinesisch-monolischen Ausgabe des Hsiao-ching," MS 4 (1939-1940),318 页写道:"ada tüligen (?) malheur, calamité(不幸灾祸,灾难)。" 见 Houa-i i-iu 华夷译语(dans la quatrième serie du Han-fen-leou pi-ki 涵芬楼秘岌 , Changhai, 1918)IIa, f. 1, recto qor ada rendu par hai houo 害祸 "calamité, fléau"。本人也曾提到:"ada tüligen" 出现在孝经(未出版)第 4 页 5~6 行,"ner-e inu yeke bolbasu ada tüligen ülü boluyu" 对应汉文 "高而不危";15 叶正面 1~2 "ada tüligen ülü bolun" 对应汉文 "灾害不生",见于 Francis Woodman Cleaves, "The Sino-Mongolian Inscription of 1362 in Memory of Prince Hindu", *Harvard Journal of Asiatic Studies* 12 (1949). 1~333 (+ Plates I-XXVII) (p. 78).

④ 此处 "olan (>olon)" 被用作副词。

⑤ 鲍培教授转写为 "gem-ten" (op. cit., p. 126. 8b10)。此处 "m" 的书写风格不像是词尾形式,而且后面的 "t" 似乎连着上面的字 ,所以它很可能是 "-b-" 或 "-g-"。

⑥ "大海,海洋"。

⑦ "gübčin" 见 Poppe, op. cit., p. 118. n. 22。

⑧ "čalγu[qu]" 鲍培教授视它为 "čalgi(qu)" 的同义词,引用 J. É. Kowalewski, Dictionaire mongol-russe-français 中的解释 "éclabousser, faire paillir, arroser, baigner(溅出的泥,挤出,洒浇,泡)"(3.210b);Antoine Mostaert, Ordos "tš ‘algi- s ‘emporter, prendre le mors aux dents (cheval)"(2. 692)。而本人认为 "čalγu-" 不是 "čalgi-" 的同义词,而等同于 "ǰalgi-(吞食,咽下)"。

⑨ 因词尾的 "-e" 字母可以看得较清楚,我恢复该词为 "[an]e"。

⑩ 鲍培教授读作 "aγta",并声明与动词 "čalγu[qu]" 有关系:"Hier bezieht dieses Zeitwort auf das Pferd(此处这个动词涉及马)"(p. 118, n. 23 注释 : 143)。他将这句话译作:"Dein Wallach wird alles zerstampfen(雄马踏坏或踩碎)。" 很显然,"aγta" 后面跟着 "-y[i]",故它作 "čalγu[qu]" 的宾语,而非主语。我们正在讨论的这匹马大概就是亚历山大王著名的战马 Bucephalus。

后，它们将吞掉帐篷①一般大的石头②。

[12] 另外③如此④坏的⑤、危险⑥、邪恶⑦的活体及猎物⑧

9 叶背面

[1] 也群集⑨、无数⑩地存在于那里。至于⑪你，如果[你]进⑫里面，让那里

[2] 不再有危险和灾难，"⑬？

[3] 他让制造⑭了[一个]能承载⑮两个人的小舟⑯。[至于]

---

① 从"ger-ün tedüi gürüsi"不由得想起了《蒙古秘史》（§ 80）中的"(Temüǰin :) basa γarču ayisuqui-tur šiγui-yin amasar-a qošiliγ-un teüi čaγan gürü amasar-a böglen unaǰu' u"一句。

② "gürisi"，"güri"（石头）复数的宾格。见 Poppe, op. cit., p. 118. n. 24。

③ 鲍培教授读作"bisud"（op. cit., p. 118. n. 25），其实根据它的写法只能读"basud"或"besüd"。在我看来，这就是抄写者的书写错误，遗漏了"busud"第一字节的"-u-"。其实 10 叶正面 7 行"busud"的写法也跟它相似。

④ 关于"teimün ~ teyimün"见 Poppe, op. cit., pp. 118~119. n. 26；Francis Woodman Cleaves, "The Sino-Mongolian Inscription of 1346", *Harvard Journal of Asiatic Studies* 15 (1952). 1~123 (+ Plates I-XII) (p.119, n. 261)。

⑤ "maγun"〔"maγui ~ maγu"（坏的、有害）的复数〕见 Poppe, op. cit., p. 119. n. 27；Francis Woodman Cleaves, "The Bodistw-a Čari-a Awatar-un Tayilbur of 1312 by Čosgi Odsir", *Harvard Journal of Asiatic Studies*, 17 (1954).pp.1~129 (Plates I-XXIV) (p. 90, n. 19)。

⑥ 鲍培教授的解释不准确（op. cit., p. 119. n. 28）。

⑦ 鲍培教授的解释不太准确（op. cit., p. 119. n. 29）。

⑧ "görüged"为"görügesün"的复数，见 Poppe, op. cit., p. 119. n. 30.

⑨ "olan kebten buyu"可以与 9 叶背面 10 行的"olan kegten buyu"对比。

⑩ "toγ-a tomsi = toγ-a tomsi ügei"见 Poppe, op. cit., p. 119. n. 31。

⑪ "bürün"的用法可参见 Francis Woodman Cleaves, "The Sino-Mongolian Inscription of 1338 in Memory of J̌igüntei（1338 年汉 - 蒙文合璧竹温台碑）", *Harvard Journal of Asiatic Studies* 14 (1951). 1~104 (+ Plates I-XXXII) (p. 75, n. 23)。

⑫ "orabasu"，"ora-（进入）"后加"-basu"后缀，见 Poppe, op. cit., p. 119. n. 32。

⑬ 鲍培教授译"ada tüligen bu boltuγai"为"so sollen keine Teufel und Dämonen sein（但愿没有魔鬼、不会 / 不应该有恶魔）"（op. cit., p. 126, 9b1~2）"。"ada tüligen"意为"危险，灾难"。

⑭ 第 2~3 行的"agüdke[3]gül[b]e"，鲍培教授转写为"egüdke-gül[be]"，其实词尾的"-e"可以看得较清楚。"agüd-（=egüd）"（出产、制造）加使动态"-gül-"。

ongγača[7]čina（向船夫）类似的例子出现在阿尔浑汗（?)1267/(?)1279 年的安全通行证书中（Antoine Mostaert et Francis Woodman Cleaves, dated 29 September 1957, p. 433, ll. 6~7）。

⑮ "包容"。

⑯ 鲍培教授指出："qaraba ist das arabische Wort قارب qārib, Boot". Diese Lehnwort kommt sonst in keinem mongolischen Text vor.（德文，qaraba 是阿拉伯语的قارب qārib。蒙古文本中通常出现类似这样的借来语。）"

该舟的外面，使[别人]用[⋯][①]网子[②]编网[③]。

[4] 他让编制[④]无计其数[⑤]的绳索[⑥]，以便长达[⑦]

[5] 五千个 mod[⑧]。当他坐到[⑨]小舟箱子里[⑩]，[⋯][⑪]

然而我觉得这个语源学有两点可疑：首先，从 q ā rib 到 qaraba 的音位变化很难解释；其次，没有一个阿拉伯文异文中讲述亚历山大坐船下到海底。本人倾向于 qaraba 与波斯文的 qar ā ba 有渊源关系，见 F. Steingass 博士，*A Comprehensive Persian-English Dictionary*, Third Impression, London, 1947, p. 960："—qarr ā bat, in. [sic] P. qar ā ba, A large flagon or vessel having two handle and a spout (made of glass, in which wine is left standing forty days in order to refine ;...)（一个大的酒瓶或容器，有两个把柄和一个喷口，用玻璃制作，精制葡萄酒时在这个瓶子里面放置 40 天）。"

① 这个词可能是"dalan(七十)"，或者是"toor"的(形容词性)定语。

② "toor ~ tor"（回鹘文"tor"），见 Poppe, op. cit., p. 119. n. 35。

③ "torlaγulba"，"torlaγul-"〔使(别人)编网〕后加过去时的"-ba"，见 Poppe, op. cit., p. 119. n. 35。

④ "to tomγaγulba"，可能是抄写员先写了一个"to"，然后重写了"tomγaγulba"，所以前面那个"to"可以从文中删除。

⑤ "to toγ-a tomsi"，也跟上面的情况一样，抄写员写了"to"，然后又重写了"toγa"，所以最前面的"to"可以从文中删除。

⑥ "deges[ün][5] tomγaγul"〔使(别人)编织绳子〕，可见 N. N. Poppe, Монгольский словарь Мукаддимат ал-Адаб（《穆卡迪玛特蒙古语词典》），Часть I-II（1~2 部），Труды Института Востоковедения XIV（东方研究学院），Академия Наук СССР（苏联科学院），Moscow-Leningrad, 1938, p. 316b。

⑦ "d[aγustal-]a"只有第一个和最后一个字母可以看得见。

⑧ "mod"为"modun"的复数（"-d"），见 Poppe, op. cit., p. 119. n. 36。

⑨ "oraǰu"（进入），见 Poppe, op. cit., p. 120. n. 42。

⑩ "qaraba abdur-a-dur oraǰu bür[ün]"，鲍培教授译作"Als er in das Boot, in die Kiste, hineinstieg,⋯（进入小舟，进入箱子）"（op. cit., p. 126. 9b5），但在我看来它的意思是"进入 qaraba 箱子"。可参见 E. E. Bertel, Роман об Александре и его главные версии на востоке（关于亚历山大及其首长们的传说在东方），Институт Востоковедения（东方学院），Академия Наук СССР（苏联科学院），Moscow-Leningrad, 1948, p. 93。

关于"abdur-a ~ abdar-a"（箱子），见 Poppe, op. cit., p. 120. n. 41。

⑪ 第 5 行的后四分之一，只有一个"-a"或"-e"较清楚，其余都残失。

[6]带上①了足够好质量②的食品及必备品③，在箱子里④，[…]⑤牢固地系住

[7]一块石头，（？）他走⑥进海里。[…]⑦

[8]走着走着⑧，不知不觉中，[…]⑨一个[…]⑩，

[9][…]⑪，

[10]说着，[“…”]⑫S[u]l[qarnai]⑬[…]⑭，

[11]受到[上天的]⑮恩赐⑯，[…]⑰

[12]完成了。我曾说⑱，说道："[…]⑲Sumur 山，

---

① "tege-"（带上、装载），见 J. É. Kowalewski, Dictionaire mongol-russe-français, 3. 1742b。

② 正确的读法应该是"ǰob"，并非"ǰöb"。见 Poppe, op. cit., p. 120. n. 43。

③ 本人还未找到其他例子可以与"idegen künesün"做比较，但也许可以列举 1362 年汉一蒙碑铭中的"amun künesün"，见 Francis Woodman Cleaves, "The Sino-Mongolian Inscription of 1362 in Memory of Prince Hindu", *Harvard Journal of Asiatic Studies* 12 (1949). 1~333 (+ Plates I-XXVII) (p. 64)。

④ 只有"d-""-t"两个字母看得见，根据上下文大概可以确定为"d[o]t[pr-a]"。

⑤ 第 6 行下面四分之一的文字被遗失。

⑥ 我接受鲍培教授的意见，恢复之为"(?)y[abuba]"。

⑦ 第 7 行的后四分之一被遗失。

⑧ 根据第 5 行的"oraǰu bür[ün]"和第 7 行的"uyaǰu bü[rün]"，本人恢复此处的文字为"odču [bürü]n"。

⑨ 第 8 行的后半部分被遗失。

⑩ "nigen"修饰的名词，在第 8 行后半部分，被遗失。

⑪ 第 9 行上端有一个或两个字的痕迹，其余部分都残损。

⑫ 演说者所讲的话，都被遗失。

⑬ 鲍培教授读之为"sul[qarnai]"，实际上"-u-"字母也看不清楚，所以本人标作"S[u] l[qarnai]"。

⑭ 第 10 行下面三分之二的内容被遗失。

⑮ 根据 7 叶背面 6 行的"tngri de soyurqaγdaǰu"，此处也补充了"tngri de"。

⑯ 本人认同鲍培教授的观点，"soyurqaγdaǰu"见 Poppe, op. cit., p. 120. n. 44。

⑰ 第 11 行下面三分之二的内容被遗失。

⑱ 这个动词明显是"ügüleb[e]"或"ügüleb[esü]"，不可能是鲍培教授读的"ügüleǰu"。

⑲ 第 12 行下面三分之二的内容被遗失，似乎是"bi sumur t[aγ-un orai deger-e γarba]"〔我（走上了）Sumur 山（顶）〕（12 叶正面 10 行）。

9 叶正面

[1][进][1] 入海底，[…][2]

[2] 我将接近。"[3] […][4]

[3] 从前上天和大地[5][…][6]，

[4] 这个[7]（？）使者[8][…][9]，

[5] 当我砍着时光(度过那个时刻？)，钢铁[10][…]，

[6] 傍晚[11] 过去，遇见[12] 我[13][…][14]

[7] 我要走近，说："我怎样才能到达？"[15]

[8] 你立刻返回[16]。[…][17] 之前[18]，说："回去"。当 [Sulqarnai] 听

---

① 本人顺从鲍培教授的观点，"iruγar" 后加了 "-tur"。关于 "iruγar<*hiruγar(>hiru' ar)"，见 Poppe, op. cit., pp. 43 和 161。

② 此行三分之二的内容残损。

③ 此处跟第 7 行末端相似，应读 "aisu"（而非 "γarsu"），所以这一点上鲍培教授的观点(Poppe, op. cit., p. 120, n.46) 不太中肯。关于 "aisu"，见 Poppe, op. cit., p. 120, n.50。

④ 第 2 行三分之二的内容残损。

⑤ "tngri γaǰar" 早期蒙古文文献中常出现，如《蒙古秘史》§§113，121，125，208，224，254，260（2）和 281。

⑥ 第 3 行三分之二的内容被遗失。

⑦ 鲍培教授读之为 "γsan(?)"，但应该读作 "ane(=ene)"。

⑧ 鲍培教授读之 "dalai"，而本人暂定为 "alči (=elči)"（信使，使者）。

⑨ "alči (=elči)" 后面字的一半可以看得见，第 4 行的四分之三残损。

⑩ 关于 "bolad(>bolod)< 波斯语 پولاد (pūlād)"，见 Poppe, op. cit., p. 120, n. 47; 又见 Francis Woodman Cleaves, "The Mongolian Documents in the Musée de Téhéran（德黑兰博物馆收藏的蒙古文文献）", *Harvard Journal of Asiatic Studies* 16 (1953). 1~107 (+ Plates I-II) (pp. 46~47, n. 9)。

⑪ "üdesi（üde+si）" 等于 "üde（傍晚，晚间）"，也曾出现在 1335 年汉—蒙文碑铭第 16 行("üdesi manaγar" 傍晚和早晨)，见 Francis Woodman Cleaves, "The Sino-Mongolian Inscription of 1335 in Memory of Chang Ying-jui（1335 年蒙汉文合璧张应瑞纪念碑）", Harvard Journal of Asiatic Studies 13 (1950). 1~131 (+ Plates I-XXXV) (p. 72, l. 16)。又见 Antoine Mostaert, Sur quelques passages, pp. [302]~[303]。

⑫ "ǰoluγa ~ ǰolγa"，见 Poppe, op. cit., p. 120, n. 48。

⑬ 鲍培教授读之为 "edür"（op. cit., p. 126, 10a6），田清波神父在 1957 年 8 月 27 日的来信中建议这个词可能是 "nadur"，我接受了田清波观点，读它为 "nadur"。

⑭ 第 6 行一半内容残缺。

⑮ "kürsü" 见 Poppe, op. cit., p. 120, n.49。

⑯ "[qu]rdun-a" 见 Poppe, op. cit., p. 120, n.51。

⑰ 该行的后四分之一残缺。

⑱ 鲍培教授读 "urida"，本人更赞同 "ürida"。

[9] 到此番话 ①,摆动大麻 ② 绳子,他回去了 ③。[···]④

[10] 事实上 ⑤,走了一个月才到达海面 ⑥,把海 ⑦ 里 ⑧ 所见到 ⑨ 的一切 ⑩

[11] 讲述 ⑪ 给自己的手下诺颜们。

[12]众多诺颜听 ⑫ 了之后很是惊讶 ⑬,正如 ⑭ 他自己在海里感到很惊奇 ⑮ 一样。那时 ⑯ 再

[13] 一次召集 ⑰ 他们,

---

① 虽然此行后四分之一的内容被遗失,但很明显,"ane ü[g]e[-yi]" 后面有 "Sulqarnai" 的名字。"tere üge-yi Sulqarnai [12] sonosču bürün" 的模式,可见于 10 叶正面 11~12 行。

② "olasun ~ olosun" 见 Poppe, op. cit., p. 120, n. 52。

③ 只可以看见 "γ-",本人推测它为 "γ[arba]"。

④ 第 9 行后四分之一的文字被遗失。

⑤ "kü kü" 写重了,应把后面的 "kü" 去掉。

⑥ 本人尊重鲍培教授的意见,但是因为 "γ[arču]" 的 "γ-" 很明显,我更喜欢恢复它为 "γ[arču d]aγusba"。

⑦ 鲍培教授转写之为 "dalai",但实际上只有 "d-a-l" 几个字母可以看得见。考虑到下面有 "dotor-a-qi" 字段,大概可以确定 "dal[ai]" 后面有属格后缀,可以恢复为 "dal[ai-in]"。

⑧ "dotor-a-qi"〔"dotor-a + -qi(>-ki)"〕,见 Poppe, op. cit., p. 120, n. 53。

⑨ "üǰegsenigen"〔"üǰe"(看见)+ 过去时 "-gsen" + 反身格 "-igen"〕,见 Poppe, op. cit., p. 120, n. 54。

⑩ "bügedei"〔"bügede"(全部、所有)后加把格 "-i"〕,见 Poppe, op. cit., p. 120, n. 55。11 叶正面 3 行有 "bügedeyi"("bügede" 加把格 "-yi" 形式)。"üǰegsenigen bügüdei" 中 "bügüdei""ali-be üǰegseni-in ... bügüdeyi"(11 叶正面 2~3 行)中 "bügüdeyi"的位置,可参考《蒙古秘史》§145 "tendeče Ĵelme maγalai γudusun de'el qubčasun-iyan bügüde-yi talǰu ..." 和 "qu[b]časun minu bügüde-yi talǰu" 表述。

⑪ 鲍培教授恢复之为 "ü[gülen]",因 11 叶背面 12 行底部有 "ügüleǰü ögbe",本人觉得这种用法在此处更合适,所以恢复为 "ü[güleǰü]"。

⑫ "sonasču"〔"sonas- ~ sonos-"(听)加后缀 "-ču"〕,见 Poppe, op. cit., p. 120, n. 56。

⑬ 田清波神父在 1957 年 10 月 5 日的来信中写道:

Je pense qu' il faut lire γaiqalduba. Le copiste a placé la "corne'' (mo. eber) du l trop bas, tout comme dans olan, premier mot de 10v10"

⑭ 鲍培教授读之 "tein"(Poppe, op. cit., p. 120, n. 57),但应该标作 "teyin"。

⑮ "teyin kiǰü",又见于 12 叶背面 12 行。

⑯ 也作 "不久之后,稍后"。

⑰ 鲍培教授读 "quriγaǰu (?)",实际上其后面的问号可以被去掉。可见 Poppe, op. cit., p. 120, n. 58;本人关于 10 叶背面 11 行 "quriyaǰu" 的注释。

10叶背面

[1] 与他的诺颜们商议[①],他忠告说:"唉,我的诺颜们,请[②]听着[③]!我[④]现在[⑤]

[2] 将说出一个[⑥]想法,那就是我(想)和太阳母亲[⑦]一起落山[⑧],

[3] 黑暗[⑨]在什么地方,我将到达那个地方,看看它是远

[4] 是近[⑩],(与太阳一同)落山/到达黑暗的地方,怎么样[⑪]

[5] 又无道理?"于是他的伙伴/诺颜[⑫][…][⑬]相互说道:

[6]"现在 Sulqarnai,[…][⑭]广阔的[⑮]土地和海洋,[对自己]

---

① 鲍培教授读9叶正面13行的最后一字为"ay-a",10叶背面1行的第一个字为"inturun",然而这些读法不太准确,应读作"ay-e (=ey-e)" "ayetürün(=eyetürün)"(商议劝告)。类似的表达,《蒙古秘史》中有"ča'ur ča'ura-"(作战战役)(见 Haenisch, Wörterbuch, p. 26)、"qurim qurimla-"(盛宴宴会)(见 Haenisch, Wörterbuch, p. 73)。因为"ay-e"就是"ey-e"的另一种写法,鲍培教授的意见(Poppe, op. cit., p. 120, n. 59)需要改正。鲍培教授在1957年8月5日的来信中写到他已把原来读的"inturun"改作"eyetürün"。

至于动词"eyetü-",《蒙古秘史》中的例子见 Haenisch, Wörterbuch, p. 48;《蒙古源流》中的例子见 Antoine Mostaert, Scripta Mongolica II, Part I, p. 74。

② "aγtun",第二人称命令式动词,可见 Poppe, op. cit., p. 120, n. 62。

③ "sonosču ~ sonasču",见 Poppe, op. cit., p. 120, n. 61。

④ 鲍培教授读作"ene"。但是这个单词不容置疑是"an"。"bi ... duradču an buyu"意为"我…正回想起/铭记"。罕见"an"的用法,另见于"完哲都1305年的函件"第9行。

⑤ "adüge (=edüge)"的"a (=e)"变得较模糊,有点像"o"或者"u",但这个单词显然就是"adüge (=edüge)"。

⑥ "nigen"字,写在上边页眉,稍微往左边倾斜,似乎是抄录者第一次遗漏,后来加上去的。

⑦ "naran äke (=eke)"的表达,见 Poppe, op. cit., p. 121, n. 63。

⑧ "singgeldüsü"("singgeldü-"+表示第一人称决定的后缀"-sü"),可见 Poppe, op. cit., p. 121, n. 64。

⑨ "qarangγu ~ qarangγui",见 Poppe, op. cit., p. 121, n. 65。

⑩ "qolaba [4] oyir-a-ba",见 Poppe, op. cit., p. 121, n. 66。

⑪ "yambar [5] yosutu büǰügüi"也许可以与《蒙古秘史》§245中的"yambar yosun bolumui"对比。

⑫ 或许是"noy[ad]",但不是鲍培教授转写的"no[yad]"。

⑬ 第5行后四分之一残缺。

⑭ 第6行末端四分之一残缺。

⑮ "deligetü",见 Poppe, op. cit., p. 121, n. 68。

说①，‘我要去往②

[7] 黑暗的方向③’，[…] 这个想法④，[…]”⑤

[8] 由此 Su[lqarnai]⑥，[…]⑦，

[9] “请跟上！”⑧[…]⑨

[10] 众多诺颜 […]⑩，

[11] 召集 […]⑪，日已落山，[…]⑫，

[12] 下去⑬，[…]⑭ 到 / 向黑暗的入口，

10 叶正面

[1] 与 [他的] 伙伴们⑮ 进入⑯[…]⑰

---

① 鲍培教授读“[keme]n”，因第 2 个音节的元音“-e-”可以看得很清楚，本人转写为“[kem]en”。

② “odsu”（“od-”(去，走) + 表示第一人称决定的“-su”）。

③ “ǰug (=ǰüg)”，见 Poppe, op. cit., p. 121, n. 69。

④ 鲍培教授读作“am qadi(?)”。因为文中较清楚地写着“ane (=ene) sedk”，本人恢复第二个字为“sedk[il]”。在这一点上鲍培教授的读法需要改正。

⑤ 第 6 行末端四分之一残缺。

⑥ 鲍培教授读“s[ulqarnai]”，实际名字的前面两个字母都可以看得清楚，所以应该是“Su[lqarnai]”。

⑦ 第 8 行下半部分残缺。

⑧ “daγadqun”（“-dqun”第二人称命令式），见 Poppe, op. cit., p. 121, n. 71。

⑨ 第 9 行其余部分都被遗失。

⑩ 好像还有一个字的开头“ǰ-e”，其余文字都被遗失。

⑪ “quriyaǰu”的宾语在第 10 行残缺部分中。

⑫ 第 11 行的下半部分残缺。

⑬ 鲍培教授读“oroǰu”，但本人有些怀疑：如果这样的话，它将是该文献中出现的唯一一个“oro-”（而非“ora-”）；更何况此处好像不应该有“oraǰu”（可以参见 9 叶背面 5 行和 7 行的“oraǰu”）。本人暂定它为“baγuǰu”，但总觉得应该是另一个词。

⑭ 第 12 行的下半部分残缺。

⑮ 鲍培教授读“[us]un-du”，如果我们把它与下面第 7 行的“nöked”和 11 行的“usun”做一下比较，便可以确定该单词为“nöked”（而非“usun”）；文中没有出现过后缀“-du”，所以“nöked”后只能加“tü”。实际上，7 叶正面 11 行已经出现过“nöked tü”例子。

从前后文的关系，我们可以得知 Sulqarnai 去往黑暗世界，并不是通过水(海洋)实现的，同时也跟伙伴们一起去的。

⑯ 我遵循鲍培教授的观点，读它为“or[aǰ]u”，但并不确信读对了。

⑰ “or[aǰ]u”后面有一两个字母的模糊字迹，第 1 行的其余文字都被遗失。

[2] 里面走着。那个 [⋯][①],

[3] 来了, Sulqarnai[⋯][②],说道[③]

[4] “这个[④]黑暗 [⋯][⑤],

[5][⋯][⑥]之间,他们派遣并走着[⑦][⋯][⑧],

[6] 去[⑨],相信自己会活到三千年 [⋯][⑩]

[7] 其他如此多的伙伴,

[8] 并没有 [缘由][⑪]和你一样高寿。[我们] 几乎不能[⑫]看到这些结果[⑬]。[⋯][⑭]

[9] 已经到达[⑮]öri[⑯]只有[⑰]艰难[⑱]的地方,危险和灾难中[⑲]。

---

① 第 2 行其余文字都被遗失。

② 第 3 行其余文字都被遗失。

③ 这是 11 行下面的 “kemen ügülebe”。

④ 鲍培教授读作 “in”,虽然模糊了点,但也可以知道它是 “ane (=ene)”。

⑤ 第 4 行其余文字被遗失。

⑥ 残缺的内容应该在第 4 行末端。

⑦ 有 “-ban” 反身格,可能是宾格。

⑧ 第 5 行下半部分残缺。

⑨ 我接受鲍培教授的意见,读 “ya[buba]”。

⑩ 第 5 行下半部分的文字都被遗失。

⑪ 本人尝试恢复第 7 行最后一个字为 “üres”,下一行的 “ade üresi” 不由得让我想起此处也应该有 “üres”。

⑫ 鲍培教授认为是 “aran”(人民)(Poppe, op. cit., p. 127, 11a8),但在我看来,应该是副词 “aran ~ arai”(仅仅,几乎不,只是)。“aran üǰe-” 的表达,在《蒙古秘史》§94 中得到了证明:“aran üǰeba ǰe čimayi” ; “aran” 的另一个例子在《黄金史纲》,见 C. R. Bawden, The Mongol Chronicle Altan Tobči, Göttinger Asiatische Forschungen, Band 5, Wiesbaden, 1955, p. 127, n. 2。

⑬ “üresi”(“üre”(缘由、种子)+ “-s”(复数)+ “-i” 把格),见 Poppe, op. cit., p. 121, n.72。

⑭ 第 8 行下面四分之一残缺。这儿可能包括 “nöked činu”(你的伙伴)两个字。

⑮ 本人猜测这个字为 “b[olba]”。

⑯ 我们很难确定这个词应该读 “öri” 还是 “nöri”,关于这个词的评述见 Poppe, op. cit., p. 121, n.74。

⑰ “ütü” 见 Poppe, op. cit., p. 121, n.75。

⑱ “berkes”〔“berke”(艰难、困难)+ 复数 “-s”〕,见 Poppe, op. cit., p. 121~122, n.76。

⑲ 见上页注释 ⑬。

[…][1]

[10] 至于你，赶快回去。现在没有土地没有

[11] 海水，没有被你征服[2]（都被你征服了）。”

[12]Sulqarnai 听完此番话，对他的伙伴们说道[3]：“现在

11 叶背面

[1] [我们] 必须从这里回去，我们一起祈求[4]

[2] 上天 [赏赐我(生命之)] 水，即使上帝预定[5]给我[6]的生命结束了[7]，[我] 也不能死在这里，而要长生不老。”

[3] 他到达，祈祷着。当他走近黑暗[8]的界极、门口

[4] 有一个人，隐藏着身子[9]

[5] 给了 [他] 满[10]盅子[11]的水，[并] 说 [道][12]：“Sulqarnai 你 […]

---

① 如果“b[olba]”的猜测是对的话，第 9 行残缺的字数不多于一个。

② “bitügdesen”〔“bitü-”+ 被动态“-gde-”+ 完成时“-sen (<-gsen)”〕，见 Poppe, op. cit., p. 122, n.77。

③ 这是 11 叶背面第 3 行的“kemen ügülejü bürün”。

④ “γuyildusu”〔“γuyi-”（请求）＋互动态“-ldu-”＋表示意愿的“-su”〕。此处互动态“-ldu-”表示共同态“-lča”的意思。

⑤ “jayaγdaγsan”〔“ǰaya- ~ ǰayaγa”（注定，预定）＋被动态“-γda-”＋完成时“-γsan”〕，见 Poppe, op. cit., p. 122, n.73。“ǰayaγdaγsan”在《华夷译语》（下）中也找到一个例子。又见 Marian Lewicki, La langue mongole des transcriptions chinoises du xiv siècle, Le Houa-yi yi-yu de 1389, Wroclaw, 1949, p. 138; Erich Haenisch, Sino-Mongolische Dokumente vom Ende des 14. Jahrhunderts, Berlin, 1952, p. 22(3)。“1362 年蒙汉文合璧忻都王纪念碑”蒙文部分第 3 行出现过“ǰayaγdaγsabar”，见 Francis Woodman Cleaves, “The Sino-Mongolian Inscription of 1362 in Memory of Prince Hindu”, Harvard Journal of Asiatic Studies 12 (1949). 1-333 (+ Plates I-XXVII) (p. 67).

⑥ “minu”和“ban”连用的情况不常用，但这也不是唯一一个例子。

⑦ 鲍培教授读“nököd”（因为它跟“minu”连在一起）。然而，我们应该正确地读作“tögüsbesü”（“tögüs ~ tegüs”＋“-besü”），见 12 叶正面第 7 行的“tögü[sbesü(?)]”。

⑧ 鲍培教授读作“qarangγu”，而实际上最后一个音节残损，故“qarang[γu]”。

⑨ “beyegen”〔“beye”（身体）＋反身“-gen”〕，见 Poppe, op. cit., p. 122, n.79。

⑩ 此处的“dügüren”就是 13 叶背面第 4 行的“dügüreng”。

⑪ “čögečeber”〔“čögeče”（杯子，盅子）＋用格“-ber”〕，见 Poppe, op. cit., p. 122, n.80。

⑫ 这是本人恢复的“[ügülebe]”（第 9 行下面）。

[6] 从 [上天]① 赐予 ② 的三千年中，[…]③

[7] 现在如果你喝了 ④ 这个水，

[8] 直到 […]⑤ 时刻 ⑥ 上天和大地 ⑦ 都转化（＝摧毁）⑧，其时 ⑨，也不能死，[…]⑩

[9] 你将享有不朽的生命。

[10][Sulqarnai] 听 [着这些话]⑪，并对自己的伙伴说 ⑫：

[11] "这个 […]。" 当他的伙伴们答 [道]⑬：

[12] "你在 [对你自己] 说 '黑暗 […]。'"⑭ 走到外面 ⑮，对众多伙伴们说道 ⑯，'啊！ ⑰[…]⑱

---

① 鲍培教授恢复之为 "[tngri-deče]"，但因为 7 叶背面 6 行写的是 "tngri-de soyurqaɣdaǰu"，本人更喜欢写作 "[tngri-de]"。

② 鲍培教授读作 "soyurqaɣdaɣsan"。但因 Hongor Oulanoff 先生所注（1957 年 10 月 28 日）："抄录者删略了被动态 '-ɣda' 的 'ɣ'"，本人恢复之为 "soyurqa[ɣ]daɣsan"。

③ 第 5 行下端 "či" 和 "[tngri-de]" 之间，至少一个字残失。

④ 鲍培教授转写为 "u[ɣuǰu]"，但是因为其 "-ɣ-" 可看得见，故 "uɣ[uǰu] 更为准确。

⑤ 此行的下半部分残失。

⑥ "keǰige" 最后一个字母 "-e"，部分可以看得见，所以本人读之为 "keǰige"。"keb keǰige"（不是 "keb keǰiye"）见 Poppe, op. cit., p. 122, n.86。

⑦ 鲍培教授读作 "tngri ɣaǰar"，然而 "tngri"："t-" 的一半和 "-n-" 可以看得见，"ɣaǰar"：除 "-r" 外，其余字母都可以看得见，所以应该是 "[t]n[gri] ɣaǰa[r]"。

⑧ "直到上天和地球都摧毁"。

⑨ 鲍培教授没有翻译 "inaɣsi-da"。

⑩ 第 8 行下半文字残损。

⑪ 根据 10 叶正面 11~12 行 "ügülebe tere üge-yi Sulqarnai [12] sonosču" 段文字，本人同样恢复第 9 行下端的文字为 "ügülebe tere üge-yi Sulqarnai sonosču"。

⑫ 鲍培教授读 "kemebe"，但实际上是 "kembe"。

⑬ 应恢复 "kemen ügülebe" 结束这段引语。

⑭ 11 行下端四分之一的文字残缺。

⑮ 鲍培教授读 "qada ɣarču"（见 Poppe, op. cit., p. 127, 11b12）。"qada ɣar-" 等同于 Kowalewski , Dictionaire mongol-russe-français（2. 990b）中的 "ɣadaɣa ɣar-"（到外面，出去）；喀尔喀方言中的 "гадаа" 见 Rinčine, Краткий монгольско-русский словарь（p. 44a）。

⑯ 11 叶正面 1 行的 "kembe"。

⑰ 鲍培教授读之为 "ene"。田清波神父在 1957 年 8 月 27 日的来信中写道：

Ene est certainement fautif. N' est-ce pas l' interjection a 'oh!' ?（读 "ene" 肯定是错了，或许可以写作 'oh'）。

⑱ 12 行末尾至少缺一个字，也许是 "ta"（你，你们）。

11叶正面

[1]然后，[你]如果喝，有什么阻碍？'"①所以[他如是做了]②。[…]③

[2]他出来了。[他]告诉④他的人民⑤黑暗中遇到⑥的

[3][…]⑦一切⑧和所有细节。

[4]之后，[…]⑨那个水，用手，[…]⑩

[5][…]⑪我的⑫[…]对/向我的好伙伴们。

[6]我给生命之水。这个⑬[…]⑭。"

---

① "yaγu alǰaqu"也许可以与《蒙古秘史》§271中的"ya'un alǰaqu"，§131中的"ülü alǰaqu"对照。鲍培教授对"alǰa-"的解释见Poppe, op. cit., p. 122, n. 81。又见本人对Erich Haenisch, Geheime Geschichite der Mongolen的评论（Harvard Journal of Asiatic Studies 12 (1949). 497~534 (pp. 525~526)；Francis Woodman Cleaves, "The Sino-Mongolian Inscription of 1362 in Memory of Prince Hindu（", Harvard Journal of Asiatic Studies 12 (1949). 1~333 (+ Plates I-XXVII) (p. 110, n. 81)关于形容词"alǰangγu"的注释。

② 本人根据9叶正面12行，12叶背面12行下面"teyin kiǰü"的表达，恢复此处"teyin"后面的字为"[kiǰü]"。

③ 第1行至少残缺一个字。

④ 鲍培教授恢复之为"ü[gülebe?]"，本人参照9叶正面10~12行的"dal[ai-in] [11] dotor-a-qi üǰegsenigen bügüdei noyad-turiyan ü[güleǰü] [12] ögbe"，更喜欢读作"ü[güleǰü ögbe]"。

⑤ "irgen orγan"见Poppe, op. cit., p. 122, n.83。

⑥ 鲍培教授读作"üǰegseni(?)-in"〔"üǰe-"（看见）+完成时"-gsen"+反身"-igen"〕（Poppe, op. cit., p. 127, 12a2）。9叶正面11行的"üǰegsenigen"与11叶正面2行的"üǰegseni-in"相互对应：dal[ai-in] [11] dotor-a-qi üǰegsenigen qarangγu dotor-a-qi ali-be üǰegseni-in

在《蒙古秘史》中也可以找到相同的例子（只有"-i-in""-i'en"的区别）。

⑦ 第2行的最后一个字残缺。

⑧ 不大可能是鲍培教授读的"qadayin"（Poppe, op. cit., p. 127, 12a3），因为第1个字母是"s-"不是"q-"；第3个元音为"-a-"不是"-i-"。故可以读作"stayan"、"seteyen"、"sadayan"或"sedeyen"，本人认为它是动词词根"sata-"+"-yan"的派生词。《蒙古秘史》中的"sata-"见Erich Haenisch, Wörterbuch zu Manghol un Niuca Tobca'an, P. 132。"stayan"的同义词有"bügede"（全部，所有），见我关于"satas"（12叶背面11行）的注释。

⑨ 第2行最后一个字被遗失。

⑩ 第4行末端必有"teyin kembe"等，引出下面的引语。

⑪ 第5行下半部分残缺。

⑫ 此处的后缀应该是"-iyen"（而非"-iyan"）。

⑬ 鲍培教授读"ani(?)"，尽管后面两个字母（"kü"）模糊，但它显然是"anekü(=enekü)"（这个）。

⑭ 第6行其余文字被遗失。

[7] 有些[①] 人相互说道:“上天赐予 [它][②],如果 [我们] 喝[③] 了 [它]

[8] 为好 / 是合理的。”有些人说:

[9] “[…][④],如果 [我们] 喝,将会怎么样?”其中有一个好 [老人][⑤],

[10] 是位英明的大臣,他这样说道[⑥]:

[11] “至于这点,[你] 如果喝了这个水,直到天地转化

[12] 都将不死,对尘世感到厌烦,你将

12 叶背面

[1] 变成死亡与生存的阻碍[⑦]。如果你的人民都死了

[2] 之后[⑧],你[⑨] 一个人活着 [会] 有什么用?

[3] 虔诚服从你的人民不再出生[⑩]。

[4] 如果 [你][不][⑪] 怕那种情形,看到它的结果[⑫] 后悔,说

[5] “如果当初我没喝这个水,我 [将][⑬] 会

[6][…][⑭] 如此?’请喝吧。如果 […][⑮],

---

① “ǰarimud”〔“ǰarim”(部分、有些)+复数“-ud”〕,见 Poppe, op. cit., p. 122, n. 85。

② “上天的恩赐,赐予,授予”。

③ 鲍培教授读“u[γubasu]”,其实“-γ-”和部分“-u-”可以看得见,本人标之为“uγu[basu]”。

④ 第 8 行下面四分之一残缺。

⑤ 可以看得见有“-b-”,本人恢复之为“abügen (=ebügen)”。

⑥ 鲍培教授读“kembe”。

⑦ “saγar ~ saγad”,见 Poppe, op. cit., p. 122, n. 88。

⑧ “qočarbasu”〔“qočar-”(>qočor)(留下,剩下)+“-basu”〕。

⑨ “činu ber aγsan činu”代名词重复使用的例子较常见。

⑩ “törei”〔“töre-”(>törö)(出生)+古代用法“-i”〕,见 Poppe, op. cit., p. 122, n. 90。

⑪ 鲍培教授读“gemsiküi-eče aiqu bügesü”,但这句话与诺颜想要表达的意思恰恰相反,所以我们可以说抄录员遗漏了一个“ülü”。

⑫ “üǰügür”的解释,见 Poppe, op. cit., p. 122, n. 91。

⑬ 不知道蒙古文本条件句中出现了什么动词,翻译中有必要加一个“would(将,会)”。

⑭ 第 5 行其余文字都被遗失,其中应该有一个“bol-”(是,成为)。

⑮ 其余文字残缺,从模糊的字迹看好像有“t[eyin]”,“ker-be t[eyin]”表示“如果那样。”

[7] 将来，对你不利 ①/ 你将会变得不好，你 ②。”

[8]Sulqarnai 听了 [···]③，说道：“如果是 ④ 这样，[···]⑤[什么]⑥

[9] 用途？”，手里 ⑦ 拿着 [生命水]

[10] 当他洒去彼水 ⑧，

[11] 水落在 [···]⑨ 柏科树 ⑩ 的树叶 ⑪——不分春夏，永不 ⑫

[12] 干枯的树上。这样做了。安全地回到

12 叶正面

[1] 名为 M[is]ir 的城 ⑬ 里。之后，Sulqarnai 大 [···]⑭ 聚集 ⑮

---

① “maγui bol-”（对……不利、变得不好），见《蒙古秘史》§ 67 中的“ma<u>’u bolǰu”。

② “či qoina maγui bolqu či”，代名词重复使用两次，日常用语中也常见。

③ 第 7 行下面四分之一的文字被遗失，然而它们很可能就是“tere üge-yi”（把那句话）。

④ 鲍培教授恢复之为“bü[ged]”（Poppe, op. cit., p. 128, 12b8），解释“teyin bü[ged]”为“und sodann”（并且）。田清波神父在 1957 年 10 月 27 日的来信中写道应该读作“teyin bü[gesü]”。

⑤ 遗憾的是，第 8 行下半部分残缺。本人觉得遗失的文字中应该有“usun”（水）。

⑥ 第 8 行的末端肯定有过“[yaγun]”（虽然现在被遗失）。

⑦ “γarturiyan”〔“γar”（手）＋方位格反身“-turiyan”〕，见 Poppe, op. cit., p. 123, n. 93。

⑧ “ilebesü”用作辅助动词。

⑨ 第 10 行最后一个字只能看见一两个模糊的字迹，可能是“deger-e”（“arča modun-u n[abči]n[-u deger-e]”）。

⑩ “arča modun”（“arča”用来具体指定、说明“modun”），见 Poppe, op. cit., p. 123, n. 94。

至于“arča-in nabčin”的用法，见鲍培引用的 Ger dabqučaγuluγsan sudur (Kūṭāgāra sūtra)，(The Mongolian Monuments in hP’ags-pa Script, Second Edition translated and edited by John P. Krueger, Göttinger Asiatische Forschungen, Band 8, Wiesbaden, 1957, p. 107, n. 96)。

⑪ 词首的“n-”、词尾的“-n”，还有词中“-b-”的一半，可以看得见；另外“arča modun”确实有叶子，由此大概可以确定它为“n[abči]n”。

⑫ 鲍培教授读“qatan”。但实际上其第一个字母是“s-”（而不是“q-”），所以读“satas”“satγ (=sataγ)”“sadas”或者“sedes”等。本人认为它与 11 叶正面 3 行的“satayan”有关系，是“oγto (~ oγta)”的同义词，“sadas ül[ü]”等于“oγto ülü”。

⑬ 鲍培教授读“balγasun-a”，但文中写的是“balaγasun-a”。

⑭ 第 1 行末端的文字残缺。

⑮ “quriǰu”见 Poppe, op. cit., p. 123, n. 99。

[2][他的]伙伴们,说道[①]:"我的诺颜们,请听着[②]! 自从[③]

[3] 上帝创造[④]大地母亲[⑤]以来

[4] 从前[⑥],曾生有几个可汗[⑦],现在[⑧][…][⑨]

[5] 今后,将会生[⑩]有几个可汗。[…][⑪]

[6] 由天命,唯独我享受了

[7] 这个福气[⑫][…][⑬]活[⑭]了三千年。走到生命的尽头[⑮]

[8] 没有人没有被我[⑯]看见过(见过世上所有的人)"

[9] "横越[⑰]大地、大海[⑱]、海底,

---

① 这是 8 行下面的"kembe"。

② "sonosudqun"见 Poppe, op. cit., p. 123, n. 100。

③ 此处的"inaγsida"等同于 11 叶背面 8 行的"inaγsi-da"。

④ "ǰoqiyaγsan"见 Francis Woodman Cleaves, "The Sino-Mongolian Inscription of 1362 in Memory of Prince Hindu", Harvard Journal of Asiatic Studies 12 (1949). 1-333 (+ Plates I-XXVII) (p. 95~96, n.11),关于"ǰoqiya-"正字法的解释。

⑤ "atüge ake (=etüge eke)"见 Poppe, op. cit., p. 123, n. 101。

⑥ 鲍培教授读"urida",但文中写的是"ürida"。

⑦ "qad"["qan"(君主、国王)+复数"-d"]见 Poppe, op. cit., p. 123, n. 103。

⑧ 鲍培教授读"edü[ge]",词尾的"-e"可以看得见,不过我更喜欢标作"adü[g]e"。

⑨ 第 4 行后三分之一的内容被遗失。

⑩ 鲍培教授恢复之为"t[örebeiǰ-e]"。12 叶正面 6 行下面出现过"töremü ǰ-e",故我更喜欢恢复为"t[öremü] ǰ[-e]"("ǰ[-e]"的"ǰ"可以看见,不应该写在括弧里)。

⑪ 第 6 行其余文字被遗失。

⑫ 鲍培教授转写为"ǰirγalangγi",但文中写的是"ǰirγalngγi (=ǰirγalangγi)"〔"ǰirγalng(=ǰirγalang)"+把格"-γi"〕,见 Poppe, op. cit., p. 123, n. 104。

⑬ 第 6 行其余文字被遗失。

⑭ 鲍培教授读"nasula[qu]",文中的第 2 个"-a-"看不清楚,应该标作"nasul[aqu]"。

⑮ 鲍培教授恢复之为"tögü[sčü?]",11 叶背面 1 行有过"tögüsbesü"的表述,此处我也恢复它为"tögü[sbesü(?)]"。

⑯ 鲍培教授读"ende"(这里),本人最初读作"ade"(这些),后来接受田清波神甫 1957 年 10 月 27 日来信的建议,改作"nada"。

⑰ 此句有一连串的宾语(dalai ötögen-i yeke tenggis-i tenggisün iruγ[ar-a]),第 9 行末尾的那个动词很可能就是"tu[γulǰu]"(横越、来回移动)。Kowalewski, Dictionaire mongol-russe-français 中的转写("togholkhou, doughoulkhou")(3. 1809a)有误。《1362 年蒙汉文合璧忻都王纪念碑》蒙古文部分第 23 行有"ǰaγur-a berke čöl-nuγud-i tuγuluγad"(穿过艰难的沙漠)一句。

⑱ "tenggis"突厥语借来词,见 Poppe, op. cit., p. 123, n. 106; 又见 Pelliot 对 G. D. Sanžeev 著"Манчжуро – монгольские языковые параллели(满—蒙古语比较)"(Nзвестия Академии Hayk, 1930, p. 117)的评论。

[10] 到达。[我]登上 Sumur 山顶[①],我曾去往落日的方向追随过

[11] 黑暗。行走两年[②],第三年的时候

[12] 被赐予永恒[③]水,我出来了。

[13] 我已活了三千年。目前,今世上唯独我[④]

13 叶背面

[1] 成为可汗,这世上从未有[⑤]过

[2] 像我[⑥]这般享福的可汗。当我[⑦]死的时候,

[3][让我]环行一次大海(=世界)[⑧]。首先[⑨]献祭[⑩]一千个少女[⑪],装满一千个 natur[⑫] 的

[4] 金子、珠宝[⑬]。

---

① "orai" 鲍培教授前面已做过注释,不经意此处重复了一次(Poppe, op. cit., p. 123, n. 107;op. cit., p. 117, n. 14)。

② "od" ["on" (年、年岁)+复数 "-d"] 见 Poppe, op. cit., p. 123, n. 109。

③ "mongke-usun" 中 "mongke(=möngke)" 被用作实词。

④ 代名词重复使用两次(adüge bi ane γaǰar-un deger-e γaγča bi)。

⑤ "bülege ~ bülüge" 见 Poppe, op. cit., p. 123, n. 112。

⑥ 鲍培教授读 "minu",因为中间两个字母模糊不清,我标作 "m[in]u"。

⑦ "如果我死了",即"当我死了的时候"。"namayi",我的宾格;"ükübesü","ükü-"(死)+表示条件、假设 "-besü"。

⑧ 鲍培教授译 "dalai" 作 "alle, alles" (海水、海洋)(Poppe, op. cit., p. 123, n. 113)。本人认为此处的 "dalai" (大海)指的就是"世界"。

⑨ "angqa urida" 的表达,见 Francis Woodman Cleaves, "The Sino-Mongolian Inscription of 1335 in Memory of Chang Ying-jui (1335 年蒙汉文合璧张应瑞纪念碑)", *Harvard Journal of Asiatic Studies* 13 (1950). 1-131 (+ Plates I-XXXV) (p. 124, n. 207)。

⑩ "argülüdkün (=ergülüdkün)"("argü(=ergü)" 提供,贡献+使动态 "-l-"+第二人称(复数)祈使 "-dkün"), 见 Poppe, op. cit., p. 124, n. 116。

⑪ 鲍培教授读 "narid ökid" (Poppe, op. cit., p. 123, n. 114),而原文写的 "ökidi"。

⑫ 这个词好像不是 "nadur" ["bi" (我)的与格],更不可能是鲍培教授提议的阿拉伯语 نادر (nā d(i)r)(罕见的、珍贵的、不寻常的)。本人暂定它为 "natur" 是因为有一个人名叫 Na-t' u-erh 纳圆儿,见 Paul Pelliot et Lounis Hambis, Histoire des Campagnes de Gengis khan, Tome I, Leiden, 1951, p. 153。

⑬ "tana" 见 Poppe, op. cit., p. 124, n. 115;又见 Francis Woodman Cleaves, "The Sino-Mongolian Inscription of 1338 in Memory of Ĵigüntei", *Harvard Journal of Asiatic Studies* 14 (1951). 1~104 (+ Plates I-XXXII) (p. 96~97, n. 124)。

"subud" 见 Reverend Antoine Mostaert apud Francis Woodman Cleaves, "The Sino-

[5] 之后，精选一千个年轻①且优秀的摔跤手和

[6] 唱着的②，歌手③，弹琴的④，琴手⑤，派遣一千个

[7] 二三十岁⑥的年轻男子。其后⑦让走⑧

[8] 一千个白发⑨老人。[…]⑩让

[9] 老头⑪立刻⑫走⑬，祈祷⑭。派送⑮[…]⑯，让他们手持

[10] 矛⑰和剑⑱。并且让我的

Mongolian Inscription of 1362 in Memory of Prince Hindu", *Harvard Journal of Asiatic Studies* 12 (1949). 1-333 (+ Plates I-XXVII) (pp. 96~97, n. 213)。

① "ǰalaγus"["ǰalaγu"（年轻人）+ 复数 "-s"]，见 Poppe, op. cit., p. 124, n. 117。

② "让他们唱"。

③ "iraγus"["iraγu"（歌手）+ 复数 "-s"]，见 Poppe, op. cit., p. 124, n. 118。

④ "让他们弹琴"。"quγurdaǰu"，见 Poppe, op. cit., p. 124, n. 119；使动态 "qu'urda'ul" 在《蒙古秘史》中的例子见 Erich Haenisch, Wörterbuch zu Manghol un Niuca Tobca'an, Geheime Geschichite der Mongolen, Leipzig, 1939, p. 73。

⑤ "quγurčini"["quγur + či"（琴手）+ "-n"（复数）的宾格]。

⑥ "nasutani"["nasutai"（……岁的）+ 复数 "-n" + 把格 "-i"] 的数、语法形式都与 "köbegüdi"（把小伙子们）一致，见 Poppe, op. cit., p. 124, n. 120。

⑦ 鲍培教授恢复之为 "q[oina]"，而实际上最后的 "-a" 也可以看得见，故 "q[oin]a"。

⑧ 鲍培教授恢复 "y[abuγuludqun]"，第一音节的 "-a-" 可以看得见，故应该 "ya[buγuludqun]"。

⑨ "čaγaγad"["čaγaγan ~ čaγan"（白的）+ 复数 "-d"]，"čaγaγad terigüten" 的表达见 Poppe, op. cit., p. 124, n. 121。

⑩ 这一行的末尾至少缺一个字。

⑪ 鲍培教授读 "ebüged"，但是第一个字母 "a- (=e-)" 已残失，故应该是 "a[büged]"。

⑫ 本人猜测这个词为 "d[aru]i-dur"。

⑬ "[y]abu[tuγai]" 的只有 "-abu-" 三个字母可以看得见。当然也有可能不是 - tuγai"，而是别的形式。

⑭ 尽管较难识别，这个词毫无疑问是 "ǰalbariǰu"。

⑮ 鲍培教授读 "yabuγul[udqun?]"，因为词尾的 "-n" 模糊可以看得见，我毫不犹豫地读它为 "yabuγul[udqu]n"。

⑯ 第 10 行下面三分之一的文字被遗失。

⑰ 本人接受鲍培教授的意见，读 "ǰidas"["ǰida"（矛）的复数]。但同时必须指出，这个词通常由 "č-" 开头，而不是 "ǰ-"。

⑱ "üldüs"["üldü ~ ildü"（剑）的复数]，见 Poppe, op. cit., p. 124, n. 122。"ǰidas üldüs" 等同于《蒙古秘史》§170 中的 "üldü ǰida"："üčügen-eče üldü ǰida-tur daduγsan irgen tede"。

[11] 手揭露[①]在外面。[…][②]让我[…][③]。如果[…][④]进入

[12] 腹部/胃[⑤],如果[…][⑥]让一千个女孩儿(拿着)珍珠…

[13] 拯救珠宝,[…][⑦]可能会挽救一千个少女。如果[…][⑧]进入

13 叶正面

[1] 这些[⑨],如果上帝滋养[⑩][他们],[…][⑪]会

[2]拯救这些老人。而且[⑫],已经生[⑬]下来,他们必将会死去。

[3] 即使活了三千年,他们最终还是[会]死去。无论[⑭]何时

[4] 必将要死。聚集[⑮]他们[⑯]

[5] 诺颜们[可汗]已经生下来[⑰]。并[⑱]这些[⑲][…][⑳]

---

① "aγuludqun",见 Poppe, op. cit., p. 124, n. 94。

② "namayi"(让我,把我)后的词好像由"üǰe-"开头。

③ 11 行最下面好像缺一个较短的单词。

④ 这句话的主语肯定在 11 行末尾。

⑤ "我的腹部/胃"?

⑥ 大概,它的主语和上一句的主语一致。

⑦ 鲍培教授读"ba",但它肯定是"ǰ-e",故"bülege ǰ-e"。

⑧ 假定它的主语和上一句的主语一致。

⑨ 鲍培教授读"[t]edeger",但是因为"-ed-"字母被残损,应读"t[ed]eger"。

⑩ 鲍培教授读"tngri-d[e] ǰabsar"(Poppe, op. cit., p. 129, 13v1)。比较"aburaqu bügesü aburan čidaqu bülege ǰ-e"(12 叶正面 13 行)、"tngri t[eǰ]iyebesü [2] aburan čidaqu bülege"(13 叶背面 1~2),可以得知此处需要一个动词,我毫不犹豫地断定它就是"t[eǰi] yebesü"。

⑪ "čidaqu"(会,能)的主语肯定出现在 12 叶正面 11 行的结尾。

⑫ "ba"的特殊用法,见注释 197。

⑬ "tore- > törö-"见注释 431。

⑭ 鲍培教授读"keb keǰige",但是文中看不到"-ge",所以我标作"keb keǰi[ge]"。

⑮ 鲍培教授读"urid[a]",因为第一个字母是"q-",本人推测它为"qurid[aǰu]"(聚集,集会)。

⑯ "老人们"。

⑰ "törebei"["töre-(> törö-)"(出生)+"-bei"]。

⑱ 这句话的第二个词无疑是"ba"。

⑲ 鲍培教授读"edübe(?)"(见 Poppe, op. cit., p. 124, n. 125),本人觉得其问号可以去掉,本人更喜欢标作"adübe"。

⑳ 该行其余部分,大概一半文字残缺。

[6] 不管生有多少个诺颜。唉！享乐 [吧]

[7] 在 [⋯][①]。死了之后[②]，就不 [再有] 用了。”说着，

[8]“[我] 已议定，[我] 已（讲）完了，[我] 已议定，”他说道，“老人们[③]，

[9] 享乐 [吧]，死了之后，就不 [再有] 用。”他说[④]：“[我] 已议定

[10] 享乐 [吧]，如果死了，不再有[⑤] 用。

[11] Qutluγ bols-un edülüg kels-ün.”[⑥]

[12] 他说[⑦]：“[我] 已议定，就这样。”

（七）参考书目

A Tentative Classification of Books, Pamphlets and Pictures Concerning Alexander the Great and the Alexander Romances from the Collection of Julio Berzunza, University of New Hampshire, Privately Printed, 1939, pp. viii+138.

Arriani Anabasis et Indica ex optimo codice parisimo emendavit et varietatem ejus libri retulit Fr. Dübner. *Reliqua Arriani, et scriptorum de rebus Alexandri M. fragmenta* collegit, *Pseudo-Callisthenis historiam fabulosam* ex tribus codicibus nunc primum edidit, *Itinerarium Alexandri* et indices adjecit, Carolus Müller, Parisiis, Editore Ambrosio Firmin Didot, Instituti Regii

---

① 第 6 行下面四分之一残缺。

② “如果死了”。

③ 虽然我读之 “abüged” —— 鲍培教授读 “ebüged” ——实际，只能看见第一个字母 “a-”。

④ 这是 12 行下段的 “kembe”。

⑤ 12 行下面的 “ǎjuγu”。

⑥ 鲍培教授认为它是突厥语回鹘文的祝词。

⑦ 我们可以清楚地看出是 “kemebe”，不是 “kembe”。

Franciae typographo, Via Jacob, 56, M DCC XLVI. pp. xxxij+327 ; vj+162 ; xxxij+180.

Adolf Ausfeld, *Der griechische Alexanderroman*. Nach des Verfassers Tode herausgegeben von Wilhelm Kroll, Leipzig, 1907, Druck und Verlag von B. G. Teubner. pp. XI+253.

E. E. Bertel's, Роман об Александре и его главные версии на востоке, Институт Востоковедения, Академии Hayk CCP , Nздательство Академии Hayk CCCP, Москва, 1948, Ленинград. pp. 186 + Содержание + Испавления и опечатки.

Ernest A. Wallis Budge, M. A., *The History of Alexander the Great, Being the Syriac Version of the Pseudo-Callisthenes*. Edited from Five Manuscripts, with an English Translation and Notes, Cambridge: At the University Press, 1889. pp. cxi + 291+275.

Ernest A. Wallis Budge, Litt. D., F. S. A. *The Life and Exploits of Alexander the Great Being a Series of Tsranslations of the Ethiopic Histories of Alexander by the Pseudo-Callisthenes, the Chronicle of Al-Makin, the Narrative of Joseph Ben Gorion, and a Christian Romance of Alexander*, Translated into English from MSS. in the British Museum and Bibliotheque Nationale, M.A., Litt., D. Lit., F.S.A., c. Sometime Scholar of Christ' s College, Cambridge, and Tyrwhitt Hebrew Scholar; Keeper of Egyptian and Assyrian Antiquities in the British Museum from 1894 to 1924, with a Portrait and Thirteen Lines, London, Oxford University Press, Humphrey Molford, 1933, pp. xxix+277.

Dr. I. Friedlaender, *Die Chadhirlegende und der Alexanderroman, eine Sagengeschichtliche und literarhistorische Untersuchung*, Professor am Jewish Theological Seminary, New

York, 1913, Druck und Verlag von B. G. Teubner Leipzig. Berlin. pp. XXIII+338.

Francis Peabody Magoun, Jr., Ph.D., Assistant Professor of English in Harvard University, *The Gests of King Alexander of Macedon: Two Middle-English Alliterative Fragments, Alexander A and Alexander B, Edited with the Latin Sources Parallel (Orosius and the Historia de Preliis, J-Recension)*, with Introduction, Notes, Appendices, and Index. Cambridge, Harvard University Press, 1929. p. 261.

Dr. Friedrich Pfister, Privatdozent der klass. Philologie an der Universität Heidelberg, *Der Alexanderroman des Archipresbyters Leo*, Sammlung mittellateinischer Texte herausgegeben von Alfons Hilka, Heidelberg, 1913, Carl Winter' s Universitätsbuchhandlung. pp. IX+141.

Joseph Skinner, *The Alexander Romance in the American Historians*, Submitted in partial fulfillment of the requirement for the degree of Ph.D. at Harvard University, 1940, pp. "Contents" (1 page) + III +lvii+349. [Typewritten 28 x 21 cm. HU 90.3863]

Dr. Fr. Spiegel, *Die Alexandersage bei den Orientalen. Nach den besten Quellen dargestellt*, Leipzig, Verlag von Wilhelm Engelmann. 1851. pp. VI + "Inhalt'' + "Verbesserungen'' +72.

Dr. Heinrich Weismann, *Alexander, Gedicht des zwölften Jahrhunderts, vom Pfaffen Lamprecht*. Urtext und Ueberſetzung nebſt geſchichtlichen und ſprachlichen Erläuterungen, ſowie der vollſtändigen Ueberſetzung des Pſeudo-Kalliſthenes und umfaſſenden Auszügen aus den lateiniſchen, franzöſiſchen, engliſchen, persiſchen und türkiſchen Alexanderliedern, Zweiter

Band, Ueberſetzung des Pſeudo-Kalliſthenes nebſt den Auszügen, Frankfurt a. M., Literariſche Anſtalt. (I. Rütten.) 1850. pp. VI+608.

Karl Wyss aus Herzogenbuchsee (Bern), *Untersuchungen zur Sprache des Alexanderromans von Pseudo-Kallisthenes (Laut- und Formenlehre des Codex A)*, Inaugural-Dissertation der philosophischen Fakultät I der Universität Bern ur Erlangung der Doktorwürde vorgelegt, Paulusdruckerei Freiburg in der Schweiz, 1942. pp. VII + 126 + "Lebenslauf' ' .

Julius Zacher, *Pseudocallisthenes : Forschungen zur Kritik und Geschichte der ältesten Aufzeichnung der Alexanderage*, Halle, Verlag der Buchhandlung des Waisenhauses, 1867. pp. VIII + 193.

附录五　波斯文《亚历山大与伊朗文学》相关章节的中文译文

一、黑暗与生命泉水（P54）

“亚历山大征服了整个世界，然而闲暇之时一想到死亡就不禁失声痛哭了起来。人们问他发生了什么事。国王就感叹道：‘唉，人终究都难逃一死啊。’接着他又说：‘我用尽了千方百计，终于拥有了整个世界，然而面对死亡，却束手无策。现在你们对死亡有什么办法吗？’他的贤哲们就说：‘面对死亡毫无办法，除非你能找到生命之水，并饮用它。’亚历山大又问道：‘从哪里可以找到？’贤哲们回答说：‘从黑暗中……’亚历山大与他的四十万大军为了寻找生命之水而进入黑暗之中，并停留了十八天。此次旅程中海德尔是他（亚历山大）的顾问。越接近极点就越变黑暗，直到完全黢黑。这时亚历山大把一颗宝石交给了海德尔，这颗宝石在临近生命泉水之时就会发亮。亚历山大和海德尔两人在黑茫茫中走散了。突然，一道光芒从海德尔手里的宝石中射出。海德尔于是就来到泉水边，用泉水洗头洗身体，喝了那晶莹的泉水，并让自己的马也喝个够。但是亚历山大和海德尔走散了，没能得到生命泉水。据另一个传说，伊利亚斯和海德尔同路寻找生命之水。走到一眼泉水边，两人正打算吃些干粮，突然手中的干鱼掉进水里，复活并游动了起来。于是他们知道这眼泉就是生命之水，并喝了那里的水，得到了永久的生命，海德尔去了平坦的原野和沙漠，伊利亚斯则朝向大海走去。海德尔给迷路者指路，伊利亚斯拯救淹没的人，并给船舶导航。但是亚历山大一直觊觎生命之水，艰难地找了

40天，最终没能找到，失望而归。”

关于亚历山大，也有其他一些惊奇的故事被记录下来了，其中包括：从黑暗之中走出来以后，亚历山大看见世界末日来临时吹号角的天神在等着指令，他（亚历山大）与鸟的交谈，最后剩下的两棵树所说的话，等等。《巴拉米史》记载道，亚历山大从黑暗中走出来以后，先到伊拉克，从那里又去了祖儿（zur）城。但是根据菲尔多西的说法，他（亚历山大）从黑暗中走出来，看到许多奇怪的现象，之后他修建了雅株者和马株者隔离墙，又去了中国，从那里返回来后又去了印度、也门，也曾抵达过巴比伦。狐狸的故事也在菲尔多西的作品中出现过，有少许区别。但是关于这一点内扎米是这么说的：亚历山大从黑暗中出来后回到希腊。在希腊时常与文人、哲学家结交成朋友，讨论问题。他挑选了一个先知，云游世界各地，宣扬和传播自己的宗教。后来，亚历山大再次派往中国和印度，该地区的学者们讲述其他一些寓言故事，如阿基米德爱上中国年轻女仆的故事，侯赛恩（horasani）欺骗哈里发的故事、贫穷的面包师的故事，以及其他一些故事。这些故事多是由诗人（内扎米）已收集的，出于特定的目的才在《智慧集》中所提。

阿密尔•霍斯陆•德里（Amir Husrau Dehlavi）在《亚历山大宝鉴》中这样描述，亚历山大受到天启，认为应该将迷途者导向正途，便派一个信使去了希腊，引导希腊人走向正途。但是柏拉图并不接受这位信使，与其争执起来，说我们看得见自己的路，我们就是自己的先知，不需要其他的引路者。亚历山大于是就与反对者作战，柏拉图和他的支持者逃到山中躲避起来，并给亚历山大大军以重创。亚历山大采纳了海德尔的对策，切断此山在海中的那一部分，把山淹没到水里。柏拉图的支持者中，除了另两个人和柏拉图本人幸免于灾难以外，其他人都遭受了灭顶之灾。柏拉图从此受到教训，最后走上了正道。

二、寻找生命之水（P182）

根据菲尔多西（记录）的传说，亚历山大曾经在haruum，出征该地区的西部，抵达一个村子，那里的人个个都人高马大，红脸黄头发，向亚历山大投降了。一个老头告诉亚历山大他所想得到的生命水在黑暗之中，并说在一个蓄水的城市里，每晚太阳都隐藏到其后面，在那个黑暗中有生命之水。

亚历山大走近泉水，看到太阳日落时怎样落到大海后面，在引路人海德尔的带领下，同一组挑选过的士兵向着黑暗出发，走了两天两夜，在一个岔路口处，亚历山大和海德尔走散了。海德尔凭借亚历山大给他的魔法戒指，弄到生命之水，但是亚历山大所走的路通向光明。他在光明之中看见了一座山，山上有四只绿色的鸟，每一只在山上的柱子上有一个鸟巢。

亚历山大在那些鸟的指引下来到山顶上。在那里看见世界末日来临时吹号角的天神手拿着号角，等候上帝发出吹号角的指令。

被天神再三劝说后亚历山大叹息着下山，再一次走上黑暗的道路，突然山中又传来一声咆哮。

当士兵们从生命水中出来后，发现那些石头都是珍珠和红宝石。然后拿到宝石的人懊悔说自己为什么没有多拿点，没有拿的人比前一种人更加责怪自己的漫不经心、粗心大意。

内扎米关于神水的故事，是在他的sharfnāme中的亚历山大从中国返回和与罗马的战争以后（的事件）开始叙述的。按照他的说法，亚历山大在一次宴会中听到生命水的故事，为了得到它，和自己的大军一起向着北极的黑暗（地方）出发了。

因为远征路程十分艰难，亚历山大的士兵们都将自己的行李储藏在平原上的洞穴里，大部分士兵在这儿留了下来，把这片荒凉的平原开发繁荣，并称之为“山洞基地或宇宙基地”，逐渐被叫作保加利亚。

亚历山大从为数不多的一些人中挑出强悍勇敢的年轻人，一同去往黑暗之处，一个月后抵达了没有太阳的地方。

就这样来到一个地方，从来没有出现过明亮。

进入黑暗并不太难，但返回的路上有迷路的危险。

在这个地方，内扎米叙述道，有一个年轻人如何不顾亚历山大的不许携带年迈者和患病者出征的命令，带上了自己90岁患病的父亲，正是在这个困难的时候，这位老人指路说先在进入黑暗的地方，把一匹小雌马杀在它母亲的眼皮下，回来的时候母马根据马驹的气味带领亚历山大和他的同行者一起回到马驹被杀的地方。

内扎米关于亚历山大进入黑暗的故事，统一了波斯、罗马和阿拉伯三个版本的故事。波斯传说：海德尔带领士兵，亚历山大给了他一块宝石。该宝石的功能就是接近生命之水的时候会发亮。他希望(海德尔)得到生命泉水，喝它并告知亚历山大。海德尔找到生命水，喝了它，并洗了头和身子。

古罗马的此类故事，用另一种方式讲道。

伊利亚和海德尔同行，两个人走到一个泉水边，摆开桌布开始吃东西。桌子上放着干鱼，突然鱼从他们中间一个人的手中掉进水里，并活过来了。海德尔、伊利亚就这样找到了生命水，但是亚历山大和他的同伴们迷路了(和海德尔、伊利亚走散了)。

阿拉伯的传说不同于波斯和罗马的传说，“生命水”是在另一个地方发现的，一致的是，也是伊利亚和海德尔喝了生命水。他们因喝了生命水,得到永恒的生命,也从此分道扬镳。伊利亚走上了去往大海的路,海德尔去了沙漠,一个踏上了大海的路,另一个走了荒漠的路。

亚历山大得到生命水之后,没有办法返回了,这时天使加百利摸着他的手说:“你一下得到了整个世界,不要满脑子充满幻想。”并给了他一块跟他得到的石头一样重的石头,通过这种办法他(亚历山大)抛弃了罪恶的欲望。后来,亚历山大从黑暗中走了出来,发现这块石头比每一块称过的石头都要重。此时海德尔出现了,用一把土变为同样的重量。

这就是菲尔多西和内扎米作品中的亚历山大在黑暗之地寻找生命泉水的传说。

在菲尔多西的书中,关于海德尔得到生命泉水和亚历山大失去生命水的情节与内扎米的叙述一致。

三、生命水与卡利斯提尼(Callisthenes)有关的传说(P185)

亚历山大去往黑暗的地方寻找生命水的神话,在A部分触及,而卡利斯提尼的拉丁文和叙利亚译文在C部分提到,卡利斯提尼亚历山大的小说被翻译成古埃塞俄比亚语。

叙利亚诗人,雅各(Jacob of Sarug,公元521年已故),在第三部分提到这个故事,卡利斯提尼将其用韵体翻译成叙利亚文,还加入了耶稣的传说,从此有了阿拉伯译文。该故事在亚历山大时期的基础在C分支中以另一个形式出现,此处简要叙述。

亚历山大和他的军队走着走着,来到了广阔平坦的国土,(亚历山大让士兵)在峡谷上造桥,并吩咐用希腊文、波斯文和埃及文写下"亚历山大到达此地，建造该亭，与他的军队经过这儿，如果真主愿意/允许，将占领整个大地"，三天后到达了一个地方，太阳照不到这里，完全漆黑，它的名字叫 Belest 国。

亚历山大赞同他的亲信卡利斯提尼的意见，挑选出一些青年，同他们一起进入黑暗。一个好奇的/好询问的老人，劝导/说服了他的儿子们，自己加入亚历山大的大军。后来，他们剃掉了老人的头发，用这样的计谋加入到年轻人当中。在路上，亚历山大遇到困难时老人指路，这样亚历山大在黑暗中没有迷路。按照老人的建议，他们骑着母马，360 个士兵在黑暗中前进。途中，亚历山大（军队）走到一个泉水边，其中的水闪着亮光。他（亚历山大）命令他的厨师安德鲁斯准备做饭。安德鲁斯拿着一条干鱼走近泉水，想在水中清洗。鱼却得到生命，从他手中跳到水里，潜走了。安德鲁斯把这个奇事没有告诉任何人，自己拿了一点儿水带走了。亚历山大对获得生命水并没有失去希望，继续自己的旅程，一直要到一个没有太阳照射的地方。此时有三个长有人脸的鸟用希腊语跟他说：哎，亚历山大，这个土地都属于真主/上帝。那么，哎，坏运气的人，回去吧，你不够强大，去寻找 Belest 地区吧。回去，不要对别人说头痛的原因。神鸟还说你的东邻大地有必要去一下，去征服那里以及印度。

亚历山大给自己的士兵和菲隆下命令，他们想要什么，就捡地上的石头及其他东西。尽管有一部分人把亚历山大的话当作疯话，但是另一些人，如菲隆及那个老人的儿子们按照父亲的嘱咐，尽可能地捡。当他们到了明亮的地方，所有的石头都成了贵重的宝石、珠宝及黄金等，那些没有拿的人后悔不已。

亚历山大退出黑暗之后，安德鲁斯给他讲了死鱼复活的事，但是没说自己也喝了一些……

厨师接近亚历山大的女儿卡莱，欺骗她承诺说要给她生命水。亚历山大得知此事后把自己的女儿赶走，并发出指令，给厨师脖子上绑上一块重石扔进大海里。然而，安德鲁斯并没有淹死，在海里的某一处，叫作安德利安提斯的地方居住下了……

亚历山大从黑暗出来后，又走到以前建造的那座桥边，再次指令这么写道："想进去 Belest 的人，请走右手边。"

这就是亚历山大没有找到生命水卡利斯提尼和 C 部分的出处。

在《亚历山大书》中，海德尔代替了安德鲁斯的角色（位置），没有出现亚历山大的女儿卡莱。内扎米引自罗马的传说故事中也没有出现该名字，如上面所述，出现了伊利亚和海德尔。

在亚历山大时代，这样记载，亚历山大通过安德利安提斯对自己的士兵说，在前面路上发现的东西都捡起来。在内扎米的书中出现的 Hātefī 也说过。费尔多西提到的这个内容更像是神话，他说山里传来咆哮等。

也出现另一些（说法），哲学家路格曼与亚历山大同行，同样，让士兵们注意在黑暗中捡石头。

但关于宝石的神话故事，在内扎米的描述中是如此：天使给亚历山大（几块石头），他（亚历山大）与其他的作了一些比较，拿了最重的。

该故事有很多不同的变体，起源是一个犹太故事。因此，最古老、最早的记录在巴比伦犹太教法典里。亚历山大去人间天堂的故事是这样描述的：

亚历山大和他的一些朋友为寻找人间天堂而出发，过了一段时间到了一座城。亚历山大派了几个朋友去收贡税。

一个老人告知他们河水泛滥的危险，他们中的很多人都犹豫恐惧，这时有人献给亚历山大一块宝石当作礼物。当亚历山大和军队返回巴比伦时，却找不到那个礼品。最后，一个犹太老人发现了宝石的秘密，并指出那块石头比黄金还重。但是，如果在它上面撒下一些土，就失去了其重量。其解释是：真主喜爱亚历山大，同意他的地图（计划），但是想让他克制自己的贪心、欲望。

一方面是菲尔多西和内扎米书中记载的传说故事，另一方面是亚历山大故事C分支的基本文本，呈现着该故事的巨大变化。随着时间的消逝，最近翻译的故事和古波斯语的记载中也可以看出（其变化）。例如亚历山大看到世界末日来临时吹号角的天神和号角的神话（有的讲到，有的没有）。

该主题传说无疑是在阿拉伯翻译（从叙利亚文）中增加的，后来传到了波斯地区。

内扎米以菲尔多西讲述了关于该神话内容为理由，而避免重复（同一个故事）。

四、“黑暗”、“生命泉水”故事的起源（P188）

亚历山大去往黑暗的故事，实际是对亚历山大从拉赫季（坎大哈）去往阿富汗北部山区帕拉帕米扎德的历史事件的记述。这里对亚历山大军队一路上披荆斩棘，战胜黑暗、寒冷及艰险山路的描述，也如同其他此类的描述一样，时常有夸张的因素。此后，这种夸张又被其他书籍继承了下来。亚历山大走向黑暗、寻找生命泉水故事的源头，正是这些夸张的说法和对亚历山大大军及将领们的溢美描述。

他的推理过程是“据历史学家记载，亚历山大穿越印度群山时遭遇罕见的大雪、坚冰。该地区的气候恶劣、难以通行、云雾迷茫、天色灰暗。据说这一地区白天也暗无天日，伸手不见五指，而且异常严寒，以至于有这样的描述：‘非常多的人因寒冷而死亡，一些人因为雪光而失明，也有些人因为寒冷而冻掉双脚。在这种（恶劣的）情况下，马其顿人摔倒在冰面，没过多久就冻死了，只有那些艰难地逃到茅舍的人脱险了。但是那里到处漆黑一片，以至于只能借助于茅屋中升起的烟，方才能找到路。’”

对该地区地理不甚了解的库尔斯（Kors）伯爵认为这一地区北面与冰冻之地毗邻。正是由于这一错误的描述，导致了在亚历山大故事中也把这一地区描述成位于北极的南边。内扎米也这样写道：极地的黑暗，亚历山大走到了有太阳升起的地方。

据（历史）记载，亚历山大从帕拉帕米扎德山走到帕克特丽亚，越过阿姆河，前往粟特（soghd）。按照库尔斯伯爵所说，亚历山大的大军在这没有水草的荒原上陷入极度的饥饿。尽管他们晚上行军，但是由于严重的干渴，士兵们都濒临死亡的边缘。

上面提到的历史学家，描述了马其顿人遭受饥渴、令人灰心的情况之后，写道：“……由于这种情况，亚历山大沉浸于悲痛之中。这时两个出去寻找宿营地的探子，带着装满水的皮囊回来了。他们赶忙斟满一杯水递给亚历山大。亚历山大把水接过来后问道，这是给谁的呀？两人回答说，给我们在部队服役的儿子们。听完此番话，亚历山大把杯子还给他们，并说如果我喝了别人就喝不到，我想和别人分享但是又不够。快去吧，给你们的儿子解渴吧。”

根据现存的故事记载，亚历山大起初为了喝到生命之水，走到黑暗的地方，在这里却没有找到泉水。也就是说第一个有可能找到生命泉水的地方就是黑暗。

史书上也是这样提到这两个内容。起初，亚历山大去往阿富汗北部的黑暗山区，之后在粟特遭遇干渴，在此面临着死亡危险的危急关头，亚历山大忍住、没有去喝生命之水。

遭遇“黑暗”的故事，映射的是亚历山大征行阿富汗北部山区的事件，这一事件他的随行者们添油加醋地描述，又在撰写亚历山大历史的史学家的著作中被提及，之后又在亚历山大的小说中以神话的形式描述他遭遇黑暗的经历。

五、生命水（P190）

生命之水的故事起源悠久，可能追溯到远古时期。当时人类把生命水视为唯一能与死亡之神阿赫里曼对抗的武器，确信这一有效的武器在众神的掌控之中，并且会被给予所有需要它的人。依据现有的资料可以确定在公元前数千年之前生命之水就有了它确定的内容和特定的含义。

如以 1924 年 Korangon 的发现为例。出土了一个石刻，上面刻有上帝（神）的像。该尊神像头上有两个角，坐在由蛇围成圈的宝座上，手中拿着一个装有生命水的杯子，两边有其保护者。

作家 Sarkan 的一枚图章上的画案，讲述的是两个苏末人的神话英雄正在用一个装有生命水的容器给牛群饮水的故事。

古埃及人相信生命之水的存在，说喝了它的人将长生不老，还说神牛饮了生命之水，因而能长生不死，除非传授给自己的后代；依据希腊人的信仰，有一眼泉作为众神之神朱庇特的力量的表现,它的水具有使万物恢复生机活力的特性。

总而言之,从古以来故意想象出的生命泉水(的神话)与亚历山大历史事件的联系,经常在作家文学中得到体现。

如同对亚历山大随从们的无节制的夸张描述,关于帕拉帕米扎德山的黑暗,那里令人难忍的严寒,后来亚历山大及其大军在粟特没有水草的荒漠中极度干渴,以及亚历山大谢绝喝水——事实上,对那些口极度干渴而筋疲力尽、处于死亡边缘的人而讲,这水可谓是生命水——两个不可分割的故事。“亚历山大为寻找生命之水而遭到黑暗”的故事由此形成,它在波斯文学中尤为著名。

在把这一历史事件改写成神话形式的过程中,运用了诸如死鱼在生命水中复活等想象的内容。后来的翻译中希腊人名发生了变化,犹太人先知墨西、约拿的儿子约书亚,被海德尔和伊利亚取代了;想象的另一个情节就是亚历山大见到世界末日来临时吹号角的天神。内扎米描述亚历山大从黑暗中出来后的情景,写道:

关于生命泉水的话题,一位老人告知亚历山大说某城市的人从不死亡。这个城市在多山中,每隔一阵子山中传来喊声叫某人的名字,这个人就会急切走向山中消失,并且再也不回来。纵是你贵为帝王,若想长生不老,也无疑要到这座城堡。

于是亚历山大从大军中选出几个人向这个地方出发。

参考文献

Ts. Damdinsürüng, *Mongγol-un uran johiyal-un degeji jaγun bilig orošibai(Terigün boti)*, Hühehota: Öbür mongγol-un arad-un heblel-ün horiya, 1982, 466~499.

Dobu, *Uyiγurjin mongγol üsüg-ün durasqaltu bicig-üd*, Begejing: Ündüsüten-ü heblel-ün horiya, 1983, 419~466.

Shonghor, "Uyiγurjin bičig-ün oldaburi eča ali ni hamug-un ertern-ü hi büi?—Sulqarnai-in Tuguji-in tuhai sudulul" , *Mongγol hele bičig*, 1985.06, 32~43.

Shonghor, *Erten-ü Mongγol helen-ü sudulul*, Hühehota: Öbür mongγol-un surgan hümüjil-ün heblel-ün horiya, 1996, 617~657.

Ts. Hešigtogtahu, *Mongγol sorbulji bičig-ün sudulul*, Begejing: Ündüsüten-ü heblel-ün horiya, 2003.

G. Namjil, "Sulqarnai-in Tuguji-in ehe johiyal-un mösgilge" , *Mongγol hele udha johiyal*, 2004.05, 27~31.

Д. Цэрэнсоднам, Ч. Алтангэрэл, "Турфаны цуглуулгын TM40", *Монголын Судлал*, Улаанбаатар, 1965, 147~163.

Ч. Алтангэрэл, Д. Цэрэнсоднам, "Турфаны цуглуулгын TM8, TIIT662", *Монголын Судлал*, Улаанбаатар, 1967, 38~42.

Л. Хүрэлбаатар, Сонгодог Уламжлал, *Монгол Яруу Найраг*, Улаанбаатар, 1989, 71~82.

Ш. Чоймаа, "Монгол бичгийн хэлний орчуулгын уламжлал",《*Монголын Нууц Товчоо*》*Зохиолын Гадаад Орчуулгын Асуудалд*, Улаанбаатар, 2006,7~14.

特古斯巴雅尔:《论蒙古族〈驴耳汗〉故事来源——兼论蒙古文学与希腊文学的关系》,《民族文学研究》,1988.03,第13~17 页。

元文琪:《二元神论——古波斯宗教神话研究》,北京:中国社会科学出版社,1997。

《吉尔伽美什——巴比伦史诗与神话》,赵乐甡译,南京:译林出版社,1999。

菲尔多西:《列王纪全集》(4),张鸿年、宋丕方译,长沙:湖南文艺出版社,2001。

陈岗龙:《蒙古民间文学比较研究》,北京:北京大学出版社,2001。

刘守华:《比较故事学论考》,哈尔滨:黑龙江人民出版社,2003。

〔美〕阿兰·邓迪斯:《民俗解析》,户晓辉编译,桂林:广西师范大学出版社,2005。

〔法〕列维·斯特劳斯:《美洲印第安人的二元思维》,收于〔法〕克洛德·列维·斯特劳斯著,庄晨燕、刘存孝译:《猞猁的故事》,北京:中国人民大学出版社,2006,第 211~226 页。

李晶:《"吉尔伽美什" 译释》,厦门:厦门大学硕士学位毕业论文,2008 年。

W. Bang und G. R. Rachmati, Lieder aus Alt-Turfan, *Asia Major*, 1933.09, pp.129~140.

Nikolaus. Poppe, Eine mongolische fassung der Alexandersage, *Zeitschrift der Deutschen Morgenlandishchen Gesellschaft*, 1957, 107, pp.105~129.

F. Haenish, *Mongolica der Berliner Turfan Sammlung*. II.

Mongolische Texte der Berliner Turfan Sammlung in Faksimile, Abhandlungen der Deutschen Akademie der Wissenschaften, Berlin, 1959, pp.39~48.

D.Cerensodnom and M. Taube, *Die Mongolica der Berliner Turfansammlung*, Academie-Verlag, Berlin,1993.

Edward G. Brown, *A History of Persian Literature Under Tartar Dominion*, Cambridge University Press, 1920.

Edward G. Brown, *A Literary History of Persia*, Cambridge University Press, 1928.

Francis Woodman Cleaves, An Early Mongolian Version of the Alexander Romance, *Harvard Journal of Asiatic Studies*, 1959Vol 22.pp.1~99.

Antti Aarne, Stith Tompson: *The Types of Folktale*, Helsinki, 1973.

J. A. Boyle, Alexander Romance in Central Asia, *Zentralasiatische Studien* 9, 1975, 265~273.

J. A. Boyle, Alexander and the Mongols, *Journal of the Royal Asiatic Society*, 1979, 123-136.

Stith. Thompson, *Motif-index of Folk-literature: a Classification of Narrative Elements in Folktales, Ballads, Myths, Fables, Mediaeval Romances, Exempla, Fabliaux, Jest-books, and Local Legends*, Indiana University Press, 1989.

Shagdaryn Bira, Mongolian Ideology of Tenggerism and Khubilai Khan, *Popular Culture in Asia: Globalization, Regionalization and Localization*, Beijing, 2005.

D.Tumurtogoo, *Mongolian Monuments in Uighur-Mongolian*

Script, XIII-XVI Centuries, Taipei, 2006.

سید حسن صفی, اسکندر و ادبیات ایران (亚历山大与伊朗文学), تهران, ۱۳۶۴.

نجامی, اسکندر نامه（亚历山大传）, تهران , ۱۳۶۴.

《东方文化集成》已出版丛书目录

季羡林主编

书　　名	作　者
《文化交流的轨迹——中华蔗糖史》	季羡林
《东西文化议论集》(上、下册)	季羡林、张光璘
《新诗格律与语言的诗化》	林　庚
《古犹太文化史》	朱维之、韩可胜
《现代伊斯兰主义》	陈嘉厚　等
《阿拉伯史纲》	郭应德
《中阿关系史》	江淳、郭应德
《当代中国伦理与道德》	魏英敏
《阿拉伯伊斯兰文化史纲》	孙承熙
《中国评书艺术论》	汪景寿、曾惠杰　等
《当代中国经济学》	宋光华
《世界四大文化与东南亚文学》	梁立基、李谋
《战后东南亚华人社会变化研究》	梁英明
《日本文学思潮史》	叶渭渠
《伊朗通史》(上、下册)	叶奕良(译)

《印度古代史纲》	林承节
《蒙古国现代文学》	史习成
《佛法与宇宙》	池田大作〔日本〕
《诸神流窜——论日本古事记》	梅原猛〔日本〕
《日本文化论》	加藤周一〔日本〕 叶渭渠　等(译)
《汉代丝绸之路的咽喉——河西路》	王宗维
《中国—朝鲜·韩国关系史》(上、下册)	杨昭全、何彤梅
《东方文学交流史》	孟昭毅
《东方戏剧美学》	孟昭毅
《同根生的民族——壮泰各族渊源与文化》	范宏贵
《中缅关系史》	余定邦
《敦煌文化》	颜廷亮
《亚洲汉文学》	王晓平
《日本天皇制及其精神结构》	王金林
《古代波斯医学与中国》	宋　岘
《印度神话》	孙士海、王镛(译)
《布哈里圣训实录全集》①②③	康有玺(译)
《现代日本政治》	王新生
《中亚五国概论》	赵常庆　等
《简明伊斯兰史》	马明良
《新兴宗教与日本近现代社会》	张大柘
《印度苏非派及其历史作用》	唐孟生

《满汉全席源流考述》	赵荣光
《印度独立后的政治经济社会发展史》	林承节
《中印文学比较研究》	薛克翘
《唐代前期军事史略论稿》	王永兴
《儒释道背景下的唐代诗歌》	陈炎、李红春
《日本文学史》(近代卷、现代卷)	叶渭渠、唐月梅
《印度尼西亚文学史》(上、下册)	梁立基
《五四文学思想主流与基督教文化》	喻天舒
《波斯文学史》	张鸿年
《泰戈尔文学作品研究》	唐仁虎 等
《中国—朝鲜·韩国文化交流史》(1—4卷)	杨昭全
《日本文学史》(古代卷上、下)	叶渭渠、唐月梅
《日本文学史》(近古卷上、下)	叶渭渠、唐月梅
《道安评传》	方广锠
《朝鲜—韩国当代文学史》	金柄珉 等
《文史探真》	汪春泓
《日本起源考》	沈仁安
《阿拉伯现代文学史》	仲跻昆
《中亚五国与中国西部大开发》	赵常庆 等
《易学哲学史》(1—4卷)	朱伯崑
《近代中国与日本——互动与影响》	王晓秋
《吐火罗人起源研究》	徐文堪
《东南亚近现代史》(上、下册)	梁英明、梁志明 等

《印度的罗摩故事与东南亚文学》	张玉安、裴晓睿
《斯里兰卡的民族宗教与文化》	王　兰
《早期道教史》	汤一介
《蒙元驿站交通研究》	党宝海
《佛教与中国文化》	薛克翘
《印象：东方戏剧叙事》	孟昭毅　等
《从唐音到宋调——以北宋前期诗歌为中心》	曾祥波
《唐五代北宋前期词之研究——以诗词互动为中心》	董希平
《汉魏两晋南北朝佛教史》（增订本）	汤用彤
《佛经文学与古代小说母题比较研究》	王　立
《日本近现代经济简史》	周启乾
《赫梯条约研究》	李　政
《“升起来吧！像太阳一样”——解析苏美尔史诗〈恩美卡与阿拉塔之王〉》	拱玉书
《希伯来语圣经——来自考古和文本资料的信息（至公元前586年）》	陈贻绎
《尼泊尔——人民和文化》	王宏纬
《中国印度诗学比较》	郁龙余　等
《阿富汗文化和社会》	张　敏
《波斯拉施特〈史集·中国史〉研究与文本翻译》	王一丹
《新时代的日本经济》	张舒英
《古代东南亚历史与文化研究》	梁志明、李谋　等

《中国知识分子的形与神》	乐黛云
《东方民间文学概论》(1—4卷)	张玉安、陈岗龙　等
《中国楹联学概论》	谷向阳
《中国印度文化交流史》	薛克翘
《陶渊明集译注及研究》	孟二冬
《日本戏剧史》	唐月梅
《梵语诗学论著汇编》(上、下册)	黄宝生
《现代汉语话语情态研究》	徐晶凝
《缅甸语与汉藏语系比较研究》	汪大年
《厨川白村文艺思想研究》	李　强
《中国建筑与城市文化》	吴良镛
《隋唐审计史略》	李锦绣
《中国新诗格律问题》	丁　鲁
《战后日本出版文化研究》	诸葛蔚东
《中国哲学大纲》(上、下卷)	张岱年
《〈聊斋志异〉——中印文学溯源比较研究》	王立、刘卫英
《中世纪印度宗教文学》(上、下卷)	薛克翘、唐孟生　等
《日本近现代佛教史》	杨曾文　等
《马来古典文学史》(上、下卷)	廖裕芳〔新加坡〕 张玉安　等(译)
《中国文学与阿拉伯文学比较研究》	林丰民　等
《海洋文化影响下的中国神话与小说》	王　青
《阿拉伯电影史》	陆孝修、陈冬云

《〈西游补〉校注》	李前程（校著）
《波斯古典诗学研究》	穆宏燕
《中国古代绘画理论要旨》	杨　铸
《东方文学史论》	黎跃进
《大帆船贸易与跨太平洋文化交流》	吴杰伟
《日本古代史》	王海燕
《日本中世史》（上、下卷）	王金林
《中日经济关系史》（上、下卷）	郭蕴静、周启乾
《东方现代民族主义思潮研究》（上、下卷）	黎跃进　等
《波斯帝国史》	张鸿年
《“同文”的现代转换——日语借词中的思想与文学》	董炳月
《中亚五国新论》	赵常庆
《中国东方文学翻译史》（上、下卷）	孟昭毅　等
《日本古代诗学汇译》（上、下卷）	王向远（译）
《华夷译语》研究	黄宗鑑
《中庸与调和——儒家和阿拉伯伊斯兰思想的比较研究》	吴旻燕
《阿拉伯古代文学史》（上、下卷）	仲跻昆
《近代中日文化交流史人物研究》	王晓秋
《世界文明起源研究——历史与现状》	拱玉书　等
《古代近东教谕文学》（上、下卷）	李　政　等
《东方文艺思潮研究》	孟昭毅

《蒙汉目连救母故事比较研究》	陈岗龙
《日本近世史》	李　卓　等
《日本近现代文论》(上、下卷)	李　强　等
《赫梯文明研究》	李　政
《占婆文化史》	刘志强
《喀尔喀历史地理研究》	那顺达来
《蒙古文〈索勒哈尔奈故事〉的文化背景研究》	宝　花
《〈山海经〉在日本的传播和研究》	张西艳
《叙事学视域中的〈平家物语〉研究》	邵艳平
《宫崎市定史学方法论》	王广生
《俄国地理学会的中国边疆史地考察与研究(迄于1917年)》	张艳璐
《印度古典诗学》	黄宝生

《东方文化集成》拟出版丛书目录

《东南亚古代史史料汇编》	李谋
《东南亚古代文化:整体、多样与发展》	贺圣达
《菲律宾阿拉安芒扬人的神话、巫术和仪式研究》	史阳
《中国典籍中南亚史料汇编》	北京大学南亚研究所
《印度政治发展新格局——从国大党长期执政到联合政府》	林承节
《印度作家阿格叶耶小说创作研究》	郭童
《凤凰再生——伊朗现代新诗研究》	穆宏燕
《理想与现实之间——论纳吉布·马哈福兹的〈我们街区的孩子们〉》	蒋和平
《撒哈拉以南非洲文学》	魏丽明
《诺贝尔文学奖东方获奖作家研究》	孟昭毅
《中华饮食文化》	赵荣光
《佛学概论》	姚卫群
《南海寄归内法传校注》	王邦维

第一届

《东方文化集成》编辑委员会

第二届
《东方文化集成》编辑委员会

日本文化编

主编 叶渭渠 **编委** 潘金生 王家烨 卞崇道 王新生

朝鲜、韩国、蒙古文化编

主编 陶炳蔚 **编委** 金柄珉 金景一 史习成 陈岗龙

东南亚文化编

主编 梁立基 **编委** 梁英明 梁志明 李 谋 裴晓睿

南亚文化编

主编 黄宝生 **编委** 王邦维 王 镛 刘曙雄 葛维均

伊朗、阿富汗文化编

主编 叶奕良 **编委** 张鸿年 张 敏

西亚、北非文化编

主编 郭应德 赵国忠 **编委** 杨灏城 孙承熙

中亚文化编

主编 赵常庆 **编委** 余太山 王小甫

古代东方文化编

主编 林志纯 **编委** 拱玉书

《东方文化集成》编辑部

主任 张殿英 **副主任** 卢蔚秋 张玉安 马克承 张光璘

编辑 李 强 姚秉彦 唐孟生 傅增有

《东方文化集成》书籍设计 朱 虹

丛书编辑出版监制 张良村

编委 潘金生 卞崇道 王新生

朝鲜、韩国、蒙国文化编

主编 陶炳蔚 **编委** 金柄珉 金景一 陈岗龙

东南亚文化编

主编 梁立基 **副主编** 裴晓睿

编委 梁英明 梁志明 李 谋

南亚文化编

主编 黄宝生 **副主编** 薛克翘

编委 王 镛 刘曙雄 姜景奎

伊朗、阿富汗文化编

主编 叶奕良 **编委** 张鸿年 张 敏 王一丹

西亚、北非文化编

主编 赵国忠 **编委** 孙承熙 仲跻昆 葛铁鹰 吴冰冰

中亚文化编

主编 赵常庆 **编委** 余太山 王小甫

古代东方文化编

主编 拱玉书 **编委** 李 政

《东方文化集成》编辑部

主任 张殿英 **副主任** 卢蔚秋 张玉安

编辑 李 强 姚秉彦 唐孟生 樊津芳

丛书书籍设计 朱 虹

丛书编辑出版监制 张良村

作者简介

宝花　女，1983年生，蒙古族。内蒙古大学民族学与社会学学院副教授，法学博士。2004年毕业于内蒙古大学蒙古语言文学基地，2007年从北京大学获得硕士学位，2011年在北京师范大学获得法学（民俗学）博士学位。2008—2009、2017—2018年国家公派留学，在美国哥伦比亚大学、纽约市立大学研修民俗学、人类学理论，并多次赴印度、匈牙利、日本、韩国和蒙古国参加国际学术会议、进行学术交流。已经主持完成一项国家社科基金青年项目和一项国际高等教育支援项目，在研国家社科基金中华学术外译项目一项。主要从事人类学和蒙古学教学与科研工作，在国内外公开发表中文、蒙古文和英文论文20多篇。翻译著作《尼古拉·鲍培学术自传》即将出版。

内容简介

《索勒哈尔奈故事》是14世纪时期为数不多的蒙古文文献之一，它在蒙古古代文学中占有举足轻重的地位，对它的深入研究对中古蒙古语、蒙古古代文学和蒙古民族思想史等诸多领域的研究都具有重要的学术意义，而目前国内学界对这部文献的研究还不够深入。《索勒哈尔奈故事》是目前发现的蒙古文亚历山大传说唯一一个写本，对它的原文进行深入研究是非常有必要的。

本书的研究是在充分吸收前人研究成果的基础之上，重点对蒙古文《索勒哈尔奈故事》和中亚地区与其最为接近的变体——波斯文亚历山大传说进行比较研究，关注二者之间的关系，对蒙古文《索勒哈尔奈故事》的叙事结构加以分析，关注《索勒哈尔奈故事》与同时被发现的其他文献之间的关系，突破以往学者历史—地理学派的观点，将焦点转向该故事所表达的意蕴以及被写作的文化背景。